思想史
观念史
编年史

夏静　著

凤凰出版社

图书在版编目（CIP）数据

思想史 观念史 编年史 / 夏静著. -- 南京 : 凤凰出版社, 2023.5
ISBN 978-7-5506-3929-4

Ⅰ. ①思… Ⅱ. ①夏… Ⅲ. ①中国文学－古典文学研究－文集 Ⅳ. ①I206.2-53

中国国家版本馆CIP数据核字(2023)第049134号

书　名	思想史 观念史 编年史
著　者	夏 静
责任编辑	许 勇
装帧设计	徐 慧
出版发行	凤凰出版社(原江苏古籍出版社) 发行部电话025-83223462
出版社地址	江苏省南京市中央路165号,邮编:210009
照　排	南京凯建文化发展有限公司
印　刷	江苏苏中印刷有限公司 江苏省泰州市经济开发区鲍徐镇,邮编:225315
开　本	880毫米×1230毫米 1/32
印　张	8.25
字　数	168千字
版　次	2023年5月第1版
印　次	2023年5月第1次印刷
标准书号	ISBN 978-7-5506-3929-4
定　价	68.00元

(本书凡印装错误可向承印厂调换,电话:0523-82099008)

目　录

文学思想史的“加法”与“减法”

在中国古代文学思想史研究领域，郭绍虞先生主编的《中国历代文论选》，无论就批评史资料的选编，还是就思想史的写法而言，均具有足资借鉴的价值，这种价值在近几十年的各类资料编撰以及思想史的写作中，业已得到反复印证。以魏晋南北朝时期为例，这一时期共入选十一人十八篇（刘勰《文心雕龙》选入七篇）。当然，以当代学者的眼光来审视，即便囿于教材的性质，仅仅以十八篇的体量来呈现三百六十多年文学思想的发展状况，显然还是不足的①。之所以出现这种状况，与郭先生为代表的第一代学者的研究路数及选编思路是分不开的。

---

① 对此，编者有清醒的认识。在“前言”中，编者特别说明“附录”部分的内容：“或解说正文，有所阐发；或义有异同，可供比较；或后人论旨相同，有所引伸；或同一作者的其它文章观点类似，足资旁征。”郭氏四卷本的体例，分为正文、注释、说明、附录四个部分，附录是其中最有创见的一个部分。编者认为，附录的目的是为了给研究者提供收集材料的线索，窥探某一理论发展的源流。鉴于这样的出发点，所以我们看到，魏晋时期附录部分的篇目多达四十七篇，其中魏晋和后世的篇目，大体上各占一半。参见郭绍虞主编：《中国历代文论选》“前言”，上海：上海古籍出版社，1979年，第2页。

对于郭先生这一代学者而言，划定学科边界，创建中国文学批评这一学科是首要任务。如何将中国古代具有一定文学理论批评意涵的言说从文、史、哲合一的整体思想体系中抽绎出来，置于西方“纯文学”的论域中进行过滤、提纯，从而确立本学科的言说范围、学科边界等基本问题，是他们的主要关切点。换言之，这种以剥离、纯化为主的“减法”，是第一代学者的基本路数。当然，这种研究路数的形成也受制于本人的学术兴趣、知识储备乃至社会形势的需求等。对郭先生而言，写批评史的目的在于解决文学史上的许多问题，因为文学批评与文学之演变有着最为密切的关系①。在他看来，为了使得文学理论更加简单化一些，体系更加条贯一些，就必须明确地区分哲学和文学的界限②。毫无疑问，这种预设也就直接影响到文学思想研究中文献材料的取舍和方法路数的选择。

究其根源，作为二十世纪西学援引事业的一部分，中国现代人文学科的建立与国人引进西方社会科学的知识运动同步。这不仅表现为学科定位、理论框架、研究范围从西学知识范式中直接移植过来，同时也意味着西学中的各种理论预设与研究方法在中国学术界的正当合法。中国现代人文学科的这种先天“舶来性”，不仅决定了学科设置、边界划分、资源分配等问题，也影响了几代学者的知

---

① 参见郭绍虞：《中国文学批评史》“自序”，天津：百花文艺出版社，1999年，第1页。

② 对于这种剥离、纯化的路数，郭先生自己有清楚的表述。参见《文气的辨析》一文，载《照隅室古典文学论集》（上编），上海：上海古籍出版社，1983年，第116页。

识结构与理论框架乃至言说方式。见于中国文学思想研究领域各种关于中国文论“泛文论”“杂文论”的论断中，西方中心主义范式的痕迹清晰可见。受制于西学所谓“纯文学”观念的引导，人们习惯于从一个相当狭隘的学科立场去理解中国古代文学思想，常常将具有一定理论意涵的观念性话语，从整体性的经、史、子、集文本中择出并提纯，也即把文论家的思想从具体语境中抽离出来，并以这种提纯之后、抽象之后的观念去阐释其全部文本或部分思想，如此这般所建构的“纯文学”的中国文学思想批评范式，切断了与文、史、哲合一的整体意义世界的关联，也就将其背后复杂丰富的思想文化语境，有意无意地过滤、遮蔽了。

就近几十年的研究状况来看，中国文学思想史的书写，在文献材料的取舍、问题意识的产生以及方法范式的更新方面，应该有着更为复杂丰富的思想系谱与知识链接。无论是新近面世的多种简帛文献，还是海外汉学家丰硕的研究成果，都在不断地提醒我们，自郭绍虞诸先生以来所建构的古代文学思想研究范式，也即将文学观念从整体性的历史哲学思想语境中剥离、纯化、抽象的“减法”路数，大抵已经行不通了。相较于郭先生他们那一代学者不得不采用的“减法”，我们今天的研究似乎更应该做一些“加法”的工作。换言之，重返中国传统学术史、文学史以及价值论的整体思想语境，回到提纯之前、抽象之前，从中国文学思想自身谱系和本然脉络“顺着说”，而非从西方“纯文学”的后设价值“倒着说”古代文学思想的意义，摆脱西方中心主义范式宰制下“泛文论”“杂文论”的断语，应该成为今天中国文学思想史研究的当务之急。

二

探究传统文学思想，我们必须注意到，对于整体性意义世界的把握，是先秦以来固有的学术传统。为人文的世界提供一个整体性的解释，是古典时代思想家的宿命。文学思想史的形成，不仅仅是对文学批评存在的反思判断，更涉及颇为复杂的历史文化经验与价值意义。思想家在谈论伦理、政治、哲学、历史等问题时旁及文学，并不纯然是为文学而文学，为文论而文论，从根本上看，是提供意义、确立信仰的一种尝试，是把握整体性意义世界的一部分。文学思想史的研究，如果隔绝了与思想文化系统的整体联系，就罕有抽丝剥茧般的深度分析，也就难以接近古代文学思想的真实形态。自百余年“西学东渐”以来，伴随着科学主义、实证主义的深入人心，史料至上的风气弥漫在文、史、哲研究的各个领域，这一方面极大地扩展了材料的来源，另一方面也是各种“窄而深”的专门化研究大行其道的原因，人文研究中整体性的失落与意义感的丧失，也就在所难免了。

在具体的文学批评实践中，文学思想与历史意识、哲学思辨如影随形，其间错综复杂、互动频繁，具有复杂多面的存在样态与呈现方式。如果我们单单看提纯之后、抽象之后的文论观念，那么，这些观念的历史世系、逻辑含意、言外之意以及在人类思想中复杂的表现形式，也就很难得以说明。思想史的研究，虽然并不能提供某种一般性的规律，也无法使我们在观念范畴的内在价值与实际影响之间建立直接的关联，但是，对于观念范畴的研究必须予以恰当的历史的思想的解释，包括这些观念范畴产生的文化土壤，以及在怎样的思想环境中得以传播开去，乃至在不同历史时期的评价等问题，就此而论，即使历史上那些玄妙深奥的观念仍然属于总体思想史研究的一个部分。因此，即便是常常被视为具有自身发展内在理路的观念史、概念史、范畴史乃至当下流行的关键词研究等，其中许多问题也是随着时间的迁移和思想的流转而发生变化的，否则，单一的研究视野、呆板的研究方法，常常是观念与观念，或与观念链条之间的博弈，除了积累起一大批内容详备却干瘪乏味的概念清单外，并不能从根本上厘清文学思想史上是否存在某些具有普遍意义的“根本问题”（列奥·施特劳斯）或“观念单元”①。从观念史到意义史的延伸，本身也构成了思想史研究的内容。

从理论上说，思想史的研究没有边界，但在实践中，却往往受到资料来源的限制。文学思想史资料的来源，并不仅仅限于传统集部的诗文评，古人谈文论艺所旁及的宇宙论、本体论、价值论、方

① 语出诺夫乔伊。他认为历史上有一些最基本的或重复出现的观念，考察这些观念的某些思想成分是否或者以何种方式出现在批评家的思考之中，以及这种成分是否达到了“单位观念”所理应达到的那种“理想类型”，是观念史家的研究工作。参见［美］诺夫乔伊：《存在巨链——对一个观念的历史的研究》，张传有、高秉江译，邓晓芒、张传有校，南昌：江西教育出版社，2002 年，第 5 页。

法论等言说，常常是文学思想存在的所以然或大本大源。就中国文学思想的早期研究而言，仅仅从《诗经》《离骚》说起，显然是不到位的，代表周代礼乐文明的“六艺”之学及其伴生的子学、经学传统，与早期文学思想观念的发生有着千丝万缕的联系；就中后期研究而言，小说、戏曲的观念丰富了文学思想的内涵，而乐论、书论、画论的兴起，又与文学思想的繁荣交相辉映，成为传统文艺思想整体研究中的一个重要部分。因此，整合各种艺术门类的文献材料，更加充分地展示出古人有关文学本体论、文学价值论、文学方法论等各个方面纷繁复杂的思想轨迹，业已成为近年来中国文学思想史研究领域的共识。譬如二十世纪九十年代，人民文学出版社出版了一套“中国历代文论选”，就郁沅先生主编的《魏晋南北朝文论选》这一卷来看，篇目的增加就非常明显。编者通过对这一时期的经、史、子、集的反复检阅和收罗，收集近百位文论家两百余篇文章，基本上达到编者“博”与“新”的选文原则①。

目前我们正在编著的《中华文艺思想通史资料长编·魏晋南北朝卷》，拟分为诗文评、乐论、书论、画论四个部分，收入文论家近两百余人，文章近四百余篇，门类更为齐全，选篇更为广博，规模就更为宏大。就入选的文论家来看，既有那个时代的杰出人物，也有并无多少原创性思想的一般人物，还有后世追认的，甚或文学思想史上的失踪者。要真正理解一个时期的思想，需要了解当时社

① 参见郁沅、张明高编选：《魏晋南北朝文论选》“后记”，北京：人民文学出版社，1996 年，第 448 页。

会不同文化阶层有影响的观点，从一般民众到杰出人物，从中心问题到边缘问题。过往的文学思想史，往往集中于特定的思想家，常常是历史上那些杰出人物的心灵史、精神史。从习见的研究套路来看，过往时代的主流思想观念，尤其是阐释这些观念的学术流派的思想系谱或同一时期公共话语的历史脉络，常常成为被重点筛选出来作为分析研究的对象。然而文学思想史研究的价值，主要在于它为经典诠释提供了多种可能性和全部丰富性，可以进一步推进思想史家对于过往文学复杂性和含混性的理解。因此，要理解文学思想史的全部丰富性，不仅需要了解少数杰出人物的精神世界，同时，还可以借助研究主流思想与边缘观念之间的融合渗透，引导我们的研究关注那些隐而不显的思想史资源，从而为未来的研究带来新的更多的可能性。正是在这个意义上，关注同一时代不同文化阶层人们的观点，或许可以为我们提供一种审视思想史资源的新视野。

三

借助材料和工具两方面之扩充建构整体性的思想史，可以视为未来研究的“加法”方向。中国文学思想的现代知识生产，建立在对传统思想资源巨大消耗的基础上，缺乏内在自我创生能力是普遍存在的问题，因此，除了材料边界的突破，方法范式的翻新也是近几十年来研究的热点所在，在某种程度上，方法自觉业已成为理论自信的重要基础。见于过往文学思想史的研究，“知人论世”的社会历史语境分析路数、“回到经典”的文本精读和细读分析路数，是两种最为常见甚或日用不知的研究范式，也常常被视为文学研究中“外在路径”和“内在路径”的主要代表。我们认为，就未来中国文学思想史的书写而言，对上述两种主导研究范式进行一番驻足审视，还是很有必要的。

作为文学史研究的一部分，文学思想史是对过往文学经验的一种解释，文学思想史的功能在于理解那些共同构成过往文学生产或文学消费的观念、思想、立场、预设、主张以及成见等，这种生产或消费必然与当时的社会政治、经济生活保持着某种关联性甚或一致性。在那些偏重于社会历史研究的方法中，常常主张选取那些对文学传统产生深远影响的文本，借助文本形成及传播过程的分析，来挖掘作者的真实意图，以期窥探思想文化的变迁乃至时代思潮的转向等重大问题。这种研究方法影响甚广，产生了一系列大师级人物以及杰出的追随者，其中包括了不少经典的论著。然而，这一研究方法本身也是可以质疑的。

历史上的经典文本，虽然“知人论世”的追溯还原是研究的重要途径之一，但是语境还原并不一定能够穷尽经典文本所蕴含的全部意义，因为经典文本一经形成，便在一定程度上具有超越具体历史语境的独立性。同时，超越具体的历史语境进行普遍性思考，本身也是思想史家进行研究的原初意图。因此，文本意图与产生之时的特定语境、作者的人生经历之间，究竟存在多大程度的关联以及关联的方式，不同的文本在程度和方式上恐怕也会有所不同。譬如以“竹林七贤”的阮籍为例。就阮籍的论著来看，既有与特定的历史语境、作者人生经历联系密切的部分，也有超越具体的历史语境具有普遍意义的部分。其中一类是针砭具体人、事，如《大人先生传》《东平赋》《亢父赋》等；另一类虽然有针对的人、事，但其文本具有一定的时代超越意义，如《咏怀诗》中体现的精神痛苦与心理危机，任何身处黑暗时代的知识分子都会感同身受；还有一类代表了该时代哲学、政治理论原则的最高层次抽象，如《通易论》《乐论》等，这与文本产生之时的语境或作者个人经历等，并没有直接的关联。有鉴于此，如何审视经典文本的具体历史性和普遍超越性之间的关系，本身也是值得思想史家认真考量的问题。

历史孕育思想，思想提炼观念。一切思想史的研究，不仅意味着人们必须历史地、设身处地地思考古人在做某一件事情时是如何思想的，而且意味着一切过去的历史必须联系当下才能得以理解和阐明。如何历史地理解思想，学者常常会倡导文本细读或精读的方法。那么，这种对于文本的处理，是否能够真正地挖掘出作者的真实意图，本身也是存疑的。思想史家作为文本的阐释者，充分理解其选择的文本本身构成了研究的目标，就中国古代文学思想史的研究而言，再高明的解释也离不开对文本的精读与细读。正因为如此，思想史研究不仅需要在相当程度上借助于综合文、史、哲各个领域不同学科的研究方法，还需要某些专业化技能的训练，毕竟广博的知识和驾驭众多原始资料的能力，不是每一个研究者都具备的。如果希望理解阮籍及其《乐论》这样的论著，仅仅通过精读、细读对文本中的前提和主张进行分析是不够的，我们还需要理解阮籍提出这些音乐政治主张时的其他所作所为，换言之，我们必须确知他在多大程度上接受了汉以来的老生常谈（譬如对音乐本质的认识，如何杂糅儒家的神秘主义宇宙观与道家的自然主义宇宙观），或者他进行了重新表述并改写（譬如礼乐与政治关系的深度分析），或者是对它们的彻底批判和否定（譬如对近世以来音乐的彻底否定以及鲜明的复古倾向），由此，可以从一个人们熟知的话题中引出新的视野或新的话题，那就是魏晋时期类似阮籍这样具有多重人格，在精神分裂与心理危机中挣扎的士人有一大批，其文本传达的意义与著者的真实意图之间是否具有一致性，假如我们仅仅局限于分析文本本身的内容，那么我们显然无法获知不同文本之间的同一性，也无法深知作者写作时背后的所有意图。

就阮籍的研究而言，我们由此还可以引出一些更为复杂的问题。对于魏晋南北朝这样一个社会急剧动荡时期的思想文化特征，学术史上常常冠以思想多元、三教合流等判断，那么，这些已有判断是否已经成为这样的假设，即这一时期的思想家们必定具有这些理论意图，从而使得他们关于某些论题的讨论自然成为这些理论意图的系统性阐释。换言之，无论作者的真实意图如何，将他们的零星片语整理成为思想史家所期待的条理化、系统化学说，并使其成为历史上的某种学说或流派在这一时期的代表（或过渡转折，或开启总结），是各种思想史写作中常见的理论预设与写法套路。譬如关于阮籍思想的总体特征以及在六朝学术史上的定位，陈伯君先生认为是“由儒入道”[①]，刘明辉先生认为是“儒道兼综”，“上承何王之玄学”，“下启嵇康思想及葛洪道教之学”[②]，等等。诸如此类的理论预设及其影响下的结论，见于过往许多思想史论著中，其中亦不乏昆廷·斯金纳所批评的“学说神话”“连贯性的神话”等理论谬误。这些预设所导致的材料选取与路数选择上的种种缺失，业已成为过往思想史写作中极为常见的情形。

然而，问题的复杂性还在于，虽然从形式上，思想史家可以采用形形色色的方法去阐释既定的学说，但不可否认的是，经典的创立者自己言说其学说的方式及内蕴是唯一，当然，前提是他本人精神没有问题，或者其思想本身具有内在的逻辑一致性。然而，尔后的经典阐释者总是有意或无意地尝试比创立者本人更好的阐释其思想，为此常常漠视或忽略观点的矛盾处或体系的漏洞，甚或加以掩饰、曲解，这种现象在过往的思想史著述中并不鲜见。就阮籍的思想来看，正如鲁迅先生认为的那样，阮籍的诗文虽然也慷慨激昂，但许多意思都是隐而不显的[③]。那么，这些矛盾、隐晦的观点是魏

① 阮籍著，陈伯君校注：《阮籍集校注》“序”，北京：中华书局，1987 年，第 3 页。

② 张荣明、董志广主编：《中国政治思想通史·魏晋南北朝卷》，北京：中国人民大学出版社，2014 年，第 203 页。

③ 参见鲁迅：《魏晋风度及文章与药及酒之关系》，收入《而已集》，《鲁迅全集》第三卷，北京：人民文学出版社，1973 年，第 500 页。

晋时期的一般观点，还是原创性观点，是否具有思想的内在一致性，是否有思想史家所期待的那种一般思想史的谱系与脉络，以及这种谱系、脉络与历史连续性之间的关系，等等，大抵也是我们今天的研究需要加以重新思考的。思想史家的工作，在于理解并解释过往的思想家，若能“知人论世”“设身处地”还原复活其思想，或“同情之了解”有如他们的自我理解，那便是一种极高的阐释境界。这大概是所有经典阐释者所追求的目标，也是思想史写作中唯一具有客观意义的标准。那种认为作家已死，思想史家能够比本人更好地理解作者的看法，并非理论上完全不可取，但就过往的研究而言，那些阐释学上“多出来的意义”，虽然也可能揭示出作者的真实意图，或者文本本身所反映的多重意蕴，然而思想史家视域中种种“后见之明”所形成的“层累地叠加”，也极有可能为尔后的理解带来障碍。因此，就研究方法而言，对过往主导的研究范式进行反思总结，在斟酌取舍中做一些加减法，意义也就不言而喻了。

作为过往人类文学经验的解释者，文学思想史家既无法宣称某些论据材料是专属于自己研究的范围，也不能完全据有某一种研究方法或理论范式，他们通常只是“材料”的“消耗者”与“方法”的“使用者”。因此，思想史的所谓“加法”，不仅意味着资料篇目的选取，应该在更大范围内、更深层面上，将与文学思想史关联的学术思想史、政治思想史、哲学思想史、历史通史等内容纳入研究视野，重新审视文学思想史的材料来源。同时，还意味着在研究视野的更新和研究范式的选择上，要充分兼顾到文学思想史、文学观念史、文学编年史在理论预设、运思路数、方法范式上的长短差异。在此基础上，扬长避短、多元并取，方能开创出一条中国文学思想史研究的综合创新之路来。

文学思想的两种阐释路径

就文学思想的阐释路径而言，值得关注的有二：一为历史思想史路径，一为哲学观念史路径。前者侧重文学思想的相关性研究，重点关注文学思想史上文论家与文论流派以及思想体系赖以生成的具体的复杂的历史情境，通过重现过往的思想发展历程来呈现出思想的复杂性和丰富性，偏重于文学研究的“外在路径”；后者注重文学思想的逻辑性研究，重点关注文学思想体系自身的整体性与连续性以及问题意识的自主性，常常借助于概念、范畴、命题之间的逻辑论证来呈现不同思想体系之间的内在理论脉络，偏重于文学研究的“内在路径”。两者虽然在理论预设、研究对象、研究方法上取径不通、各具特色，但相辅相成、此消彼长，成为二十世纪以来文学思想研究领域极为常见的方法路数，产生了一系列大师级人物以及杰出的追随者，其中也不乏大量的经典论著。

一

历史地理解思想，是思想史阐释路径的理论预设。所谓历史地理解思想，是认为所有文化均孕育、发展于特定的独有的自然、社会的历史条件之中，因此，它所具有的价值和独特之处，就在于它的历史性。譬如在倡导思想史研究的柯林武德看来，历史事件之所以成其为历史事件，是由于它有思想。柯林武德反对史学中的自然科学、实证主义思潮，在他看来："历史的过程不是单纯事件的过程而是行动的过程，它有一个由思想的过程所构成的内在方面；而历史学家所要寻求的正是这些思想过程。一切历史都是思想史。"① 换言之，我们可以说，一切历史研究的对象都必须通过思想加以说明。作为文学史研究的一部分，文学思想是对过往文学经验的一种阐释，其功能在于理解那些共同构成过往文学生产或文学消费的观念、思想、立场、预设、主张以及成见等，而这种生产或消费必然与当时的社会政治、经济生活保持着某种关联性甚或一致性。在那些偏重于思想史阐释路径的研究方法中，常常主张选取那些对文学传统产生深远影响的文本，借助文本形成及传播过程的分析，来挖掘作者的真实意图，以期窥探思想文化的变迁乃至时代思潮的转向等重大问题。

思想史的阐释路径，重视的是阐释者的历史性与视野融合等问题。对于思想史研究所面对的问题，史华兹认为："在文本和解释者之间存在着一种永恒辩证的互动关系……对文本的关注反过来又

---

① ［英］柯林武德：《历史的观念》，何兆武、张文杰译，北京：商务印书馆，1997 年，第 302—303 页。

必定激发人们对于文本得以诞生的历史环境的关注。”① 因而常见的研究路数，是通过对原始文献的搜集、整理、编著，进而对文学活动的过程、文学思潮、文学流派的演变以及对文论家的历史定位进行理解与阐释，尤其会对同一时期各种文学活动之间的联系详加勘查，对其间原委乃至细节予以合理的解释，以期重建当时的文化语境，重现过往的思想发展历程。也正因为建立在具体的历史情境基础之上，思想史的阐释路径更多地关注一个体系自身的多重性和多方面性，在确认思想体系内含多重性、多方面性的同时，试图从不同侧面解释分析一种思想观念和一定时代的社会历史背景之间的内在根源，特别注重从经验层面上考察制约思想体系的多重原因，包括文化制度、审美风尚乃至师承关系、个人际遇以及阐释者的心路历程与价值立场对文学思想产生的影响。凡此种种，思想史阐释路径注重的是阐释者在具体历史处境中所面临的问题及其进行回应的全部努力，阐释者如何经由阐释经典而完成“自我理解”，并与其原生意义体用辉映，是此一路径的主要关切。

在研究对象的选择上，被筛选出来作为分析对象的，往往集中于特定的思想家，或以卓越的批评才能，或以文学天赋出众，或读者众多见长，即便这样做的原初意图，可能只是建构一种更为广阔的文学图景的手段。但从习见的研究套路来看，其研究的重点，往

① ［美］史华兹：《古代中国的思想世界》，程钢译，刘东校，南京：江苏人民出版社，2004 年，第 2 页。

往在于过往时代的主流或较为高级的思想观念，特别是同一时代的公共话语或学说流派，以及那些在文学实践活动中提出自己独特见解的知识分子。然而文学思想史研究的价值，主要在于它能为经典诠释提供多种可能性和全部丰富性，可以进一步推进阐释者对于过往文学思想复杂性和含混性的理解。要理解文学思想史的全部丰富性，不仅需要了解少数杰出人物的精神世界，还需要了解当时社会不同文化阶层有影响的观点。同时，借助于研究主流思想与边缘观念之间的融合渗透，还可以引导我们的研究关注那些隐而不显的思想史资源，从而为未来的研究带来新的更多的可能性。

与此相关的问题还在于，思想史阐释的路径，虽然在展现文学历程的复杂性、多元性方面获得了极大的自由，但在对文学思想发展的整体脉络与大局判断上，较之观念史的阐释路径在时空意识方面的优势，则显得明显不足。加之伴随着百余年科学主义、实证主义的深入人心，史料至上的风气弥漫在文、史、哲研究的各个领域，这一方面极大地扩展了材料的来源，另一方面也导致各种“窄而深”的专门化研究大行其道。在具体的文学批评实践中，文学思想与历史意识、哲学思辨如影随形，其间错综复杂、互动频繁，具有复杂多面的存在样态与呈现方式。囿于阐释者缺乏对历史思想的总体性理解，常常“只见树木，不见森林”，对于重大的思想文化事件以及大的思想转型，也就缺乏有效的阐释了。

二

思想具有自身的逻辑自洽，是观念史阐释路径的理论预设。思想观念具有自身的内在整体性，所衍生的问题具有相同的知识谱系与共同的运思逻辑，核心的问题意识既内在又超越，有着自足的逻辑脉络与自主的生命力，并不依赖具体的文学活动或一般所谓的“社会文化语境”。譬如在施特劳斯看来，人类的根本处境并没有随着历史变迁发生根本性的变化，哲学、政治、宗教等领域值得人们思考的问题也没有发生根本性的变化。针对历史主义认为没有任何思想能够超越历史局限性的论点，他认为人类处境的这种相似性与“根本问题”的持久性，有可能在某个时刻突破人类历史性的局限，从而获得对于“根本问题”的真正洞见①。而在倡导观念史研究的诺夫乔伊看来，历史上确有一些最基本的或重复出现的概念，考察这些观念的某些思想成分是否或者以何种方式出现在批评家的思考之中，以及这种成分是否达到了“观念单元”所理应达到的那种“理想类型”，就是观念史家的研究工作②。对于这一类问题的研究，常常可以穿越不同的时空、语言、民族、国家，也可以贯通不同的学科领域，正因为如此，观念史的阐释路径是现当代学术研究

---

① 参见［美］列奥·施特劳斯：《自然权利与历史》，彭刚译，北京：生活·读书·新知三联书店，2003年，第25页。

② 参见［美］诺夫乔伊：《存在巨链——对一个观念的历史的研究》，第5页。

中一种相当行之有效的方法。

厘清谱系，找寻规律，是观念史阐释路径的价值指向。如何凸显出问题意识的自主性，如何将元问题、元范畴视为自律性的“根本问题”，以此出发，研究元问题与次生问题以及问题丛的结构形态，从而揭示出思想系统衍化的内在条理、内在秩序以及结构形态、发展规律，是此一阐释路径的主要关切点。在研究对象的选取上，不同于思想史阐释路径常常选取个案进行研究，观念史阐释路径更倾向于取道类型的研究。注重内在逻辑的论证与推衍，常常以归纳、提纯、抽象的手段，以分类、层级的形态加以呈现，是此一阐释路径的重要特色。作为研究方法，这种论证、推衍，就同一系统内部而言，主要在于揭示、提炼出此一系统的主导原则、普遍观念、永恒问题及其各种原则、观念范畴之间的关系；就不同的系统而言，则更多地侧重于揭示各个系统之间的一致趋向、脉络走向与逻辑关联。这种运思逻辑，强调理论体系及其概念范畴的整体性、同一性和连续性，倾向于围绕着一个中心，譬如原则、意义、精神、世界观、整体形式等，把所有的现象集中起来展开一种全面的描述。如此这般，经由观念史阐释路径提纯、抽象后的各种“先见之明”、理论脉络、规律法则，也就成为与此相关的概念史、范畴史、观念史、文体史研究中惯见的逻辑前提，从而极易形成“论者主观意图在前，前置明确立场，无视文本原生含义”① 的阐释

① 张江：《强制阐释论》，载《文学评论》2014 年第 6 期。

弊端。

反观观念史的阐释路径，理论预设上存在的整体性、连续性幻觉，以及由此带来的言说主体的缺失与结论的简约化倾向，是其最为明显的内在缺陷。譬如在否定“纯历史”“纯知识”的怀特海看来，观念的历史源自我们对历史的理解，而我们的解释有可能并不符合真实的历史进程。因为知识的产生总是伴随着情感、目的等多种因素，所以独立的存在只是一种神话，“纯知识”这一类高度抽象的概念，应该从我们头脑中被清除。据此，他断言观念史研究的巨大危险在于简化，建构一个思辨的观念体系来解释历史的进程，则无异于一场“观念的冒险”，观念之史便是错误之史①。同样，在强调断裂、不连续性、界限、极限、转换等问题域的后现代研究视野中，观念史的阐释路径也是难以接受的。譬如福柯认为：“某种概念的历史并不总是，也不全是这个观念的逐步完善的历史以及它的合理性不断增加，它的抽象化渐进的历史，而是这个概念的多种多样的构成和有效范围的历史，这个概念的逐渐演变成为使用规律的历史。”② 对观念史阐释路径进行颠覆性批判的，是“剑桥学派”的斯金纳。他认为观念史研究的最大错误，就在于证实某种“观念”的“基本意义”必然存在，并且假定这种意义基本“保持

① ［英］怀特海：《观念的冒险》，周邦宪译，南京：译林出版社，2012 年，第 9、11、29、31 页。

② ［法］福柯：《知识考古学》，谢强等译，顾嘉琛校，北京：生活·读书·新知三联书店，1998 年，第 3 页。

不变”。如此一来，所有考察的学说被化约为某一实体，其发展过程则被描述成一个不断成长的有机体，于是主体消失了，代之以观念之间的格斗，在这样的历史写作中，我们的叙述很快便与言说主体失去关联，因此，他彻底否定了在经典文本中包含有“普遍观念”与“永恒问题”等理论预设的存在，并且针对当时观念史研究领域流行的各种理论预设，包括“学说神话”“连贯性神话”“预见神话”等各种“先见之明”进行了激烈的攻击①。情况的确如此，观念史阐释路径影响下的研究，忽略了言说的主体，排除任何不连续性的概念，以逻辑的、科学的后设价值来解释概念范畴，并追究其历史发展的规律，而更多不合乎这种逻辑脉络或规律标准的内容，则被当成没有思想含义的东西视而不见了。这些理论预设所导致的种种缺失，譬如材料选取上的遮蔽、路数选择上的固化以及结论方面的简化，业已成为过往文学思想研究中极为常见的情形。

三

上述两种阐释路径各有利弊，长短易见，对于文学思想的阐释都是不可或缺的，很难截然分开。如果仅仅专注于历史地解释文学思想，忽略了思想体系自身的复杂关系，往往就会使文论研究流于一些琐碎细节的关注、单纯材料的杂陈或者具体个案的描述，而难

① 参见［英］昆廷·斯金纳：《观念史中的意蕴与理解》，中译本收入《什么是思想史》，任军锋译，上海：上海人民出版社，2006 年，第 100—135 页。

以真正把握文学思想发展所具有的内在脉络关联。反之，如果仅仅关注逻辑地论证思想观念，忽视了思想的具体的历史地解释，往往就会有意或无意地忽略文学思想演变过程所具有的复杂性和丰富性，除了积累起一大批内容详备却干瘪乏味的概念清单外，很难从根本上厘清文学思想史上是否存在那些具有普遍意义的“根本问题”或“观念单元”。

阐释过往的文学思想，不仅意味着阐释者必须设身处地地思考古人在做某一件事情时是如何思想的，而且意味着一切过去的历史必须联系当下才能得以理解和阐明。因此，“知人论世”的社会历史语境分析路数，是文学思想史阐释中最为常见甚或日用不知的研究范式，常常被视为文学研究“内在路径”的主要代表。但是，问题的另一方面在于，历史上的经典文本，虽然“知人论世”“设身处地”的追溯还原是研究的重要途径之一，但是语境还原并不一定能够穷尽经典文本所蕴含的全部意义，因为经典文本一经形成，便在一定程度上具有超越具体历史语境的独立性，加之超越具体的历史语境进行普遍性思考，素来也是经典阐释者进行研究的原初意图，无论这一意图是否得以真正实现。至于尔后的诠释者是否有能力把握所要考察的思想观念的社会历史语境，能否写出值得信赖的思想史论著，仍然存在着相当多的疑问。有鉴于此，文本意图与产生之时的特定语境、作者的人生经历之间，究竟存在多大程度的关联以及关联的方式，不同的文本在程度和方式上恐怕也会有所不同。

譬如以“竹林七贤”的阮籍为例。就阮籍的论著来看，既有与特定的历史语境、作者人生经历联系密切的部分，也有超越具体的历史语境具有普遍意义的部分。其中一类是针砭具体人、事，如《大人先生传》《东平赋》《亢父赋》等；另一类虽然有针对的人、事，但其文本具有一定的时代超越意义，如《咏怀诗》中体现的精神痛苦与心理危机，任何身处黑暗时代的知识分子大都感同身受；还有一类代表了该时代哲学、政治理论原则的最高层次的抽象，如《通易论》《乐论》等，这与文本产生之时的语境或作者个人经历等，并没有直接的关联，如果仅仅佐以思想史的阐释路径，便会显得捉襟见肘。因此，如何审视经典文本的具体历史性和普遍超越性之间的关系，本身也是值得经典阐释者认真考量的问题。

受到二十世纪西方哲学转向的影响，对于如何历史地理解思想，经典阐释者常常会倡导文本细读或精读的方法，并将其视为文学研究“内在路径”的主要代表。就中国古代文学思想的研究而言，再高明的解释也离不开对文本的精读与细读，思想史家作为文本的阐释者，充分理解其选择的文本木身构成了研究的目标。正因为如此，文学思想的研究不仅需要在相当程度上借助于综合文、史、哲各个领域不同学科的研究方法，还需要某些专业化技能的训练，毕竟广博的知识和驾驭众多原始资料的能力，不是每一个研究者都具备的。但即便如此，这种对于文本的处理，是否能够真正地挖掘出作者的真实意图，本身还是存疑的。如果希望理解阮籍及其《乐论》这样的论著，仅仅通过精读、细读对文本中的前提和主张进行分析是不够的，我们还需要理解阮籍提出这些政治音乐主张时的其他所作所为。换言之，我们必须确知他在多大程度上接受了汉以来的老生常谈（譬如对音乐本质的认识，如何杂糅儒家的神秘主义宇宙观与道家的自然主义宇宙观），或者他进行了重新表述并改写（譬如礼乐与政治关系的深度分析），或者是对它们的彻底批判和否定（譬如对近世以来音乐的彻底否定以及鲜明的复古倾向）。由此，可以从一个人们所熟知的话题中引出新的视野或新的话题，那就是魏晋时期类似阮籍这样具有多重人格，在精神分裂与心理危机中挣扎的士人有一大批，其文本传达的意义与著者的真实意图之间是否具有一致性，假如我们仅仅局限于分析文本本身的内容，那么，我们显然无法获知不同文本之间的同一性，也无法深知作者写作时背后的所有意图。

当然，上述问题的产生，并非仅仅源自两种不同的阐释路径，许多问题是经典阐释者必然遭遇的。虽然经典的创立者自己言说其学说的方式及内蕴是唯一的，但不可否认的是，经典的阐释者可以采用形形色色的方法去阐释既定的学说，在这种阐释的重构中，尔后的阐释者总是有意或无意地尝试比创立者本人更好的阐释其思想，为此常常漠视或忽略观点的矛盾处或体系的漏洞，甚或加以掩饰、曲解，这也类似于张江先生所言的“强制阐释”，也即在本文不符合理论需求的情况下，为实现目标而肢解文本，重置文本，使文本符合理论①，这种现象在过往的文学理论著述中并不鲜见。就阮籍的思想来看，正如鲁迅先生认为的那样，阮籍的诗文虽然也慷

① 参见张江：《前见与立场》，载《学术月刊》2015 年第 5 期。

慨激昂，但许多意思都是隐而不显的①。那么，这些矛盾、隐晦的观点是魏晋时期的一般观点，还是原创性观点，是否具有思想的内在一致性，是否具有经典阐释者所期待的那种一般思想史的谱系与脉络，以及这种谱系、脉络与历史连续性之间的关系，等等，大抵也是我们今天的研究需要加以重新思考的。

经典阐释者的工作，在于理解并解释过往的思想家，若能“知人论世”“同情之了解”还原复活其思想，或“设身处地”有如他们的自我理解，那便是一种极高的阐释境界。这大概是所有经典阐释者所追求的目标，也是文学思想研究中唯一具有客观意义的标准。那种认为作家已死，经典阐释者能够比本人更好地理解作者的看法，虽然并非理论上完全不可取，但就过往的研究而言，那些阐释学上“多出来的意义”，虽然也可能揭示出作者的真实意图，或者文本本身所反映的多重意蕴，然而经典阐释者视域中种种“后见之明”所形成的“层累地叠加”，也极有可能为尔后的理解带来障碍。在以历史传统、文化现象、知识系统为对象的文学思想阐释传统中，身临其境的言内之意的呈现，抉发意蕴的言后之意的发掘，以及囿于时空阻隔、古今异音而形成的种种曲解、臆断，也就不可避免地形成经典阐释的两难处境。面对万壑争流的思想世界，如何与经典合一，同时开出自我理解的新意，为文学的世界提供一个终极的、整体的解释，也就成为所有经典阐释者的宿命了。

---

① 参见鲁迅：《魏晋风度及文章与药及酒之关系》，收入《而已集》，《鲁迅全集》第三卷，第500页。

编年批评史的理论与方法

一

在《现时代的根本特点》一书中，费希特将构成人类历史的超时间存在分为先验和后验两个部分。在他看来，前者是必然存在的“概念中的时间”；后者是现实偶然存在的“编年史的时间”。前者展现的是作为历史目标的宇宙蓝图及其实现过程，是人类历史发展的逻辑；后者展示的是无穷无尽的历史事实及其出现过程，是人类历史发展的经验。顺着费希特的语脉，“概念中的时间”可以视为秩序意义上的时间，“编年史的时间”则可以视为自然流逝的时间①。

借用费希特的时间概念，那么，文学批评的历史也可以区分为两种：一种是“概念脉络中的批评史”，一种是“编年意义上的批

① 参见［德］费希特：《现时代的根本特点》，沈真、梁志学译，沈阳：辽宁教育出版社，1998年，第4—19页。

评史”。前者展示的是文学批评意识演进的内在理路、内在秩序，关注的是体系自身的整体性与连续性，这种整体关联常常借助于概念、范畴、命题之间的逻辑论证，以同一类型或相同形态呈现；后者则主要关注文学批评史上文论家与文论流派以及思想体系之间前后相继、先后相生的意义关联，这种意义关联常常借助于个案的研究，以描述的方式呈现出思想的复杂性和多元性。

在理论预设上，两种批评史有着极大的不同。在概念脉络批评史的视域中，思想观念确乎具有自身的逻辑自洽与整体关联，所衍生的观念范畴具有相同的知识背景与共同的心理逻辑，并不依赖具体的文学活动或一般所谓的“社会文化语境”，因此，其核心的问题意识既内在又超越，有着自足的逻辑脉络与自主的生命力，因此，如何揭示出思想系统衍化的内在条理、内在秩序以及结构形态、发展规律，是这种研究的价值指向。譬如在倡导“观念史”的诺夫乔伊看来，历史上有一些最基本的或重复出现的概念，包括“一些含蓄的或不完全清楚的设定，或者在个体或一代人的思想中起作用的，或多或少未意识到的思想习惯”，这些东西是“心照不宣地被假定”，无须论证，甚至日用不知，但是“他们有可能在任何事情上影响人的反思进程”①。对于这些概念的研究，常常可以穿越不同的时空、语言、民族、国家，而且还可以贯通不同的学科领域。正因为如此，“概念脉络中的批评史”的写作与研究，成为

① ［美］诺夫乔伊：《存在巨链——对一个观念的历史的研究》，第9、18—19页。

二十世纪中西学术实践中一种相当行之有效的研究进路。

“编年意义上的批评史”，不同于“概念脉络中的批评史”注重研究的整体性、连续性及其问题意识的自主性，而是更重视阐释者的历史性以及阐释的循环效应。关于此一研究途径的理论假设，史华兹的观点具有参考价值。在他看来：“在文本和解释者之间存在着一种永恒辩证的互动关系……说到底，我们必须仔细斟酌对于原始文本的理解，对文本的关注反过来又必定激发人们对于文本得以诞生的历史环境的关注。”① 因此，人们如何对其所处环境进行有意识回应，以及这种回应是否会随着时代的变化而变化，是编年批评史所面对的问题。其主要的研究路径，是通过分析作者的论点和路数，考察其师承源流、家学背景、依据资料以及理论的源流统绪，以期重返文本形成之初赖以生成的具体的复杂的历史情境，重建当时的文化语境，重现过往的思想发展历程。也正因为建立在具体的历史情境基础上，编年史的研究更多地关注一个体系自身的多重性和多方面性，在确认思想体系内含多重性、多方面性的同时，试图从不同侧面解释分析一种思想观念与一定时代的社会历史背景之间的内在根源。

从研究进路看，两种批评史的研究对象、研究范式各不相同。在研究对象的选择上，可以将过往的批评史研究形态分为两种，即批评的类型和批评的个案。就文学批评本身的体系而言，批评的类

---

① ［美］史华兹：《古代中国的思想世界》，第 2 页。

型主要体现了一套理论系统中居于主导地位的宗旨，以及此一宗旨与该系统中其他的相关的范畴、概念、命题之间的逻辑关联①。从批评史体系之间的关系来看，它更多地反映了不同思想体系之间的内在理论脉络。因此，以类型为主要范型的文学批评史，也就成为“概念脉络中的批评史”的常见写法。与批评类型相对的，则是批评个案。个案是指批评史上业已产生的，也即“文学史上真正发生过什么事”，以及作为文学传统在思想史上的效应，常常在批评家的历史性和文本阐释的循环效应中，引发出若干的问题意识。因此，以个案为主要范型的文学批评史，也就成为“编年意义上的批评史”研究的常见进路。

具体而言，类型研究，通常按照不同的标准或方式划分。借用诺夫乔伊的说法，考察的是“单位观念”（unit-ideas）的某些思想成分是否或者以何种方式出现在批评家的思考之中，以及这种成分是否达到了“单位观念”所理应达到的那种“理想类型”。就文学批评史的角度而言，过往的研究大多采用这样的一些区分类型。譬如从理论体系区分，批评史上常常有概念、范畴、命题等不同的理论类型。概念是命题的综合，命题是概念与概念之间的关系，而作为反映事物本质属性和普遍联系的范畴是理论中最高的概括形式，其中出现最早的、包容性和衍生性最强的则为元范畴。在过往的文学批评史研究中，常常以元范畴为核心贯通整个批评史，而每一个

① 关于类型与个案的区别，参见杨国荣：《哲学史研究的若干问题》，收入《历史中的哲学》，上海：华东师范大学出版社，2009 年，第 402 页。

元范畴都形成了一系列的次生范畴和命题，这些元范畴、次生范畴和命题相互联系，相辅相成，形成前后照应、左右互摄、上下交错的理论体系。除理论体系之外，也可以从审美取向的角度、文体类型的角度以及学派流派的角度，来区分不同的类型研究，与此相关的概念史、范畴史、观念史、文体史等，业已成为“概念脉络中的批评史”写作的常见模式。

不同于类型研究，于历史变化中寻找不变，个案研究，旨在变化中找寻规律，因而常常通过第一手文献的大量搜集、整理、编著，对文学活动过程的解释、文学思潮、文学流派演变的理解以及对批评家的历史定位，尤其是对同一时期各种文学活动之间的联系详加勘查，对其间原委乃至细节予以合理的解释，以期还原批评史的本来面目。同时，不同于类型研究追求理论的同一性、一致性原则，个案研究更注重揭示出差异性、异质性的一面，尤其关注从经验层面上考察制约思想体系的多重原因，包括文化制度、审美风尚乃至师承关系、个人际遇以及诠释者的心路历程与价值立场等对文学思想产生的影响。此一思路左右下的编年史研究，注重考察的是批评家在具体历史处境中所面临的问题及其进行回应的全部努力，与此相关的思想史、文化史、心态史、精神史等，构成“编年意义上的批评史”写作的常见模式。

二

从研究范式及其运思逻辑看，两种批评史各具特色、长短互见。“概念脉络中的批评史”注重内在逻辑的论证与推衍，常常以归纳、提纯、抽象的手段，以分类、层级的形态加以呈现。作为研究方法，这种论证、推衍，就同一系统内部而言，主要在于揭示、提炼出此一系统的主导原则、普遍观念、永恒问题及其各种原则、观念之间的关系；就不同的系统而论，则更多地侧重于揭示各个系统之间的一致趋向、脉络走向与逻辑关联。这种运思逻辑，强调理论体系及其概念范畴的整体性、同一性和连续性，倾向于围绕着一个中心，譬如原则、意义、精神、世界观、整体形式等，把所有的现象集中起来，展开一种全面的描述，而这在强调断裂、不连续性、界限、极限、转换等问题域的后现代研究视野中，则是难以接受的。譬如在福柯看来：“某种概念的历史并不总是，也不全是这个观念的逐步完善的历史以及它的合理性不断增加，它的抽象化渐进的历史，而是这个概念的多种多样的构成和有效范围的历史，这个概念的逐渐演变成为使用规律的历史。”① 情况的确如此，“概念脉络中的批评史”研究，并不像总体历史研究那样展开的“某一扩散的空间”，而是排除任何不连续性的概念，以逻辑的、科学的后

① ［法］福柯：《知识考古学》，第3页。

设价值来范围古代的概念范畴，并追究其历史发展的规律，而更多不合乎这种逻辑脉络或规律标准的内容，则被当成没有思想含义的东西视而不见了。

这种“提纯”“纯化”的路数，在二十世纪初中国文学批评史的创始阶段，体现得颇为充分。第一代研究者为了学科边界的划定，常常将文论话语从哲学、历史的思想语境中剥离出来，以便使理论体系显得更为明晰条贯一些。譬如郭绍虞先生1929年的《文气的辨析》一文，是从桐城派姚鼐“文之精”的“神、理、气、味”说开的。郭先生认为，其中文气的界限最易混淆不清，他的解决之道是：“本文删除枝叶，所以不旁涉到哲学上论气的话。当然，不是说哲学上的论气和文学上的论气没有关系，但是为要使文气说的理论简单化一些，还以避免不谈为宜。”① 这种剥离的做法，充分体现了第一代研究者的路数，即将文论话语从整体思想体系中剥离出来，从而确立言说范围、学科边界，当然，就郭先生本人的学术兴趣而言，显然更多关注于传统诗文创作的价值，而不是现代学者所膜拜的理论系统，他写批评史的目的在于印证文学史。如此这般所建构的“纯文学”的古代文论批评范式，切断了与文、史、哲合一的整体意义世界的关联，也就将中国文学批评史背后复杂丰富的思想系谱与知识链接，有意或无意地过滤、遮蔽了。

“编年意义上的批评史”研究，大多借助考订、校勘、训诂等

---

① 郭绍虞：《照隅室古典文学论集》（上编），第116页。

方法，以实证的态度，将研究个案还原到抽象之前，也即具体的、细节的甚至泛化的原初状态。不同于抽象之后的类型研究，常常有意或无意略去不直接体现脉络主旨的方面、特征，个案研究常常深入到具体的系统或特定的语境中，以描述、阐释的形式展示研究对象在历史过程中的全部丰富性和多方面的内容，同时，对于思想要素之间的张力和紧张感及其形成的内在根源，也会予以更多的关注。在倡导思想史研究的柯林武德看来，历史事件之所以成其为历史事件，皆是由于它有思想，因而他提出要把杂乱支离的史学研究改造成真正能够提出明确问题并给出明确答案的史学。在他看来，历史研究中最大的错误莫过于假定，他认为："历史的过程不是单纯事件的过程而是行动的过程，它有一个由思想的过程所构成的内在方面；而历史学家所要寻求的正是这些思想过程。"① 所谓历史地理解思想，是认为所有文化均孕育、发展于特定的、独有的自然、社会的历史条件之中，因此，它所具有的价值和独特之处，就在于它的历史性，当然，这也就意味着没有任何思想能够摆脱历史的制约，同时，也就不可避免地带有历史的局限性。

史事层面与意义层面的模糊，事实判断与价值判断的含混，是中国传统学术的重要特征之一，但自二十世纪二十年代以来的"去价值化""去道德化"后，"价值"和"事实"分离，尤其是传统的义理价值与历史事实的分离，带来一切载籍文献的"对象化"、一

---

① ［英］柯林武德：《历史的观念》，第 302—303 页。

切研究对象的“历史化”以及研究方法上的“学术化”“科学化”追求，学问也就从传统的“为己”之学变为“为人”之学。譬如在史学研究领域，强调证据的“集众式研究”就颇为流行，傅斯年先生对此解释为“大家互相补其所不能，互相引会，互相订正”，他据此断言：“孤立的制作渐渐的难，渐渐的无所谓，集众的工作渐渐的成一切工作的样式。”① 这种史料至上的风气，极大地扩充了史料的来源，深刻地影响到中国现代学术品格的形成。但与之相伴的，则是各种“窄而深”的专业化研究，囿于缺乏大理论以及整体全面的历史文化把握，整体性的丧失与意义感的失落，也就不可避免了。对此，倡导文学编年史的陈文新先生看来，纪传体、编年体是两种传统的文学史范型，由于纪传体所具有的空间意识和时间意识优势，对于时代风会的描述常常言简意赅，达到以少许胜多许的境界。但是问题在于，风会之说仅能言其大概，对于“个别”“例外”，对于作者时代归属与作品实际创作以及传播和接受等问题，往往力不从心，而编年史的方法，解决以来就方便多了，因为它在呈现中国文学发展历程方面可以比纪传体或纪事本末体更接近于原生态，更具有客观性和丰富性②。即便如此，对于编年史的缺失，陈先生仍然保持了清醒的认识：“与纪传体相比，编年史在展现文

① 傅斯年：《历史语言研究所工作之旨趣》，收入《中研院历史语言研究所集刊论文类编》“历史编·先秦卷”一，北京：中华书局，2009 年，第 10 页。

② 陈文新主编：《中国文学编年史研究》，北京：中华书局，2009 年，第 136 页。

学历程的复杂性、多元性方面获得了极大的自由，但在时代风会的描述和大局的判断上，则远不如纪传体来得明快和简洁。”① 因此，在其主编的十八卷本《中国文学编年史》中，在充分发挥编年史长处的同时，从时间段的设计、历史人物的活动和思想文化活动等方面，则尽量对其短处加以弥补。

上述两种研究途径，只是大体而论，实际上，两者虽然取径不同，方法各异，但是相辅相成，很难截然分开。如果忽视概念脉络批评史的逻辑论证，仅仅专注于编年批评史的历史解释，往往就会使批评史研究流于一些琐碎细节的关注、单纯材料的杂陈或者具体个案的描述，而难以真正把握批评史发展所具有的内在脉络关联。反之，如果仅仅关注概念脉络批评史的逻辑论证，而忽视了编年批评史的历史解释，具体的批评史研究中，往往就会有意或无意地忽略文学思想演变过程所具有的复杂性和丰富内涵，将批评史变成抽象的概念范畴演化过程与空洞的逻辑框架。有鉴于此，如何取两者之长而补其弊者，不妨借用余英时先生的折中之法。在他看来，一切的知识，如果要具有科学性的话，必须经历相同的程序，即观察（observation）、概念思考（conceptual reflection）和实证（verification）。其中，观察是搜集大量的事实，概念思考是用归纳的方法建立通则（general laws），而实证则是再根据事实来验证所

① 陈文新主编：《中国文学编年史》“周秦卷”之“总序”，长沙：湖南人民出版社，2006年，第1—2页。

建立的法则的有效性①。

三

通过上述两种批评史研究模式的比较，我们可以较为清楚地认识到问题的复杂多面性，在具体的研究过程中，单单关注逻辑脉络面向或者单单关注历史思想面向，均不足以把握批评史的全部内容。换言之，仅仅停留在类型的研究层面上，或者仅仅停留在一个又一个具体个案的解释上，对于能否再现真实的批评史，仍然是存疑的。

就“概念脉络中的批评史”的路数而言，其内在的缺陷是明显的。对于这种研究方法的批判，英国“剑桥学派”的昆廷·斯金纳颇具代表性。他否定在经典文本中包含有“普遍观念”与“永恒问题”等理论预设的存在，在他看来，观念史研究的最大错误，就在于证实某种“观念”的“基本意义”必然存在，并且假定这种意义基本“保持不变”。如此一来，所有考察的学说被化约为某一实体，其发展过程则被描述成一个不断成长的有机体，于是主体消失了，代之以观念之间的格斗，在这样的历史写作中，我们的叙述很快便

① 余英时：《论戴震与章学诚》，北京：生活·读书·新知三联书店，2000年，第274—276页。

与言说主体失去关联①。同样，在否定“纯历史”“纯知识”的怀特海看来，独立的存在只是一种神话，在有关观念史的建构过程中，“纯知识”这一类高度抽象的概念，应该从我们头脑中被清除，因为知识的产生，总是伴随着情感、目的等附件的。在《观念的冒险》一书的“前言”中，怀特海认为要建构一个思辨的观念体系来解释历史的进程，这无异于一场“冒险”，因为他的解释有可能并不符合真实的历史进程，因为观念的历史来自我们对历史的观念，也就是说，观念的历史基于我们理智的立场。据此，他断言观念史研究的巨大危险在于简化，所以观念之史便是错误之史②。

同时，还可以注意到，概念脉络层面的研究，常常将复杂万变的历史现象加以“区隔化”（distinction），并且分割成为政治史、经济史、社会史等各个不同领域的问题，并且假设各个区隔之间互不相关，形成经典诠释中的盲点，从而构成现代史学研究领域所谓的“隧道效应”（tunnel effects）和“隧道历史的谬误”（the fallacy of tunnel history）③ 等问题。这种状况的形成，与后世诠释者的历史性有着极为密切的关系，因此，进一步的理论反思也就不可避

---

① Quentin Skinner, “Meaning and Understanding in the History of Ideas”, *Visions of Politics*, vol. Ⅰ, Regarding Method, Cambridge: Cambridge University Press, 2002, pp. 84 - 85、62.

② ［英］怀特海：《观念的冒险》，第 9、11、29、31 页。

③ J. H. Hexter, *Reappraisals in History*, London: Longmans, 1961, pp. 194 - 195. David H. Fischer, *Historian's Fallacies: Toward a Logic of Historical Thought*, New York: Harper & Row, 1970, pp. 142 - 143.

免。张祥龙先生认为："自胡适和冯友兰以来，以'逻辑的、科学的'方法来治中国古学的做法几乎被各门派共同信奉。于是，'道'、'仁'、'阴阳'、'气'等等就被当作西方传统哲学和逻辑意义上的'概念范畴'，还要追究其'逻辑发展的规律'。而任何不合乎这条概念化标准者，就被当作无思想含义的东西。"① 显而易见，仅仅依靠概念批评史的研究方法，无法克服自身的缺陷，辅助其他研究方法，就显得很有必要了。

在具体的批评实践中，概念、范畴、命题乃至体系、系统的逻辑义理，既是历史思想文化的理论抽象，又与之有着密不可分的关系，其间错综复杂、互动频繁，而个案众多，个性多于共性的事实很难用简单的归类、对应来总括，欲从中找寻一般性的规律尤难。因此，习见的提炼、纯化、抽象等研究方法，常常是将具有一些观念意蕴的批评性话语，从文、史、哲合一的整体性文本中抽离出来，借助于种种后设价值及"后见之明"（hindsight）的种种方式方法，以期发现其理论之间具有某种原则导向或归属取向的逻辑关联。正如葛兆光先生所言："近代的中国哲学史叙事，则是对中国古代思想进行西方哲学意义上的'系谱化'，系谱化是把各种各样复杂的、偶然的、喧闹的、杂乱的历史和思想，用西方的现代的哲学的'后见之明'来清理、筛选、编织和解释，编织出一个'脉络'，这个'脉络'常常以一种哲学的、理性的、顺畅的方式，把

① 张祥龙：《从现象学到孔夫子》"序"，北京：商务印书馆，2001年，第3页。

历史和思想变得可理解。”① 情况的确如此，近代以来相当多的文、史、哲著述，均建立在这样的理论预设上。

当然，问题的复杂性还在于，批评史的形成，不仅仅是对文学批评存在的反思判断，更涉及颇为复杂的历史文化经验与价值意义。历史地看，批评史的研究，如果隔绝了与思想文化系统的生命联系，就罕有抽丝剥茧般的深度分析。同时，思想文化的历史状况，恐怕也可能比我们所了解的一般规律复杂得多，其演变也并非那么按部就班地循着同一种规律来进行，因此历史和逻辑越是结合得天衣无缝，它在知识学意义上的可信度就越小。胡适先生认为：“一切太整齐的规律，都是形迹可疑的，因为人事从来不会如此容易被装进一个太整齐的系统里去。”② 陈寅恪先生认为：“其言论愈有条理统系，则去古人学说之真相愈远。”③ 这些看法对于我们今天文学批评史的研究，仍然是具有启发意义的。

四

比较而言，不同于概念脉络的研究路数，受制于各种先见之

① 葛兆光：《道统、系谱与历史——关于中国思想史脉络的来源与确立》，载《文史哲》2006年第3期，第59页。

② 转引自罗尔纲：《生涯再忆——罗尔纲自述》，太原：山西人民出版社，1997年，第42页。

③ 文见冯友兰：《中国哲学史》下“审查报告”〔一〕，北京：中华书局，1961年，第12页。

明，如斯金纳批判的“学说的神话”（the mythology of doctrines）、“融贯性的神话”（the mythology of coherence）、“预见的神话”（the mythology of prolepsis）等，“编年意义上的批评史”研究，则常常不可避免地带上经典阐释者的种种“后见之明”，这类似于“古史辨”所谓的“层累地叠加”，或利科所谓解释学上“多出来的意义”（surplus meaning），这些因素也会给后世理解文本的本来意图带来各种障碍。

同时，值得注意的是，就过往的编年批评史研究而言，也存在着不同程度的局限。首先，编年批评史的研究，往往集中于特定的批评家，即便这样做的目的，可能只是建构一种更为广阔图景的手段，而被筛选出来作为分析对象的批评家往往以卓越的批评才能，或以文学天赋，或读者众多见长。而从习见的研究套路来看，其研究的重点，往往在于过往时代的主流或较为高级的思想观念，特别是同一时代的公共话语或学说流派，以及那些在文学实践活动中提出自己独特见解的知识分子。其次，编年批评史的材料偏于内在循环，从文字到文字，从文献到文献，旨在佐证或厘清文献里的记载，尽可能多的与经、史、子、集或其他文学史料相联系、相印证。因此，在这样的研究范式中，重视的是功力，不是理解，确如王汎森先生所言：“从文献到文献的过程中，即使下了极大的功夫，累积了极深厚的功力，许多问题还是无法得其确解。”① 诸如此类

① 王汎森：《什么可以成为历史证据——近代中国新旧史料观点的冲突》，收入《中国近代思想与学术的系谱》，长春：吉林出版集团有限责任公司，2011年，第349页。

的研究，无论“求其古”，还是“求其是”，最终也不免落入“古董式之学术”的境地。

再次，一切编年批评史的研究，不仅意味着人们必须历史地、设身处地地思考古人在做某一件事情时是如何思想的，而且意味着一切过去的历史必须联系当下才能得以理解和阐明。但是，问题的另一方面在于，历史上的经典批评文本，即使是由特定的历史语境产生，然而一经形成，本身在很大程度上也就具有了超越具体语境的独立性。因此，超越具体的语境进行普遍性的研究思考，素来是批评家在从事批评活动时所具有的原初意图，无论这一意图是否得以真正实现。至于尔后的经典诠释者是否有能力把握所要考察的思想观念的社会历史语境，能否写出“值得信赖的编年史论著”，仍然是存在着相当多疑问的。见于过往各种“窄而深”的编年类著述，囿于阐释者缺乏对历史思想的总体性理解，常常“只见树木，不见森林”，对于重大的思想文化事件以及大的思想转型，无法进行有效的阐释。这就如同诺夫乔伊所批评，文学研究者如果缺乏合适的哲学训练，那么，这些观念的历史世系、逻辑含意、言外之意以及在人类思想中别的表现形式，也即文学的哲学背景就很难得以说明①。

即便有上述局限的存在，但是，较之于概念脉络一类的“内在路径”研究范式所带来的更多问题，编年批评史的实证路数，也就

① ［美］诺夫乔伊：《存在巨链——对一个观念的历史的研究》，第17页。

显得并不那么招人反感了，从许多方面来看，它意味着研究材料更为广泛，研究方法更为多样，即便是历史上那些玄妙深奥的观念也只是其中的一个部分而已。而且对于很多中国学者来讲，这也恰恰成为西风日盛之下进行有效抵抗的一种当然之选。譬如霍松林先生认为，编年史之所以在近年受到重视，其中的一个原因是它以中国文学为本位，以史料为基础，便于完整地呈现其真实面貌。编年史可以有效地阻止西方观念对中国文学事实的简单阉割，它的大规模采用，标志着中国文学研究经由螺旋式上升的历程进入了一个新的境界①。同样，重视思想史研究的葛兆光先生提出“回到历史场景”，打通知识史、思想史、社会史和政治史的研究界限。在他看来，西方单一的脉络化叙事忽略了古代思想世界具体的历史环境、政治刺激和社会生活，缺少这样的历史场景，思想过程就成了纯粹思辨和抽象概念的连缀，仿佛鱼离开了水，思想就成了纯粹文本的自言自语，仿佛显微镜下干枯的标本，而历史就成了实验室里纯净的真空状态②。

编年批评史所面对的问题，不同于概念脉络史注重理论的内在逻辑关联，编年批评史研究注重的是对史料的整理、对史实的理解以及对这种理解的反思，因此，在研究策略的选择上，常常习惯于

---

① 霍松林：《评陈文新主编的十八卷本〈中国文学编年史〉》，载《文学评论》2007 年第 1 期。

② 葛兆光：《道统、系谱与历史——关于中国思想史脉络的来源与确立》，载《文史哲》2006 年第 3 期。

将批评史中纯粹理论形态的范畴、命题以及方法论的形成回溯到其原生的历史文化语境中，重新梳理其由本及末的源流，以及承流会变的轨迹。譬如在斯金纳倡导的历史语境分析方法中，主张研究各种不同词语的使用功能及其语境，以及作者使用这些修辞文本所要表达的意图。这种还原的研究方法，常常习惯于将其思考的对象放在特定的历史时空与文化语境中去审视，而并不习惯于将对象从历史脉络中抽离出来作纯粹观念的抽象演绎，这种思维习惯左右下构成的现场感、情境性乃至衍生的原生性观察视角，不仅使得当代人更为容易理解古人的时空情境，同时也有利于缓解两者之间的紧张感。因此，对于习惯“知人论世”“设身处地”运思的中国学者而言，编年批评史的研究，无疑具有相当的亲和力。

编年批评史研究的价值，主要在于它为经典诠释提供了多种多样的可能性，抑或历史的全部丰富性。编年批评史的研究可以穷尽一切可能的情况，因为可能的世界总是远远大于现实的世界，仅仅现实并不就构成历史，历史包括现实以及没有成为现实的一切可能，因此，只有放在其全部可能出现的情况的背景之中，才能理解历史的全部丰富性①。这样的研究，不仅可以使我们了解少数几个伟大心灵的精神世界，同时，还可以通过研究过往时代的主流或较为高级的思想观念，如何不断渗透、融入一般的、边缘的观念，从而引领我们的研究转向同时代那些并无多少原创性的思想或人物，

① 何兆武：《可能性、现实性和历史构图》，收入《历史理性批判论集》，北京：清华大学出版社，2001 年，第 57—58 页。

这样也更有可能显现出思想衍化中那些被中心挤压不断边缘甚至隐而不显的批评史资源，也就能为我们的研究带来新的、更多的可能性。正是在这个意义上，在可见的思想史、观念史研究模式之外，编年批评史研究的理论和实践，或许可以为我们提供重新审视批评史资源的新视野。

编年批评史研究的内容，大多以时间为序，辑录历史人物的言论与行踪，并且对其时的一些重要的文化政策、文化思潮以及文学流派的谱系，加以重点关注，对思想文化经典的各种诠释活动，包括撰写、出版以及友朋间信函、作品序跋等，一一加以搜辑、整理和辨析。具体而言，不仅可以包括批评家的生卒年与家族源流、家学背景，一生的功名仕宦，譬如入学、中举、进士、引见、赴任、致仕、罢官、复职、隐退等，还可以搜辑批评家的文化生活，如缔交、唱和、集会、结盟、论辩、游玩等，与之相应，有关批评文本的成书、刻书、刊行、进书、序跋等的研究，也是题中应有之义。同时，与文学活动相关的重要政治文化政策，如朝廷举行的乡试、会试、颁书、下诏修书、禁书乃至文字狱之类，也是应该加以参照的。

编年批评史研究的方法，理应融会贯通传统编年体、纪传体、纪事本末体的种种长处。譬如“以事见人”“因人存事”的编年体传统，长于以实证的方法，在史料的广度和宽度上，展示出历史流程的复杂性、丰富性。又譬如以作家、批评家为坐标的纪传体传统，常常通过大局的研判，揭示出某一个阶段或时代文学批评的整体过程、特征或走向，以及文学思潮的转折、批评流派的兴衰、文学接受的特色，等等。总之，建立在各种传统史传体式长处的基础上，既可以在结构上凸显出编年批评史的立体感和纵深感，亦可以在方法上彰显出编年批评史在时空意识上前后相继、纵横交错的张力，并且通过这种互动相生、交相辉映关系的揭示，展示出研究对象的理论多面向性与历史的全部丰富性，同时，对于这种多样性、具体性和丰富性形成的思想根源予以历史的解释。就上述的内容、结构、方法而言，也就大体上可以实现当年陈寅恪先生所设想的“考定时间先后，空间离合，而总汇一书”① 的编年史要求了。

---

① 陈寅恪：《元白诗笺证稿》，收入《陈寅恪集》，北京：生活·读书·新知三联书店，2009 年，第 9 页。

文艺思想史的材料来源和方法路径

——从《中华文艺思想通史》谈起

在历史和时代的呼唤中构建思想史研究的中国学派，是《中华思想通史》撰写的宏伟目标。对此，王伟光院长在《构建思想史研究的中国学派》一文中指出："只要我们坚持以唯物史观为指导，坚持理论和方法的创新、学派和话语创新，就将前途光明、灿烂而充满希望，就一定能形成有品格、有尊严的当代中华思想史学派创新体系和话语体系，就一定能在新的历史条件下有所发现、有所突破、有所创造，作出具有世界意义的重要贡献。"① 百余年的学术实践业已证明，一切理论上的探索，尤其是研究材料的拓宽、研究视野的拓展与研究范式的变革往往是学术创新的先兆。因此，坚持理论和方法的创新，是能否"写出一部融通多样、包罗广泛但又深刻揭示中华思想主流的大思想史"的关键所在。

---

① 王伟光：《构建思想史研究的中国学派》，载《中国社会科学报》2015 年 11 月 9 日。

一

在资料长编的编撰中，《中华文艺思想通史》必须贯彻“撰写属于人民的大思想史”的宗旨。在材料选取和阐释路径方面，正确地处理民众与精英、中心与边缘、杰出与平庸、个人主义与集体意志的关系，力图更大范围内呈现出一个时代思想文化的复杂性和丰富性，从而进一步拓宽过往文艺思想史仅仅撰写经典思想家的范式套路。我们知道，对整体性意义世界的追求，是中国学术自先秦以来的固有传统。但是，随着二十世纪现代意义上人文学科的建立，各种“窄而深”的分学科研究大行其道，加之近代以来西方中心主义研究范式的宰制以及“纯文学”观念的牵引，在各种关于中国古代文论“杂文论”“泛文论”的论断中，传统学术史纷繁复杂的语境常常隐而不显。有鉴于此，如何以整合性的“大文化”“大文论”视野重新审视每一个时期的文艺思想史料，把文艺思想的生成演变放在文史哲合一、道艺合一的学术大格局中去考察，是《中华文艺思想通史》在资料编撰上首先要考量的问题。

历史上的文艺思想家，大抵有两类：杰出的和平庸的。过往的文艺思想史在研究对象的选择上，常常集中于特定的杰出人物，被筛选出来作为研究对象的，往往是那些在文艺实践活动中提出自己独特见解的思想家，或者有卓越的批评才能，或者有出众的创作天赋，或者有众多的读者群体。思想史家所关注的重点往往在于历史上的主流思想或某些高级观念，特别是同一时期的公共话语或同一话语谱系在不同时期的演变脉络。与此形成鲜明对照的，是同一时期那些并无多少原创性的思想或人物，也即一般性的甚或平庸的思想或人物，则往往被忽略了。譬如曹魏时期，既有提出鲜明文艺主张的曹丕、曹植，还有一大批"陪太子读书"的文人，如王粲、杨修、吴质、繁钦、陈琳、阮瑀、应玚、徐幹等，他们的著述也在相当程度上反映出那个时代的社会生活与民生疾苦。他们谈文论艺的种种主张，共同构成了"文学自觉时期"丰厚的理论土壤，因而是研究这一时期文艺思想不可或缺的内容。文艺思想史研究的价值，就在于为经典诠释提供了多种可能性和全部丰富性，因此，我们今天的研究，不仅需要了解几个伟大灵魂的精神世界，还需要了解当时社会不同阶层有影响的观点。通过研究过往时代的主流的、一般性的甚或边缘的思想观念，以及其间不断的渗透、挤压与融合，可以引领我们的研究转向同时代那些一般性的思想或人物，从而将更大范围内的思想史资料纳入研究视野，这也就为我们的研究带来新的更多的可能性。

审视最近几十年有代表性的文论选本，值得借鉴参考的不少，我们以郭绍虞、郁沅先生的著述为例。郭绍虞先生主编的《中国历代文论选》（上海古籍出版社 1979 年版），是中国古代文学思想史研究领域资料选编的经典之作。以魏晋南北朝时期为例，这一时期共入选十一位文论家、十八篇文论。当然，以十八篇的数量来呈现三百六十多年文学思想的发展状况，明显是不足的。究其根源，这一方面受制于教材的性质，一方面受制于选编者的时代语境与社会需求。郭先生这一代学者肩负着创建中国文学批评这一学科的迫切任务，因而将文论话语从经、史、子、集的大传统中剥离出来的“减法”路数，是他们这一代学者的必然之选。二十世纪九十年代郁沅先生主编的《魏晋南北朝文论选》（人民文学出版社 1996 年版），收集了六朝时期近百位文论家两百余篇文章。编者通过对这一时期经、史、子、集的广泛收集整理，在“博”与“新”的选文原则上更趋完善，就选编思路和研究视野而言，该选本是极具参考价值的典范之作。

从理论上讲，文艺思想史的研究可以拥有广阔的资料范围，但在实践中，却往往受制于材料来源的限制。从思想史的角度审视文艺思想资料的来源，传统集部的诗文评部分是远远不够的，古人谈文论艺所论及的宇宙论、本体论、价值论、方法论等观念性话语，通常是文艺思想依存的所以然与价值本原。因此，不同于二十世纪学者的“减法”路数，我们今天的研究必须做一些“加法”的工作，也即重返中国传统学术史、思想史以及价值论的整体思想文化语境，回到各种概念、范畴、命题提纯、抽象之前。我们目前已经编撰完成的《中华文艺思想通史资料长编·魏晋南北朝卷》，分为四个部分：诗文评、乐论、书论、画论。本资料长编共收入文论家近三百人，文章六百余篇，不仅涵盖了六朝时期儒、道、释、玄的文艺思想材料，并且充分注意到史书、类书、选本尤其是佛教、道教典籍中的文艺思想资料。就入选的文艺思想家来看，既有那个时期的杰出人物，譬如文学史上所熟知的“三曹”“建安七子”“竹林七贤”“萧氏文学集团”等，也有那个时期并无多少原创性思想的一般人物甚或文艺思想史上的失踪者，譬如桓范、鱼豢、王昶、缪袭、支谦、慧远等人。我们认为，拓展文艺思想的材料范围，整合各种艺术门类的文献材料，更加充分地展示出古人有关文艺本体论、价值论、方法论等各个层面纷繁复杂的思想轨迹，是未来文艺思想史研究值得拓展的方向。因此，如何围绕思想史选取材料，尝试通过资料长编的学术实践建立一种新的长编性质的文艺思想史资料汇编，体现主流的学术态度，是我们《中华文艺思想通史资料长编》所追求的学术宗旨。

二

在文艺通史的写作中，坚持思想史与社会史相结合的理论宗旨，结合中华文艺思想产生的社会历史语境，从社会形态的深层次出发，揭示出时代文艺思潮的本质和特点，从而深刻地展现文艺思想变迁与社会发展之间的内在逻辑。作为对过往文艺经验的一种解释，文艺思想史撰写的目的，在于理解并解释历史上那些有关文艺生产和消费的思想观念及其理论预设、前提偏见等，而这种生产和消费与其时的社会政治、时代风尚必然保持着某种内在的关联或一致。因此，惯见的社会历史研究方法，常常偏重于选取那些对文艺思想传统产生深远影响的文本，力图通过挖掘这些文本形成及传播之时的历史时代语境，来还原作者意图并理解尔后思想史家的阐释，从而对思想文化的变迁与时代思潮的转向等重大问题进行有效的阐释。这种研究方法影响甚广，至今仍然具有不可取代的理论价值。

文艺思想史研究的前提，是历史地设身处地地思考古代文艺思想家的所思所想。这就意味着我们必须“知人论世”，必须高度关注文本得以产生之初的历史文化语境。我们仍然以曹魏时期的文艺思想为例。这一时期有大量的书信文章，其中颇具代表性的，是吴质与曹丕、曹植兄弟的信函往来。吴质是曹丕的主要谋士，是曹魏时期政治博弈中举足轻重的人物。曹丕有《与朝歌令吴质书》《又与吴质书》，曹植有《与吴季重书》，吴质的回信有《在元城与魏太子笺》《答魏太子笺》《答东阿王书》。上述书信个性鲜明，情感真挚，通过对这些书信的详加勘察，不仅可以更加充分地展示那样一个“世积乱离，风衰俗怨”大时代，而且对于这一时期政治生态与朋友情谊、时代命运与个人际遇的密切关联，有了更加深切的理解与同情。同时，借助上述材料的深入分析，还可以更为完整地呈现出“文学自觉时期”文艺思想的全貌。有鉴于此，如何通过分析作者的论点和路数，考察其思想观念与一定时代的社会历史背景之间的思想渊源，并对这种思想渊源的多样性、具体性和丰富性予以历史的解释，是我们《中华文艺思想通史》撰写的主要关切。

从研究方法的选择来看，思想史重在“外在路径”的方式方法，常常偏重于文艺思想的外在相关性研究，关注的重点往往在于文艺思想家的家学师承与人生际遇、思想流派的源流统绪与开枝散叶及其相关的具体而复杂的时代背景，旨在通过重现过往思想体系的发展演变来呈现思想的丰富性和多元性。这种研究路径在二十世纪以来的文艺思想史研究领域极为常见，产生了一系列具有代表性的典范之作。当然，对于文艺思想史的研究而言，仅仅依靠“外在路径”也是不够的，对于某些时期的某些思想家而言，辅之以“内在路径”的方式方法仍然是必需的。以我们熟知的“竹林七贤”的阮籍为例。纵观阮籍的作品，虽然有针砭具体人事的《大人先生传》《东平赋》《亢父赋》，也有超越时代的《咏怀诗》，但还有代表该时期哲学最高抽象的《通易论》《乐论》等。比较而论，理解前两类作品，文本意图与作者的人生际遇以及时代语境之间，确有相当强的内在关联度，但理解后一类作品，文本意图与作者的人生际遇以及时代语境之间的关联程度与关联方式，明显已经不同。换言之，两者之间并没有显而易见的因果关联。这也意味着，某些思想观念的产生并不必然与时代社会产生直接联系，就其理论的发展脉络而言，与学术史、观念史的内在系谱的联系可能更为紧密一些。因此，辅之以“内在路径”的方式方法，对于深入理解阮籍这一类思想家的复杂多面性，以及呈现文艺思想的全部丰富性和各种可能性，也是必不可少的。

不同于“外在路径”的方式方法，重在社会历史文化的外部研究，强调通过个案分析来展示思想文化的深度、宽度和广度；“内在路径”的方式方法，重在思想体系自身的整体性与连续性以及问题意识的自主性，常常借助于概念、范畴、命题的类型研究来展示理论话语形态与意义系统。在这一类的研究方法看来，思想观念具有自身的知识脉络与运思逻辑，核心的问题意识具有内在的超越性和自足的连续性，与时代社会这些外在因素没有必然的关联性。譬如我们要理解阮籍《乐论》这一类论著，仅仅分析文本的内涵与产生的政治环境、社会语境是不够的，我们还需要将这一类作品放在儒家经学阐释史、《易》学阐释史和庄学阐释史中去。只有这样，才能更加清楚地呈现出在多大程度上阮籍沿袭了秦汉以来的经学话语，如对音乐本质的论证上如何杂糅儒家的神秘主义宇宙观与道家的自然主义宇宙观；或者在多大程度上他进行了理论改装与重新表述，如乐教与政教治乱、社会风俗之间的深度论证；或者在多大程度上他抛弃了同时代的思想，如对近世以来音乐主张的彻底否定以及鲜明的复古倾向等。总而言之，理解《乐论》《达庄论》《通易论》这一类论著，我们必须更多地联系先秦以来的学术传统，更多地借助于概念范畴的内在理路梳理，才能更为清楚地揭示出阮籍文艺思想在经典阐释中的继承性和创新性诸问题。

作为对历史上人类文艺经验的总结，文艺思想史所呈现的是对史料的整理、理解和阐释以及对这种整理、理解和阐释的反思，在研究范围的划定和研究方法的选择上，并没有专属的领地或统一的规定性。因此，如何拓展材料的范围和研究的路数，也就成为未来理论创新的重心所在。为此，我们应该在更大范围内更深层面上，重新审视文艺思想史的材料来源，将与之密切相关的社会史、文化史、学术史、政治史、哲学史等纳入研究视野。同时，在研究视野和研究范式上，取“外在路径”和“内在路径”之所长，充分兼顾两种研究路径的优劣长短。在此基础上，“去伪存真、去粗取精，梳理出一条明晰的中华思想文化发展脉络和主线，找到中华思想文化最精华的核心内核和基因密码”①，从而真正开创出《中华文艺思想通史》研究的新格局来。

---

① 王伟光：《构建思想史研究的中国学派》。

思想的相似性与理论的连续性

——传统文艺思想研究中的理论预设问题

在文学思想史乃至思想史的研究中，思想的相似性是否等同于理论的连续性，是一个根本性的前提问题。见于过往的文学思想史研究以特定的问题意识为抓手，甄别不同经典文本的相似性特质，以期找寻理论的连续性脉络，是颇为常见的做法。如此这般建构的文学思想史，是一种历史的还原或是一种理论的幻象，的确令人思量。

在经典文本的阐释中，我们很容易发现，总有一些基本概念或根本问题是历代文学思想史家所津津乐道的。正如列奥·施特劳斯所认为的那样，在人类的处境没有得到根本改善之前，思想史家所面对的“根本问题”是相同的，这些“根本问题”是具有持久性和超越性的[①]。正因为如此，文学思想史家常常会全神贯注于经典文本，就那些经典问题进行言说，以及不同文本在那些相似的词汇或

① ［美］列奥·施特劳斯：《自然权利与历史》，第25页。

问题上有或同或异的言说，从中找出其思想变化的连续性线索，据此总结出某些带有规律性的结论。这一研究方法的旨趣，在诺夫乔伊倡导的“观念史”研究以及时下流行的“关键词”研究中，体现得相当鲜明。

但显而易见的问题在于，在相似性中找寻连续性，极易忽略历史的丰富性和复杂性以及经典诠释中的多种可能性，极易形成简单化的结论，并且有将研究对象化约为一个自在有机体的倾向。这一点，我们从“剑桥学派”昆廷·斯金纳对诺夫乔伊的激烈批评中，可以看得非常清楚。斯金纳所批评的“学说的神话”（the mythology of doctrines）、“融贯性的神话”（the mythology of coherence）、“预见的神话”（the mythology of prolepsis）等谬误①，均是针对思想史研究中各种流行的理论预设而言的。

先举个例子。研究曹魏时期的文学思想，很容易发现这一时期有两篇著名的《文质论》，分别为阮瑀、应玚所写。后世学者一般认为，应玚的文章是对阮瑀文章的辩驳。我们知道，应玚、阮瑀同属“建安七子”，前者善赋，后者以章表书记闻名。就这一时期的文艺思想史料来看，虽然我们知道“建安七子”被曹操收归麾下后，一项重要的工作便是“陪太子读书”，因此写了不少“应教”之作，但就现存文献来看，还找不到充分的证据证明两人之间曾经就“文质”问题展开过激烈的论辩。后世思想史家常常会在意两篇

① ［英］昆廷·斯金纳：《观念史中的意蕴与理解》，收入《什么是思想史》，第95—135页。

文章的区别。譬如应文提出“质者之不足，文者之有余”，有重“文”的倾向；阮文提出“文虚质实”，有重“质”的倾向。但从现存文献来看，两篇文章均系片断，辑录于《艺文类聚》卷二十二“人部”六“质文”引文，以及清人严可均辑录的《后汉文》，因此他们二人完整的主张很难借此定论。两篇主旨虽然不同，但文中并未见明显的回应文字，因此是否属于相互辩难的文章，实难定论。加之“文质”问题，向来就不是一个单纯的文艺问题，晚周以来的“文质”诸论具有丰富而复杂的内涵，牵扯到历史、宗法、人文各个方面，素来是思想家谈论的重点话题，其中“尚文”“尚质”的不同取向，历来是判断诸子之学的重要标准。但是，后世的研究愣是要从中找出思想史家所期待的某些争论，从而建构起理论的连续性脉络，因而仅仅依据片段言论臆断两人之间发生了一场连他们自己都不知道的辩论，恐怕不仅不恰当，而且也预示了一种危险的研究倾向。

不可否认的是，思想史研究常常借助于某些特有的、相对稳定的词汇展开，因为离开了某种词汇或问题的相似性，思想史家很难准确分辨或认定不同的思想活动，而某些词汇的相似性确实能够将这一类思想活动的各种资料串联或关联起来（即便冒着貌似相似性误入之危险）。而在对这些相似性的甄别与领会中，思想史家的预期、先见及其思维定势也就被自然而然地带入了。如果没有这些预期、先见，思想史家也就很难确定那些思想史家的言论应该纳入研究视野。同样还在于，如果没有包括这些理论预期、先见在内的种种过往经验，思想史家也很难做出研究方法和理论范式上的选择，尤其是在完全陌生的文化语境中。虽然对于这些先见、预期及其相关思维定势，在中西经典解释传统中的理解不尽相同。但无论是承认其正当合理性的或是企图破除其遮蔽的种种努力，都显示出思想史家对其作为研究中的决定性因素，已经有了相当的警觉。

在那些追求连续性的思想史家眼中，往往关注的是思想家与前人或同时代人之间的相似，对他们之间的差异却视而不见。因此，就这一类的研究而言，如何在相似中找出差异，比如何在差异中找出相似，显得更为重要。就前者而言，可以举个例子。譬如同样谈虚静，谈养气与为文的关系，儒家式的养心之术与道家式的养生之术，旨趣大不相同。孟子的“知言养气”，强调主体心性之修养，所谓“浩然之气”，偏于积极性的进取，源于内在心性的培育，以刚正充沛为特征；刘勰《文心雕龙》中谈虚静、养气，情况更为复杂，既有道家式的被动存养，也有儒家式的主动培养。譬如《神思》篇谈主动性的才气培养、德性提升，《养气》篇所谈则偏于防御性的情性存养、爱精自保。这种对于自然之气资养的偏好，重在顺和性情，带有强烈的养生色彩①。因此，虽然同样是谈养气，上述两种养气思想与为文创作之间形成的种种关联，以及在传统诗文

① 有关孟子、刘勰养气思想的研究，参见夏静：《孟子气论在文学批评史上的意义》，载《中国社会科学院研究生院学报》2014年第2期；《〈文心雕龙〉与气学思辨传统》，载《文学评论》2015年第5期。

评中的表现形态及审美旨趣，有很大的不同。就后者而言，也可以举个例子。譬如在儒家思想史的研究中，常常强调孟子和荀子在人性论上的差异，但他们的养气思想却极为相似。孟子重视养气，强调主体心性修养的功夫，除了有关“知言养气”的说法外，还有“养生”“养弟子”“养公田”“养口体”“养老”“养勇”“养君子”“养志”“养其性”“养心”等说法，对于价值主体践行与实践的功夫，诸如修身养性、培养本原等，孟子看得很重。荀子虽然与孟子在人性论上相左，但同样有大量关于“养”的说法，如“养口”“养目”“养鼻”“养体”“养信”“养威”“养生”“养财”“养情”等，在其倡导的“全粹”之学中，“持养”也是自我修养提升的重要功夫①。养气的重要性，就在于养气即为人。儒家的修养功夫论，无论他们的出发点与理论预设有多么的不同，但均强调从知识和经验中去认识世界和完善自我，因此，对于“养”的重视是一以贯之的传统。

在一切理论皆有萌芽、发展、成熟、总结的连续性预设中，文学思想史家常常不遗余力地从思想的相似性线索中，建构起理论发展的理想范式，以期更加清楚明晰地呈现出思想演变的历程。因此，在各种惯见的文学思想发展阶段论中，诸如先秦萌芽期、汉魏六朝发展成熟期、唐宋金元深化扩展期、明清繁荣鼎盛期的断语，比比皆是。但是，问题的复杂性在于，许多思想观念的发展演变并

---

① 有关儒家重“养”的研究，参见夏静：《“养”的意义脉络与诠释维度》，载《中原文化研究》2014 年第 6 期。

没有按照这样的逻辑进行，其发生发展的脉络也就不可能呈现出这样的理想范式。有些思想观念一经出现，便显得十分成熟，譬如文质、文德、中和等，虽然尔后也存在从哲学、历史领域向文艺领域的渗透、稀释过程，但其基本涵义乃至审美意蕴并没有发生根本性的变化，因此，就我们目前所掌握文献资料来看，也就很难描绘出所谓阶段性的演变轨迹。譬如以“气”字的研究为例。从甲骨文、金文中寻觅“气”的字形、字义，是惯见的小学研究方法。但就目前的研究进展而言，由于缺乏关键性的考古证据，先秦时期“气”的思想发展呈现出一个“很大的断层”①，还无法呈现出一条完整而清晰的脉络来。具体来讲，在殷商甲骨文和西周、春秋时期的铭文，以及《尚书》一部分和《诗经》等典籍中，未见有意味的“大气”“气息”文字。后来写作的“气”字，是“乞取”以及“迄至”“讫终”的意思，“氣”字在战国初期的青铜器上才出现。这种情形与春秋以后各种“气”概念在多领域共时性的出现，形成了一个大的知识断层与思想断裂，因此，目前我们对气学知识在早期学术传统以及民间信仰中的发展衍生轨迹还不甚清楚②。这就意味着，如果我们愣是要从中归纳、提炼出早期的唯物观或阴阳观的发展演变脉络，那就不得不辅助于一些合理的推断甚至想象了。

---

① 相关论述，参见小野泽精一、福永光司、山井涌等编著：《气的思想——中国自然观和人的观念的发展》，李庆译，上海：上海人民出版社，1990 年，第 3 页。

② 详细论述，参见夏静：《文气话语形态研究》第三章“气学知识谱系及其扩展”第二节“作为前知识状态”，北京：商务印书馆，2014 年，第 77 页。

在对体系连贯性和思想连续性的追求中，思想史家会过于关注一种思想观念的影响效应及其影响史、接受史，而在分析经典文本自身的意图与言论主体的意蕴方面没有留下太多余地。由此滋生的一个问题便是，觉得经典文本中提及的每一个观念都具有重要意义甚或具有开创性。究其根源，那是因为在具体的个案中，思想史家在研究某些经典文本对于思想史的意义时，很容易受到某些先在判断的左右，常常会倾向于描摹出该著作的所谓思想相关性或历史连续性，以及对于尔后的影响效应，而缺乏对该著作的遣词造句及论证层面的分析，也甚少对其思想渊源抽丝剥茧般的追溯。例如，在过往的文学思想史论著中，文学思想史家往往强调曹丕《典论·论文》（下文简称“《论文》”）一出，“文学自觉时期”的序幕便拉开了。于是乎，《论文》的各种观念、提法，譬如曹丕对于“文人无行”的批评，“文以气为主”的说法，“四科八体”的文体思想以及有关文学价值的阐发，等等，也就成为文学思想史上连续性链条的重要一环，有的甚或被赋予奠基性或第一的美誉。虽然我们也知道，《典论》在其时是倍享荣光的。譬如曹丕自己对《论文》颇为自得，他曾以绢素书成一部赠孙权，又以纸写一部送张昭，其子魏明帝还诏令勒石立于太庙之外。凡此种种，并不妨碍我们对于上述结论的重新审视，尤其在于曹丕的这些观点，是曹魏时期的一般观点，还是原创性观点，是否具有后世思想史家所期待的那种一般思想史的谱系脉络与理论连续性特质。

细细分析起来，《论文》上述观念的形成，亦是各有所本、各有源流的。譬如有关“文人无行”的批评。我们知道，自东汉中后期以来，随着儒士与文人冲突的加剧，便形成了一股批评文人品行不端的社会思潮。曹魏时期，“文人无行”业已成为社会的流行评语，曹丕《与吴质书》亦有“观古今文人，类不护细行，鲜能以名节自立”的断言①，同时，他在《论文》中也列举了“文人相轻”“贵远贱近”“向声背实”等毛病。整体来看，整个魏晋南北朝时期，对于“文人无行”的批评不绝于耳。稍早于曹丕的王符有《潜夫论·务本》，稍晚的杨遵彦有《文德论》、颜之推有《颜氏家训·文章》，均有批评文人德行的言论。又譬如在文学批评史上，常常视曹丕为提出“文气论”的第一人。从文献来看，《典论》至宋而全书亡，清严可均辑《全三国文》收有若干佚文，完整的仅《论文》一篇。就谈文气的这一段文字而言，曹丕虽然明确提出“文以气为主”，但他仿佛并没有深入展开的意思，而是话锋一转，“气之清浊有体”就直接进入了汉代气化宇宙观的言说套路中。接下来的“譬诸音乐，曲度虽均，节奏同检”，也是先秦以来气学、乐论常见的解释话语中，但结尾“虽在父兄，不能以移子弟”②，这样一个先天论的推断却颇出人意料。当然，这样的结论不能不令人想到曹丕此时的处境。但通观现存《典论》的这一段文字，我们很难断定，曹丕的本意就在于论述文气问题，而且考察现存的其他文献，

---

① 曹丕：《与吴质书》，收入萧统编：《六臣注文选》卷四十二，北京：中华书局影印《四部丛刊》本，2012年，第787页。

② 曹丕：《典论·论文》，收入萧统编：《六臣注文选》卷五十二，第967页。

如《文选》和《汉魏六朝百三家集》中收录的《让禅第三令》《感离赋》《与钟繇九日送菊书》《封张辽李典子为关内侯诏》《答繁钦书》《又与吴质书》等，曹丕论气的文字，与他同时代的人相比，并没有什么特别之处。所以，我们不能排除另外一种可能，那就是曹丕碰巧使用了“文以气为主”的说法，后世思想史家所认定的、意义重大的“文气论”，并不是他文中所关注的中心问题。正因为如此，他并没有对自己的主张做出系统阐释，但后世的思想史家却如获至宝，就此做出了比曹丕本人更为充分、更为系统的阐释。据此，我们要引出的问题便是，思想家在使用某一概念术语时，有可能是有意为之，也有可能是碰巧用了该概念或类似的术语，但后世的思想史家却不遗余力地将其著述中种种零散的言说汇集起来，并且认为这是某种经典思想的滥觞或阶段性标志。而这种做法存在的问题就在于，若思想家确欲将后世思想史家所认定某一重要概念术语作为讨论对象，那他为什么事实上并没有这样做，而只是留下了某些隐含的线索或蛛丝马迹让后世的思想史家费尽心思地去重建他的意图呢？

至于《论文》中有关文体方面的论述，曹丕将此前的若干文体分为“四科八体”，对“八体”的文体特征均一一予以指出，强调“诗赋欲丽”，并认为八种文体是本同而末异。曹丕此论，开启了重视“六经”之外的包括诗、赋在内的各体诗文的路径，在文体史上确有突出价值。但问题的另一面在于，正如饶宗颐先生曾经十分肯定地认为，刘勰文体论的写作，是大量利用了六朝以来各类总集材料的结果①。那么，曹丕的文体论，又何尝不是如此呢？我们知道，从西汉开始，个人著述风气渐起，东汉中期以后，学人析理之风盛行，个人著述更盛，体制渐弘，其思想内容、逻辑结构愈加严密，诸如《论衡》一类的著述形式对《典论》有着直接的影响。加之两汉目录学的兴起，其中亦包含了编者明确的文体观念与学科意识。这种学术背景对于曹魏时期《典论》一类批评著作的产生，不乏示范效应。《典论》五卷，虽今已佚，但从目录上仍可见为体制完整、规模宏大的著述，因此在文体问题方面的论述有所推进，也并不是难以理解的问题。关于《论文》文学价值论的问题，《论文》虽然提出文学是“经国之大业”，但文人重视个人立德建言的传统，可以追溯到春秋时期的“三不朽”。当然，曹丕所说的文章，包括了诏策、奏表、盟誓、檄文、封禅文等在内，但诗、赋毕竟也包括进去了，一并成为“经国之大业”，这也确实属于他的创见。纵观曹魏时期有关文学价值的言说，除了《论文》外，发表相似言说的王粲、桓范等人也是需要注意的。王粲的《荆州文学记官志》写于建安元年。因为刘表在荆州兴办官学，卓有成效，王粲作此文以褒之。文中“夫文学也者，人伦之首，大教之本也”的说法②，较之建安二十四年左右完成的《论文》而言，可以视为曹丕文学价值论的先声。桓范《序作》认为：“唯篇论俶傥之人，为不朽耳。夫奋

① 饶宗颐：《从对立角度谈六朝文学发展的路向》，收入《饶宗颐二十世纪学术文集》卷十一“文学”，北京：中国人民大学出版社，2008年，第649页。

② 俞绍初校点：《王粲集》，北京：中华书局，1980年，第44页。

名于百代之前，而流誉于千载之后。”① 这与曹丕的说法极为相似。桓范曾受命曹丕编写《皇览》，他在《世要论》的《赞象》《铭诔》《序作》篇中，谈论赞象、铭诔、书论的写作，也是有关文体的专门论述。凡此种种，亦可佐证，曹魏时期有关文学价值以及文体问题的论述，大体上属于这一时期的公共话题，相关的言论不少，相互的借鉴也不少，共同构成了文学自觉期丰厚的思想土壤。因此，如果将这种历史的光荣榜放在某一个人头上，这可能只是后世思想史家的一厢情愿。

上述问题的存在，与追求体系的连贯性和思想的连续性，以及从思想的相似性中寻找连续性的理论幻觉不无关系。如果为了满足理论发展的阶段性和连续性需要，放大了少数伟大心灵的精神思想而忽略了那些一般性的思想或人物，也就无法呈现出历史的全部丰富性。当然，问题的另一面还在于，从某些预先设定的连续性中，寻找同一时期或不同阶段的相似思想、类似观点，也是一种惯见的本末倒置的研究方式。某些言说的连续性并不意味着其所回应的问题具有连续性，如果我们要对一个文本做出历史的理解，那就意味着不仅要搞清楚文本言说的意蕴，还要理解言说者的意图。当然，以《论文》的思想史意义而言，这或许只是部分事实。但是，以此为逻辑前提去讨论曹丕思想中的哪些观念具有自觉性或开创性，就

① 桓范：《世要论·序作》，收入严可均辑：《全三国文》卷三十七，北京：商务印书馆，1999 年，第 389 页。

是一种相当幼稚的因果论了。其危险在于，思想史家在他们已经预设的历史连续性中去寻找思想相关性，那些不在此连续性链条上的思想史资料也就自我屏蔽，甚至视而不见了，这也意味着，思想史家声称某一特定历史时期发现的重要意义，与这一时期自身的意蕴，可能并非对应、合拍，极有可能只是一种生拉硬扯的合并。

思想史研究离不开预设，但思想史研究最大的危险莫过于预设。如果我们单单从一些建立在前置预设基础之上的连续性线索出发，去找寻并析出那些具有相似性特征的思想，也就意味着在材料来源、逻辑前提、提问方式乃至论证策略上已然被范围了，那么，我们的研究将会变得毫无意义，因为所有的结论都是已知的。我们知道，思想史研究的价值，主要在于它为经典阐释提供了多种多样的可能性，可以穷尽一切可能的情况，因为可能的世界总是远远大于实现的世界，仅仅实现的世界并不就构成思想史，思想史包括实现的以及没有实现的一切可能性，因此，只有放在其全部可能出现的背景之中，才能理解思想史的全部丰富性和复杂性。有鉴于此，思想的相似性与理论的连续性之间的种种问题，也就成为思想史家所要面对的“永恒问题”。

“顺着说”与“倒着说”

——传统文艺思想史研究中的学术自信问题

习近平总书记《在哲学社会科学工作座谈会上的讲话》中，提出要着力构建中国特色哲学社会科学。他指出：“我们的哲学社会科学有没有中国特色，归根到底要看有没有主体性、原创性。跟在别人后面亦步亦趋，不仅难以形成中国特色哲学社会科学，而且解决不了我国的实际问题。”① 对于如何提出能够体现中国立场、中国智慧、中国价值的理念、主张、方案，让世界知道“哲学社会科学中的中国”，习总书记进一步指出：“只有以我国实际为研究起点，提出具有主体性、原创性的理论观点，构建具有自身特质的学科体系、学术体系、话语体系，我国哲学社会科学才能形成自己的特色和优势。”②习总书记的上述讲话，对于我们反思中国文学批评学科的研究现状具有重大的指导意义。在中国文学批评百余年的现代转型中，明显存在着学术体系、话语体系建设水平总体不高，学

①② 习近平：《在哲学社会科学工作座谈会上的讲话》，载《人民日报》2016年5月19日。

术原创能力不强的诸多问题，日益边缘化也是不争的事实。如何摆脱一个多世纪以来西方学术话语的强势宰制，如何建构有中国特色的文学批评思想体系，是我们当前面临的重要时代课题。本文主要从研究范式的角度，反思“倒着说”“顺着说”在文化立场、价值导向上的根本不同，以期在当代性价值与理论创生性方面，对传统文学批评的当代理论话语建构有所助益。

近代以来，在中国文学批评史的现代转换历程中，“倒着说”是比“顺着说”更为常见的一种研究范式。所谓“倒着说”，是指从现代西学的各种后设价值立场及其理论预设去研究中国文学批评的意义；所谓“顺着说”，则是指按照中国文学思想本身的资料、本然的历史脉络和固有方法去研究批评史。两种范式虽然在材料来源、研究对象上大致相同，但在理论预设、研究方法、研究路径上各不相同，所体现的价值观和文化立场也是不同的。“倒着说”之所以在过去一百多年具有压倒性的优势，并且对一个多世纪的学术研究产生深远的影响，究其根源，不仅在于五四运动以来西学语境主导下以西化中的结果，更在于学术界自身理论自觉与文化自信的缺失。在中华文化全面复兴的当代思想文化语境中，对于上述两种研究范式，我们确有深入一步辨析的必要，这既是建构当代文学批评“中国话语”的历史必然，也是当下增强理论自觉和重拾文化自信的时代需要。

不可否认的是，五四运动以来在救亡图存和全盘西化的主旋律下建构的西式语境，仍然禁锢着当代知识界对世界的总体认识。建立在制度优越感和种族优劣论基础上的欧洲中心论，裹挟着进化论以及科学主义的外衣，被中国近现代以来的知识精英广泛接受，时至今日，仍然是中国学者的历史观、价值观、政治观、经济观形成的出发点。源于对欧洲中心论的深度信仰，确立了西学范式在中国学术界的正当合法性和优先性，这也是人文研究领域各种“倒着说”的思想渊源与理论依据。“倒着说”的研究，建立在西学的各种“后见之明”的基础之上，表现繁多，有隐有显。囿于笔者所识，本文主要分析三点：

其一，自援引西方现代学科体系划分以来，中国传统学术的整体性研究范式被打破，文史哲合一的研究视野也就不复存在了。一方面，囿于现代学术的条块划分，在西方各种文艺学体系范畴的刺激牵引下，传统文学批评中不是问题的问题，在现代学术视野下成了问题，从而导致了许多“问题意识”自产生便是伪命题。另一方面，伴随着科学主义、实证主义的泛滥，各种“窄而深”“窄而高”的研究大行其道①。这一类强调证据的“集众式研究”②，从文字到文字，从文献到文献，于内在循环中凸显出学术功力，虽然极大地扩充了材料的来源，但囿于研究者缺乏对历史思想的总体性把握，常常“只见树木，不见森林”，增加的只是问题的数量，对于各种

---

① 有关“窄而深”研究的反思，参见王汎森：《什么可以成为历史证据——近代中国新旧史料观点的冲突》，收入《中国近代思想与学术的系谱》，第349页。

② 傅斯年提倡“集众式研究”，认为能“互相补其所不能，互相引会，互相订正”。参见傅斯年：《历史语言研究所工作之旨趣》，收入《中研院历史语言研究所集刊论文类编》“历史编·先秦卷”一，第10页。

风云际会缺乏有效的阐释，许多本源性、根本性的问题并没有得到确解。时至今日，如何在业已相当丰厚的文献资料研究成果的基础上，重新建构中国古代文学批评的生命活力与理论气象，是当代学者无法回避的问题。

其二，受到欧洲中心主义及其线性发展观的宰制、牵引，在古代文学批评史的研究中，追求种种理论幻觉以及连续性神话。在各种发展阶段论、理论连续性论断中，“以西释中”“以西裁中”，屡见不鲜。我们知道，欧洲中心论的历史观，是以古希腊为源头的直线历史发展阶段论，它认为人类的历史不仅有明确的方向、终极的目标，而且有着明确的阶段性特征。在这种理论看来，没有按照这样的历史阶段发展的民族或文明，譬如按照王朝更迭循环的中国，没有所谓精神主宰历史的体验，也就自然被抛到历史的车轮后面了。在一切理论皆有萌芽、发展、成熟、总结的连续性预设中，批评史家常常不遗余力地从思想的相似性线索中，建构起理论发展的理想范式，以期更加清楚明晰地呈现出思想演变的历程。因此，在各种惯见的文学思想发展阶段论中，诸如先秦萌芽期、汉魏六朝发展成熟期、唐宋金元深化扩展期、明清繁荣鼎盛期的断语，比比皆是。但是，问题的复杂性在于，许多思想观念的发展演变并没有按部就班地照这样的逻辑进行，其发生发展的脉络也就不可能呈现出这样的理想范式。历史和逻辑越是结合得天衣无缝，越科学越系统，在知识学意义上的可信度也就越小，因为古代文学思想的丰富性远比我们所了解的一般规律复杂得多。因此，当年胡适先生、陈寅恪先生有关这方面的见解，对于我们今天文学批评史的研究，仍然是有启发意义的①。

其三，以西学的研究方法、研究视野来研究中国传统文学批评，许多并不切合文学批评史真相的理论定位长期占据主流地位，并演变为文学批评研究中知人论世的价值标准支配着此一领域的研究，从而形成遮蔽历史真相的难以破除的偏见。譬如自胡适、冯友兰以来的现代学者，大都偏于概念史、观念史的研究，这种研究不仅要将研究对象锁定在一些具有科学性、逻辑性的概念范畴上，而且力图找到这些概念范畴发展变化的逻辑与规律。这一研究方法的旨趣，在时下流行的"关键词"研究中就体现得相当鲜明。但显而易见的问题在于，这一类的研究建立在理论连续性预设之上，批评史家在他们已经预设的历史连续性中去寻找思想的相似性，那些不在此连续性链条上的批评史料，也就常常被当作无思想含义的东西视而不见了②。因此，这一类的研究，在材料来源、逻辑前提、提问方式乃至论证策略上已然被范围，极易忽略历史的丰富性和复杂性以及经典诠释中的多种可能性，除了积攒下来一张翔实而干瘪的概念清单外，研究将会变得毫无意义，因为所有的结论都是已知的。

百余年的学术实践业已清晰地告诉我们，古代文论要具有世界

① 胡适先生的见解，收入罗尔纲：《生涯再忆——罗尔纲自述》，第42页；陈寅恪先生的见解，收入冯友兰：《中国哲学史》下"审查报告"〔一〕，第12页。

② 相关问题的反思，参见张祥龙：《从现象学到孔夫子》"序"。

视野，要建构当代话语，完全依靠“倒着说”，也即完全由西方文艺学价值观构建，是没有可能性的。“顺着说”是重拾文化自信，重塑理论自觉的重要路径，也是建构古文论当代形态的唯一进路。那么，如何“顺着说”呢？选择无外乎两个方面：一是进一步拓宽研究材料的来源，重建历史语境；二是以更加自觉的理论意识，以中国方法研究古代文学批评。

其一，以“大文论”视野重新审视文学批评的现有资料，以更大范围进一步拓宽材料来源，从文本回到历史，重建文史哲合一的历史语境，是当下“顺着说”古代文学思想的不二选择。如何打破各种有关古文论“杂文论”“泛文论”论断的束缚，刷新我们的研究视野，摆脱过往文学批评史只关注高级观念或精英思想的路数，将研究目光更多地投向同一时代的一般思想或边缘观点，从而展现思想文化的丰富性和多层性，是未来研究的重中之重。如果我们承认文论思想是哲学历史思想的一种稀释或者一种渗透转化，那么，文学思想的研究就必须放在古代学术的大传统中，将文学思想、历史意识、哲学思辨之间如影随形的复杂关联阐释清楚。这就意味着，我们必须在整合文史哲资料的基础上，重返中国传统学术史、文学史以及价值论的整体思想语境，回到话语提纯之前，回到理论抽象之前，重新建构文学思想产生发展的历史语境。

只有在这种历史语境中，我们才能放弃“纯文学”的西学预设，淡化现代以来人文学科的疆界划分，平等地看待精英思想与一般思想的价值意义。这就意味着，我们可以从学术史的本然脉络出发，探讨中国文学思想的源头在“六经”，并且充分注意到早期文统形成与道统、治统、学统之间的错综关系，而不是受制于西学的研究视野从神话、史诗中去寻觅早期文学思想的踪迹。这也意味着，我们应该更加尊重早期文学思想形成的复杂状况，更加注重早期艺术理论譬如乐论、书论、画论与文论之间同源共生的关系，从而更加深入地认识文学思想的形成与社会风尚、文化制度乃至人生趣味之间的内生关系。这还意味着，我们可以更加客观公允地看待古文论的政教传统，重新审视传统时代教化对于个人修为、社会整合以及历史传承的重大意义，正视“以文化人”、文以载道的教化传承在人文素质提升、人文情怀养成方面的重要作用。凡此种种，可以引导我们重新审视古代文论传统，将我们的研究引向探寻中国文论发展的自身特质，并且研究这种特质如何丰富人类思想的多样性。有鉴于此，我们应该以更加包容的眼光，更加融通的姿态，重新审视一个多世纪以来各种流行的方法范式，以及资料的来源范围，在对欧洲中心论的各种思想观念保持高度警惕的同时，以我为主、为我所用，取长补短、择善而从，而不是像五四运动以来的许多学者那样深陷历史虚无主义而毫无自知。

其二，以中国固有的方法、经验解释古代文论传统。如果我们承认一切思想史都是当代史的话，那么，我们今天就应该以一种现代视野去看待传统的思想，以古今融会贯通的学术眼光审视历史，回应当下，展望未来。因此，以百余年来业已中国化的方式方法，重构古代文论的当代形态与价值本原，是当下“顺着说”文学思想的当然之选。检视中国传统学术，无论是先秦的子学传统，还是宋明以后的理学传统，本身就蕴含着丰富的方法论与思维范式资源，值得重新加以梳理研究。我们可以举两个例子来看，一是体用，一是对待立义①。

首先，看中国固有的体用方法论。体用思想的渊源在先秦，是指事物本身以及事物之间一而二、二而一的关系。自魏晋获得明确的哲学意义以后，体用成为形而上学领域一个最具说服力的范畴，在思想史上一直保持着旺盛的生命力，逮至宋明理学更是别开一条新路。作为一种普遍的方法论原则与思维范式，体用是历代学者建构学说体系的重要知识工具。中国古代的思想家，善谈体用者甚多，历史上的儒、道、佛三家都讲体用，尤其是唐宋以后，体用更是成为思想家普遍使用的范畴。中国的思想家，从古到今，不论立场分歧有多大，但对于体用范畴的基本特征，并无明显分歧，强调体用统一的思想传统尤为深厚。即便是在西风日盛的二十世纪，张之洞提出的“中体西用”“旧体新用”，仍然是这一个世纪以来中国学术界最有价值的理论贡献。体用对举，具有多重对应关系，广泛地闪现在古代知识系统的各个领域，诸如本体和现象、内在本质和外在表现、根本原则和具体方法、本质和现象、原因和结果、内容

① 关于体用，参看夏静：《文气话语形态研究》第二章“气学解释的一般方法论文体”第五节“作为思维方式的体用及其方法论意义”，第57—72页；关于对待立义，参看夏静：《对待立义与中国文论话语形态的建构》，载《文学评论》2010年第6期。

和形式、必然和偶然、全体和部分、主要和次要、未发和已发、常态性和变动性、第一性和第二性等，成为具有普遍解释力的话语模式和随处可用的言说套路。熊十力先生曾经总结过中国历史上的体用学说，将其分为两类：一类是哲学意义上的体用，是就宇宙人生之基源、大化之本始处立言；一类是“一般通用者”，随机而设，凡主次、轻重、本末、先后、缓急等不同，都可用之表达①。从方法论的角度看，作为表达思维活动及其形式的范畴，体用使用灵活，可以指导人们认识自然，解释世界，组织学说，在古人表述宇宙论、本体论、认识论、人性论以及历史观、政治伦理观时，随处可见。譬如朱熹认为体用无定，随处可说，凡论理气、道器、心性、动静、太极无极、形上形下等问题时，往往牵出体用二义，在论及性情、善恶、忠恕等人性问题，以及涵养省察、格物致知、穷理尽性、立志主敬等践履工夫时，也常常随机挂到体用上去，从某种意义上讲，朱子理学的博大精深，正是源于体用内涵的丰富性与使用的灵活性。对于体用方法论，中国现代哲学家人都怀着浓厚的兴趣，熊十力先生的“新唯识论”与贺麟先生的“文化体用论”，就是具有代表性的理论建构。在中国哲学史上，熊十力先生是唯一把自己的哲学本体论称为“体用论”的哲学家。熊氏的思想体系，乃是援佛入儒，体用与性相互释，承续《易传》和道家体用论的传统，又参之印度佛教唯识学的诸多观点，建立了自己的本体宇宙

① 熊十力：《破破新唯识论》，收入《新唯识论》，北京：中华书局，1985年，第182—183页。

观。在“新唯识论”中，熊氏以体用立宗，自觉地把“体用不二”作为一以贯之的原则，将每一个环节的论述都与此一原则联系起来，反复叮咛，不厌其烦。在他看来，体用这种对于本体与现象的言说方法，将观念和经验密切结合而又不分为二橛，坚持天人合一、心物不分的立场，避免了主客二分和线性发展的弊端，是中国古代思维优于西方理论的独特之处。熊氏晚年著《体用论》，乃是《新唯识论》改作，他声称此书即成，前作俱可毁弃，无保存之必要，可见体用乃其根本方法论，是他一生学术的归结点①。贺麟先生提出超越中西文化的界限，建立新的“文化体用论”。体与用的关系为范型（form）与材料（matter）的关系，由最低级的用、材料，到最高级的体、本体或纯范型，中间有一依序发展层级的过程②。他认为不同部门文化表现的精神价值有等差不同，在文化体用论中，既有绝对的，也有相对的，层层重叠，构成了文化的方方面面，只有透过一层又一层的体用网络，才能够厘清精神文化的本质特征。在贺氏的“文化体用论”中，构成文化体用的对举范畴灵活而多样，核心概念有道、文化、自然、精神。譬如从绝对的体用观看，道是体，文化、自然与精神皆道之显现，皆道之用；从相对的体用观看，自然为文化之用，文化为自然之体；文化为精神之

① 熊十力：《体用论》“编者后记”，北京：中国人民大学出版社，2006 年，第 266 页。

② 贺麟：《哲学与哲学史论文集》，北京：商务印书馆，1990 年，第 343—344 页。

用，精神为文化之体；精神为道之用，道为精神之体[①]。按照贺氏的逻辑，每一对范畴对举，均从不同的方面展示了文化独具的品质属性，这种多角度、全方位对文化的透视，正是展现文化全貌的有效途径。

总的来看，体用概括了华夏民族思考宇宙存有问题的基本立场和方法，是最能表现中国哲学思维方式的范畴，深刻地体现了古代哲人的智慧，蕴含了丰富的解释力与衍生性。无论是传统时代的天人合一、虚实相生、阴阳互补、有无相生等命题，还是现代学术视野下的部分与整体、抽象与具象、主观与客观、状态与行为、实体与功用等问题，均可以用体用的方式方法加以阐释。这是中国古代思维不同于西方的独特之处，其独具民族特质的理论价值和历史意义，确实值得我们更加深入的研究。

其次，看中国固有的对待立义思维。谈论对待立义，往往就会想到对立统一。就产生的思想土壤而言，两者是完全不同的命题，前者源自中国古代的经典阐释传统，今人谈论的已经不多了；后者源自欧洲中心主义及其辩证法，二十世纪以来在中国学术界大盛，至今不衰。作为认知世界的基本方法，两者最根本的区别在于背后的世界观、宇宙观。对待立义体现了中国人看待世界的一种方式或态度，人与世界是一体的，人在世界之中，也就是所谓的天地人“三才”合一。同样，对立统一也体现了西方人看待世界的一种方

① 贺麟：《哲学与哲学史论文集》，第347—348页。

式或态度，那就是人与世界是两分的，人在世界之外，需要认识世界，也企图改变世界。我们知道，欧洲中心论的发展观，源于基督教传统的二元论，重对立，重斗争。在二元论看来，两个实体一正一负，有A必有非A，两者相斗产生B，照此规律无限进行下去，这是人类发展前进的唯一途径。而作为中国固有的思维方式，对待立义重合和，讲中庸。所谓"对待"，按照明清之际方以智的总结，"夫对待，即相反者也"，"有一必有二，二皆本于一"，"所谓一切对待之法，亦相对反因者也"①；按照王夫之的解释，"两端者，虚实也，动静也，聚散也，清浊也，其究于一也"②。因此，A和B互补，A中有B，B中有A，化生共存。A和B不是反映空间存在的静态概念，而是时间的动态概念。在对待立义的思维范式中，最为典型的就是阴阳对举。在古人看来，阴阳对举的方式普遍存在，阴阳的消长、五行的相生是宇宙生成、运动、变化和发展的总则，无论世界怎样变化，无论人事多么复杂，均可以纳入阴阳五行的解释框架与理论视域中。对古人而言，理解了阴阳的对待立义，也就意味着理解了天地宇宙的前生来世。作为中国传统学术思想体系中重要的方法论原则，对待立义源自古人在长期自然、社会、人事观察中对天地人之间最一般联系和最深刻本质的探索，其思想精髓浸透到古代哲学、政治、艺术、医学、军事、地理各领域，在古代知

---

① 庞朴：《东西均注释》，北京：中华书局，2001年，第88、89、94页。

② 王夫之：《思问录·内篇》，收入《船山全书》第12册，长沙：岳麓书社，1996年，第411页。

识生成和古人的理论建构中发挥了重要作用。

对待立义的思维方式，是天人合一、中庸和谐的主要言说方式，也是表达古人审美理想的重要言说方式，在传统诗文评的著述中，屡见不鲜，是中国古代文学、哲学及美学观念史上一道独具特色的风景线。典型的例子，譬如清人刘熙载的《艺概》，论及文学艺术作品之内容、形式、风格、意境及其相互关系诸问题时，运用了一系列的对举范畴：正与变、内与外、形与神、曲与直、断与续、深与浅、意与象、义与法、质与文、丑与美、实与虚、聚与散、言与旨、真与伪、弛与严、幽与隽、淡与旨、平与奇、柔与刚、圆与方、疏与密、益与损、轻与重、细与阔、沉与快、婉与直、隽与雄、逸与雄、是与异、含与露、皱与透、稳与超、徐与疾、僻与熟、隐与秀、结实与空灵、出色与本色、人籁与天籁、俊致与狂逸、优柔与清深、沉著与飘逸、复古与从时、醉厚与雄奇、迂徐与直捷、柔婉与硬直、缠绵与超旷、幽淡与雄快、凝重与流动等，这是古代诗文评中所见数量最为庞大的对待立义范畴群，充分展示了刘氏所秉承“文之为物，必有对也”① 的诗学主张。在他看来，这与《易传》“物相杂故曰文”，《国语》“物一无文”，有异曲同工之妙。

总的来看，历史上的对待立义思维方式与言说模式，其影响虽然巨大，但存在形态往往处于习而不察、日用不知的状态。近代以

① 刘熙载：《艺概·经义概》，上海：上海古籍出版社，1978 年，第 182 页。

来随着辩证法思想的广泛传播，对立统一的思想深入人心。对立统一的辩证法成为近现代以来学者所熟练掌握的重要方法论原则，直接比附于中国传统知识系统，与国人熟知的对待的运思方法混同起来，对待立义便逐渐沉淀到思想文化的边缘，鲜为人知了。

最后需要指出的是，“顺着说”不同于“接着说”。“接着说”流行于二十世纪的中国学术界，广受知识精英追捧并产生了一系列经典之作。但是问题在于，“接着说”并没有从根本上摆脱欧洲中心论的西式语境，以西学概念化解中学，对欧洲中心主义毫无警惕心理，这就不仅有滑向基督教神学的危险，而且极易陷入历史虚无主义的泥潭。在民族文化复兴的当代语境中，知识界确有必要深刻反思百余年西学援引的种种后遗症，确有必要甄别“顺着说”“倒着说”“接着说”在文化立场、价值导向以及方法范式上的根本不同。惟其如此，我们才有希望在新的历史语境中真正建构起中国古代文学批评的当代形态与价值体系，并为人类文艺思想的多样性提供中国的范例。

思想史视野的教化传统

历史地看，人文教化理念的形成源自周代“尚文”的传统。作为一种思维模式与言说方式，古人不仅习惯于以“文”概括一切自然创生与人文创造，更以“文”为一切历史文化之总括与旨归，由此形成了一个文义斑斓、意蕴丰富的思想文化传统。作为一种有意识的政教运作与信仰建构，中国古代的人文教化，以外在典章制度的实施和道德规范的约束，联系着社会的精神控制与民族的文化整合，是国泰民安、天下大治的必由之径；同时，作为人内在的灵魂安顿与情感慰藉，又联系着宗法伦理与血缘亲情，是古典时代信仰系统的心理本原。“尚文”对于中国文学教化传统的形成有着根源性的影响，在文化理想与价值目标上，形成以政教为核心的中国文论传统，“尚文”成为人文化成理念的价值本源；在文学功能与审美取向上，礼乐之文与文学之文共存，伴随着教化观念的泛化渗透，“尚文”成为古代文学观念复杂化的历史依据。

一

“文”之本义，大约汉人就无法确知了，对此，现代学者多有阐发①。就目前考古与文献研究来看，“文”字初始意义大约有两端②，甲骨文代表的象形字符，显示许慎“错画”之义，尔后引申出“痕迹”“纹路”“花纹”“文采”“文饰”“修饰”“文字”等义项；金文代表的指事字符，于人的胸口处加以指事性的“心”符，与人的内在品德相关，表示“文德”之义，尔后引申出“文心”“文人”“文治”“礼文”“文化”“文教”“文献”“文学”等义项。考察“文”之初始意义，可以发现，由外在“错画”义，引申为藻饰、章采、仪式、声容以及《礼》《乐》《诗》《书》等古代文献乃

---

① 现代学者多从思想内涵与演变规律角度研讨，其中具有代表性的论述，譬如［日］青木正儿：《中国文学概说》，隋树森译，重庆：重庆出版社，1982 年，第 28—29 页；刘永济：《十四朝文学要略》（上古至隋），哈尔滨：黑龙江人民出版社，1984 年，第 2—4 页；于民：《春秋前审美观念的发展》，北京：中华书局，1984 年，第 133 页；［美］刘若愚：《中国的文学理论》，田守真等译，成都：四川人民出版社，1987 年，第 30 页；季镇淮：《来之文录》，北京：北京大学出版社，1992 年，第 31—32 页。

② 在甲骨文中，“文”的写法有两组：“”（乙三六一二）、“”（后二·一四·一三）、“”（前三·二三·一）和“”（甲三九四〇）、“”（乙六八二一反）、“”（京津二八三七）（参见中国社会科学院考古研究所：《甲骨文编》，北京：中华书局，1965 年，第 372—373 页）；在金文中，“文”有八十多种写法，延续并放大了以上两组甲骨文的差别，分别为“”（休盘）、“”（此簋）、“”（虢文公鼎）和“”（文能匋尊）、“”（利鼎）、“”（文公丁簋）、“”（引觥）（参见容庚编著，张振林、马国权摹补：《金文编》，北京：中华书局，1985 年，第 635—637 页）。

至文化传统中的各种符号载体；由内在“文德”义，演绎出德行、礼文、人文、文教、文章、文学、文物、文质等抽象范畴乃至文化传统内在精神品格，经由词义引申和词性转换，“文”之意义空间不断推衍，所指称的人文意蕴日渐丰富，成为三代以来政治思想与道德教化的核心内容。

对于周代“尚文”传统及其所蕴含的政治教化特质，前辈学者多有论述。譬如柳诒徵先生指出周代政治“尚文”，其文教以礼乐为最重，他认为：“三教改易，至周而尚文。盖文王、周公皆尚文德，故周之治以文为主。”① 有关殷周礼乐的实质，金景芳先生认为：“用两个字概括，就是‘亲亲’、‘尊尊’，用一个字概括是‘质’、‘文’”，其最早的含义是指殷周不同的继承制②。牟宗三先生认为，周文的重要内容是“传子不传弟，尊尊多礼文”，“周之文只是周公之政治运用以及政治形式（礼）之涌现。教化风俗是其余事”，他强调：“尊尊之义，即义道之表现，亦即客观精神之出现。凡公私之辨，分位之等，皆义道也，亦皆客观精神也。此周文之所以称为吾华族历史发展之一大进步处也。”③ 春秋末世，礼乐道德流于形式化的“文”弊，周文泛滥，诸子蜂起，牟氏从政治制度层

① 柳诒徵：《中国文化史》，上海：上海古籍出版社，2001年，第135页。

② 金景芳：《金景芳晚年自选集》，长春：吉林大学出版社，2000年，第199页。

③ 牟宗三：《历史哲学》，《牟宗三先生全集》卷9，台北：联经出版社，2003年，第36—38页。

面，提出“周文疲敝”的命题，并认为儒、墨、道三家皆发源于此[①]。上述论断，奠定了近世以来此一领域研究的基础。

周代浓郁的“尚文”风气与礼乐教化传统，自先秦以来，便每每成为古人颂扬的典范。《论语·八佾》：“周监于二代，郁郁乎文哉。”[②]《礼记·表记》：“殷周之文，至矣。”[③]《史记·高祖本纪》：“周人承之以文。”[④]《史记·梁孝王世家》司马贞索隐：“周人尚文。”[⑤]《礼记·王制》孔疏：“周贵文。”[⑥]周代“尚文”之风包含多重意蕴，既有对夏商以来传统的继承，也不乏对文王的赞美以及对周公治国理念的认同。在周人的政治文化理念中，“文”所具有的象征意义，一开始便是与礼乐政教联系在一起的，其中包含文王之德、周公“制礼作乐”等多层意蕴。有关文王以德行、文略而使天下归心的记载，见于《尚书·康诰》《国语·周语下》《礼记·祭法》《大戴礼记·少闲》，也见于《墙盘》铭文、上博简《容成氏》等文献。周人克商之后修文教，“以文德治之，以文止武”[⑦]，周人建国后，周公“作礼乐以文之”[⑧]，从而使“尚文”之风传播开来。这种以人文教化而不是武力征伐治理天下的政治运作，备受后世推

① 牟宗三：《中国哲学十九讲》，《牟宗三先生全集》卷29，第60页。
② 阮元校刻：《十三经注疏》，北京：中华书局，1980年，第2467页。
③ 阮元校刻：《十三经注疏》，第1642页。
④ 司马迁：《史记》卷八，北京：中华书局，1959年，第393页。
⑤ 司马迁：《史记》卷五十八，第2092页。
⑥ 阮元校刻：《十三经注疏》，第1346页。
⑦ 阮元校刻：《十三经注疏》，第1542页。
⑧ 班固：《汉书》卷五十六，北京：中华书局，1962年，第2510页。

崇。春秋以后，“尚文”之风，既广见于诸侯争霸斗争，如《左传·襄公八年》记载郑国子产“小国无文德而有武功，祸莫大焉”① 的议论，《国语·齐语》记载齐桓公以“文事胜”而称霸的事迹；也见于盟会、朝聘等外交活动，如《左传·僖公二十三年》记载子犯“吾不如衰之文”② 的推辞，《宣公十二年》记载楚少宰“寡君少遭闵凶，不能文”③ 的谦辞；还见于两军对垒的战争场面，如《左传·宣公十二年》记载楚庄王以“夫文，止戈为武”讲“武有七德”④。凡此种种，周文所表现的价值取向与精神追求，渗透在上古社会政治生活的各个方面。

周文崇尚礼乐教化的传统，成为尔后人文化成思想阐扬之根基。《论语·学而》：“子曰：弟子入则孝，出则悌，谨而信，泛爱众，而亲仁，行有余力，则以学文。”⑤ 这里“学文”的主要内容，既包括人文活动中必要的规范与文饰，也包括孝悌、亲亲等内在情性的外在表现。《宪问》：“若臧武仲之知，公绰之不欲，卞庄子之勇，冉求之艺，文之以礼乐，亦可以为成人矣。”⑥ 每个人的天性虽然不同，但均需经历“文之”的教化，才能“成人”，即人格的完成。《荀子·天论》：“卜筮然后决大事，非以为得求也，以文之

① 阮元校刻：《十三经注疏》，第 1939 页。
② 阮元校刻：《十三经注疏》，第 1816 页。
③ 阮元校刻：《十三经注疏》，第 1880 页。
④ 阮元校刻：《十三经注疏》，第 1882 页。
⑤ 阮元校刻：《十三经注疏》，第 2458 页。
⑥ 阮元校刻：《十三经注疏》，第 2511 页。

也。故君子以为文，而百姓以为神。”[①] 这里的“文之”，是在礼乐教化的仪式中，注入人文、理性的要素，即易学所谓“圣人以神道设教而天下服矣”[②]。传统的教化思想，既建立在“神道设教”的信仰基础上，又需要以“君子之文”加以点化，方能完成“文”化的自觉与超越。三代以来的“六艺”之教中，礼教和乐教尤其体现出“文之”“成文”的特质，对此，后世儒者表现出极大的阐释兴趣。以报本返始、慎终追远为宗旨的礼教，强调情文的统一，如《荀子·礼论篇》《礼记·三年问》均有“称情而立文”[③] 的说法。《大戴礼记·礼三本》：“凡礼始于脱，成于文，终于隆。故至备，情文俱尽；其次，情文佚兴；其下，复情以归太一。”[④] 从发生的角度看，作为人文化成的产物，礼的发展本身就是一个从质到文、由脱（简）而隆（繁）的过程，因此，情与文的分裂就如同文与质的分离一样，是历史文化发展的必然，但是，儒家仍然视“情文俱尽”为礼的最完满表现，充分展示出教化传统的人文理想境界。同样，以中正平和、温柔敦厚为宗旨的乐教，亦以“成文”为价值目标，《礼记·乐记》：“故乐者，审一以定和，比物以饰节，节奏合以成文。所以合和父子君臣，附亲万民也。是先王立乐之方也。”[⑤]

---

① 王先谦：《荀子集解》，北京：中华书局，1980 年，第 316 页。

② 阮元校刻：《十三经注疏》，第 36 页。

③ 见王先谦：《荀子集解》，第 372 页；阮元校刻：《十三经注疏》，第 1663 页。

④ 王聘珍：《大戴礼记解诂》，王文锦点校，北京：中华书局，1983 年，第 20 页。

⑤ 阮元校刻：《十三经注疏》，第 1545 页。

发挥教化的社会整合作用，借助礼乐的“成文”特质，展示出一种对民众生活的自觉的人文价值引导与塑造，营造出一派上下和睦、井然有序的盛事景象，应该是教化传统更为重要的价值目标。

二

“尚文”所显现的上古道德传统与伦理精神，在文化理想与价值目标上，表现在中国古代社会的理想人格塑造、伦理规范与德性培养、日常生活之道的诸多方面。“尚文”的文化意义与政教目的，在于教化。以教化为核心的文化传统作为中国古典时代的思想主流，与西方的教化传统亦不乏相通之处。本文认为，周文教化的根基是一个既超越又内在的本体，兼有个体生命、社会生活、历史传统三方面的意义。

其一，教化的观念落实到个体生命上，就是本体对实存的转化过程，用黑格尔的话讲，就是“自身异化了的精神”；用孔子的话讲，就是“质胜文则野，文胜质则史。文质彬彬，然后君子”①（《论语·雍也》）。在《精神现象学》中，黑格尔认为，教化是个体通过异化，借助概念的理解，剔除一切客观化的东西，使自身成为普遍化的本质存在，人不能停留在自在存在的状态，要从中走出来，通过异化，与自身的直接性和本能性保持距离，向普遍性提

① 阮元校刻：《十三经注疏》，第 2479 页。

升，从而转化为自为的存在状态①。黑格尔点出了人类教化的一般本质，就在于个体摆脱个别性、特殊性，从而获得一种精神存在的普遍意义与抽象价值，这与中国传统的教化思想，有异曲同工之妙。理想的人格境界是儒家的终极价值指向，如何经由自在的人走向自为的人，如何将本然提升为应然，是孔门弟子孜孜以求的目标。对儒家而言，从自然的超越到人文世界的建构，从自然的人化到意义世界的建构，社会理想与人生理想的现实，最终统一于人格的完善，文质统一，就体现了儒家对于人格完善的基本理解。源于“尚文”传统，周代所崇尚的德性理想与人格典范，以文质中道、温恭平和为特征，按照《周礼·春官宗伯》的记载，在于培养国子“中、和、祗、庸、孝、友”的道德品质，“兴、道、讽、诵、言、语”的从政能力，以及学会祭祀祖先神灵的乐歌乐舞。对此，荀子说得最明白，《荀子·不苟》：“君子宽而不僈，廉而不刿，辩而不争，察而不激，寡立而不胜，坚强而不暴，柔从而不流，恭敬谨慎而容，夫是之谓至文。《诗》曰：‘温温恭人，惟德之基。’此之谓矣。”② 这种不偏于一隅、中正平和的品行，集政治、伦理、宗法、情感于一身，兼顾了道德理性与个体性情，协调了内在欲求与外在规范，正是周代“尚文”所追求的理想人格风范。

其二，就社会生活而言，教化观念特别注重的是“化”“化成”

---

① ［德］黑格尔：《精神现象学》下卷，贺麟、王玖兴译，北京：商务印书馆，2009年，第45—48页。

② 王先谦：《荀子集解》，第40—41页。

的过程，也即通过经典学习、礼乐传习等方式达致一种既符合人之本性，又能发挥移风易俗之社会功效的境地，这有似于罗蒂的“教化的哲学”。从反本质主义的立场出发，罗蒂区分了两种哲学概念，一种是西方哲学主流的“系统的哲学”，它以认识论为中心，旨在通过认知的建构活动，为社会生活提供一种“普遍的公度性”；一种是非主流的“教化的哲学”，它质疑认识论，旨在通过不断更新的表述和可持续的谈话引发人内在精神生活的转变，从而避免制度化、固化为普遍公度性的标准①。罗蒂倡导一种相对主义的教化观，强调教化所引发的人的精神世界的改变，在于转变的意义与价值，这与中国古代的教化、教育理念颇有相似之处。譬如对“文化”一词的理解，所谓“文化”，即《周易》“观乎人文，以化成天下”② 之义，《说苑·指武》：“圣人之治天下也，先文德而后武力。凡武之兴，为不服也。文化不改，然后加诛。”③ 此“文化”，是指以周文为文治教化的依据。正因为“尚文”有教化之功，故“文”与“化”合一，谓之“文化”，这是华夷之辨的前提、文野之分的界限，化外为野、化内为文；化前为朴、化后成人。“文化”是个体社会化的一个起点，“文化”的手段，亦可以借助于“文教”。历史上最有名的例子是晋文公之所以为“文”，是因为定霸前曾实施

① ［美］理查·罗蒂：《哲学和自然之镜》，李幼蒸译，北京：生活·读书·新知三联书店，1987 年，第 319—326 页。

② 阮元校刻：《十三经注疏》，第 37 页。

③ 向宗鲁：《说苑校证》，北京：中华书局，1987 年，第 380 页。

"文教"，《左传·僖公二十七年》："晋侯始入而教其民，二年，欲用之。子犯曰：'民未知义，未安其居。'于是乎出定襄王，入务利民，民怀生矣，将用之。子犯曰：'民未知信，未宣其用。'于是乎伐原以示之信。民易资者，不求丰焉，明征其辞。公曰：'可矣乎？'子犯曰：'民未知礼，未生其共。'于是乎大蒐以示之礼，作执秩以正其官，民听不惑，而后用之。出谷戍，释宋围，一战而霸，文之教也。"① 此处"文之教"包含"义""信""礼"等内容，可见，作为周文核心的道德传统与伦理精神，并没有随着制度层面周礼的崩溃而失去立身之所，文化与教化的理念，作为一种政教理想，仍然对古人的精神自觉以及对自身价值的体认产生着直接的影响。

其三，就历史文化传统而言，周文教化看重历史脉络的连续性和整体性，重视的是个体生命身处于历史传统之中对文化生命的继往开来，因此，历史的、文化的存在，是人的存在的一个显性特征。在这一方面，二十世纪西学哲学解释学的观念，与中国传统教化思想不乏亲和之处。在重建人文主义传统，确立精神科学和哲学解释学合法性的建构中，加达默尔认为，教化乃是整个人文传统的起点。在他看来人之教化成人，源自人本质上所具有的精神理性的要求，"教化作为向普遍性的提升，乃是人类的一项使命"。他认为教化是一个真正具有历史性的概念，"我们所说的一种普遍的和共

---

① 阮元校刻：《十三经注疏》，第 1823 页。

同的感觉，实际上就是对教化本质的一种表述，这种表述使得人们联系到某种广阔的历史关系”①。因此，他强调教化概念的传统，就是我们要回顾的人文主义传统，教化的历程，也就是熟悉和拥有人文传统的历史记忆，不断去除个别性、自然性而进入普遍性、本质性的过程，按照加达默尔的说法，就是获得“共通感”的过程。通过不断的教化传递与承接，将个体生命融入民族的历史文化传承中，是儒家一以贯之的传统，所谓“述而不作，信而好古”“周监于二代，郁郁乎文哉，吾从周”②，乃是源于对文化传承连续性的高度自觉。这种历史文化观，充分体现在孔子对三代文质的理解上。以文质论史，最初兴起于对夏、商、周文化历史特征的整体评价。三代文质，与世推移，有不同的时代特点，《礼记·表记》假孔子之口认为：“虞、夏之质，殷、周之文，至矣。虞、夏之文，不胜其质。殷周之质，不胜其文。”孔疏认为：“此一节总明虞、夏、商、周四代质文之异。”③ 孔子视周文为一个动态的文明创制过程，三代社会由质而文的演进，是自然到文饰的必然过程，也是人文化成的必然结果。春秋末世，世风浇薄，礼乐废弛，周文逐渐失去其固有的精神道德内涵而蜕变为无质的虚文，相对于周代的“尚文”之风，诸子各家均有针对“文”的反思，在他们眼里，

---

① ［德］加达默尔：《真理与方法》，洪汉鼎译，上海：上海译文出版社，2004年，第15、21页。

② 阮元校刻：《十三经注疏》，第2481、2467页。

③ 阮元校刻：《十三经注疏》，第1642页。

“质”更为根本，伴随着对“周文”的批评，各种尚质、贵本的风气，也就逐渐兴起了。

三

在古人的文化视野中，教化的根源在于天道、天理，也即天地人同型同构的意义世界是其内在的依据，尤其是文德、文道观念的形成及其独具的理性品格与形上特质，成为尔后教化传统重要的思想根据。“文德”乃“文”字基源意义之一，金文中习见的“正德”“懿德”“孔德”“介德”“元德”“明德”“哲德”，均为品行高尚者之称谓。《诗经·周颂·维天之命》“於乎不显，文王之德之纯”①，《国语·鲁语上》“文王以文昭”②，均指文王有懿德、纯德，故谥“文”，所谓“文王之德”被视为古来有德者的最高境界。作为三代圣贤政治的核心命题，“文德”思想到西周已经成熟并完善起来，如《诗经·大雅·江汉》“矢其文德，治此四国”③，《论语·季氏》“故远人不服，则修文德以来之”④，由此奠定了传统时代伦理道德思想的源头。春秋以后，随着“尚文”思想的泛化，“文”之涵义，无所不包，凡人生一切德行修养，皆可通称为“文”，最典型的例

---

① 阮元校刻：《十三经注疏》，第 584 页。

② 左丘明：《国语》，上海：上海古籍出版社，1978 年，第 166 页。

③ 阮元校刻：《十三经注疏》，第 574 页。

④ 阮元校刻：《十三经注疏》，第 2520 页。

子是《国语·周语下》记载单襄公告其子顷公，论晋孙谈之子周（即晋悼公）："其行也文，能文则得天地，天地所祚，小而后国。夫敬，文之恭也。忠，文之实也。信，文之孚也。仁，文之爱也。义，文之制也。智，文之兴也。勇，文之帅也。教，文之施也。孝，文之本也。惠，文之慈也。让，文之材也。"韦昭注："文者，德之总名也。"① 单襄公看到晋悼公具备敬、忠、信、仁等十一种德性，拿一个"文"来概括他，后来晋悼公果然复国了，证明单襄公没有看错，很有知人之明。对此，饶宗颐先生《孔门修辞学》认为："'文'字可说是一个典型的道德综合体，实在具有道德文化的全体意义。"②

"文道"的说法，虽然出现较晚，但对于"文"与道关系的探讨，则是三代文化一贯的传统。在传世典籍中，最早见于《国语·齐语》记载齐桓公"隐武事，行文道，帅诸侯而朝天子"③ 的举动，其后《管子》有类似的记载，《汲冢周书》也有"内无文道，外无武迹"④，以上"文道"之义，等同于"文德"。在古代的宇宙解释系统中，"文"乃宇宙万物之总体特征，是天、地、人之共性，所谓天文、地文、人文并行，天道、地道、人道同一，"文"与道互为表里，其间关联不证自明，如《论语·子罕》："文王既没，文不

① 左丘明：《国语》，第96页。
② 饶宗颐：《文辙——文学史论集》，台北：台湾学生书局，1981年，第81页。
③ 左丘明：《国语》，第242页。
④ 黄怀信：《逸周书汇校集注》，上海：上海古籍出版社，1995年，第1167页。

在兹乎？”朱熹《集注》：“道之显者谓之文，盖礼乐制度之谓，不曰道而曰文，亦谦辞也。”[①] 古人对道的理解范围了对“文”的理解，“文”也就自然具有了道的种种规定与属性。这就不仅为“文”之普遍存在确立了本源依据，而且视“文”为道之外化所确立的天地人存在意义与法度，也成为古代人文教化思想的哲学前提与终极指向。朱熹认为“文”之所以“经天纬地”，在于“裁成天地之道，辅相天地之宜”[②]，代表了古代学者的一般看法。

伴随着周代“尚文”之风在思想文化领域的渗透，“文德”“文道”的内涵得以不断扩展，逐渐演化成为后代学者谈文论艺的本体依据、道德根源与价值标准，譬如刘向云：“文德之至也，德不至，则不能文。”[③] 刘勰云：“文之为德也大矣，与天地并生者何哉？”[④] 周敦颐云：“文所以载道也。”[⑤] 朱熹云：“文便是道。”[⑥] 从观念史研究的角度看，此一类从政治、历史、哲学领域延及文学思想领域的范畴，在中国古代学术资源中比比皆是，恰如诺夫乔伊所言，文学史中的观念大部分都是淡化了的、或改变了形态的哲学观念[⑦]，

---

① 朱熹：《四书章句集注》，北京：中华书局，1983年，第110页。

② 黎靖德编：《朱子语类》卷二十九，北京：中华书局，1986年，第730页。

③ 向宗鲁：《说苑校证》，第476页。

④ 詹锳：《文心雕龙义证》，上海：上海古籍出版社，1989年，第2页。

⑤ 周敦颐：《通书·文辞》，收入《周敦颐集》，北京：中华书局，1990年，第35页。

⑥ 黎靖德编：《朱子语类》卷一三九，第3319页。

⑦ 美国学者诺夫乔伊认为，文学史观念是从哲学体系所散播的种子中成长起来的，文学研究者如果缺乏合适的哲学训练，那么，这些观念的历史世系、逻辑含意、言外之意以及在人类思想中别的表现形式，也即文学的哲学背景就很难得以说明。参见［美］诺夫乔伊：《存在巨链——对一个观念的历史的研究》，第17页。

文论范畴也因之具有了深刻的哲理性与深厚的历史感，其间的逻辑关联性与历史纵深感也就愈加凸显了。

从“文德”“文道”维度所展开、延伸的意义空间极为开阔，不仅培育了仰视、俯察天、地、人三界的宏大视野，而且造就了郁然有彩、英华发外、焕然成章的人文气象，开启了古代艺术传统的知识维度、精神气质与价值取向，对于文论史诸多范畴、命题乃至言说模式的形成有着血肉的关联，后世有关文道、教化、气象、境界的说法大都不出其左右，由此也影响到古人关于文学性质、特征、规律及功能等根本问题的看法。从价值取向看，大体形成了两种致思路径：其一，重视内容上的王道政教、道德人伦、价值承担，与之相关的言志、载道、美刺等理性色彩强烈的命题范畴屡见不鲜，开出传统文论中主政教一派的意义空间；其二，重视形式之华美、情感之愉悦，与之相关的色彩、声音、言辞、格律、境界、品味等感观论域的命题范畴层出不穷，开出传统文论中主审美一派的意义空间。我们知道，“文”的观念自产生伊始就兼有内在德行与外在文饰的双重涵义，在早期思想文化的演进中，其意义空间在内、外两个维度不断拓展，也就自根源处决定了尔后中国古代文学思想展开的两个向度。“尚文”所具有的文饰特征，能以郁然有彩的方式使内在的德行、美感充分彰显出来，代表了古人对于宇宙万物在人文化成中所显示出的美饰作用之共识，以及通过“文”的种种具象所传达的审美感染力的认同，如《释名·释言语》：“文者，会集众彩以成锦绣，会集众字以成辞义，如文绣然也。”[1] 这就为后世强调审美的感观愉悦，甚至为追求外在文饰而忽视内在德行提供了理论的空间。就总体而言，古典时代以道德教化为主体的生活方式，营造了中国社会总体的精神风貌与教养水平，虽然政教一派与审美一派在中国文学思想史上蓬勃发展，此消彼长，但政教一派无疑占据着历史进程的主导地位。

除文学功用上的政教价值取向外，就本源性的影响而言，周文教化还内在地渗透在古人对于“文学”的理解上。“文学”联结成词，最早出现在《论语·先进》：“德行：颜渊、闵子骞、冉伯牛、仲弓。言语：宰我、子贡。政事：冉有、季路。文学：子游、子夏。”[2] 孔子所列举的四类门人，擅长“文学”的有子游、子夏。据《礼记·檀弓》的记载，子游精通礼。据《论语·八佾》中孔子与子夏的对话，子夏谈诗而悟礼，被孔子认为是够资格谈诗的人，因此也是一个精通礼的人，《礼记·乐记》记载他“为魏文侯师”，与魏文侯谈论古乐，可见他长于诗乐。据此推知，孔门四科之“文学”，本质上是一种“学”，即以“文”为“学”，是指以三代礼乐文化为主体的古典知识的教化、教养。考之其他篇章，亦可印证，如《论语·学而》：“行有余力，则以学文。”[3] 《集解》引马融言：“文者，古之遗文。”[4] 其后荀子也以“文学”为儒者之教，如《荀

---

① 王先谦：《释名疏证补》，上海：上海古籍出版社，1984 年，第 169 页。
② 阮元校刻：《十三经注疏》，第 2498 页。
③ 阮元校刻：《十三经注疏》，第 2458 页。
④ 程树德：《论语集释》，北京：中华书局，1990 年，第 28 页。

子·非相篇》："从者将论志意，比类文学邪？直将差长短，辨美恶，而相欺傲邪？"① 又《性恶篇》："今人之，化师法，积文学，道礼义者为君子。"② "文"是三代文化昌盛的标志，以继承周文为己任的儒者以"文"为学，乃顺理成章之事。这一点从其反对者的言论也可以得到证明，《韩非子》视儒者为文学之士，加以攻击，如《五蠹》谓"文学者非所用，用之则乱法"③；又《显学》谓"藏书策，习谈论，聚徒役，服文学而议说"④。这种观念一直延续下来，汉人谈论"文学"常常与儒者、礼乐、礼法等古典知识联系在一起，如《史记·张丞相列传》称张汤："文学律历，为汉名相。"⑤ 又王粲《荆州文学记官志》："夫文学也者，人伦之守，大教之本也。"⑥ 逮至清代顾炎武亦云："君子博学于文，自身而至于家国天下，制之为度数，发之为音容，莫非文也。"⑦ 这种对于"文学"的理解，也就自然影响到古人文学视野的形成以及文学思想的展开。

在周文崇尚教化的传统影响下，中国古代文学思想史上的"文"呈现出两种形态：礼乐之文与文学之文，这是近世以来各种

① 王先谦：《荀子集解》，第 75 页。
② 王先谦：《荀子集解》，第 435 页。
③ 王先慎：《韩非子集解》，北京：中华书局，1998 年，第 449 页。
④ 王先慎：《韩非子集解》，第 459 页。
⑤ 司马迁：《史记》卷九十六，第 2685 页。
⑥ 欧阳询：《艺文类聚》，上海：上海古籍出版社，1965 年，第 693 页。
⑦ 黄汝成：《日知录集释》卷七，上海：上海古籍出版社，1985 年，第 241 页。

“纯文学”“泛文学”“杂文学”观念交织的历史渊源与理论依据。自魏文帝曹丕《典论·论文》著文专门论述“文”之“经国”意义以后，取礼乐之文角度进行深入阐释者是齐梁时期的刘勰，在《文心雕龙·原道》中，他明确地断定“文”乃“三才”之文、礼乐之文，天文、地文和人文以反映“天经地义”之至理而具有同一性，以此作为“弥纶群言”、观澜索源的基础。参之《征圣》有关“政化贵文”“事迹贵文”“修身贵文”的说法①，可以看出，彦和对于“文”持一种极普遍、极宽泛的界定。刘勰所处的时代，人们对于“文”的辨析渐趋精细，文学由为人到为己、由重政教讽谏转为重抒情，重形式的发展趋势日趋明显，彦和虽然也讲“论文叙笔，囿别区分”，但始终认为“别目两名，自近代耳”②，《文心雕龙》虽论及八十余种文体，但在根本的文学观念上，他将文笔都归入礼乐之文的传统中，有韵与无韵是关乎文类的区分而非文学与非文学的区分。对此，章太炎云：“自晋之降，初有文笔之分，《文心雕龙》云：‘今之常言，有文有笔，有韵者文也，无韵者笔也。’然《雕龙》所论列者，艺文之部，一切并包。是则科分文笔，只存时论，故非以此为经界也。”章氏是近代以来继承礼乐之文的大家，《文学总略》：“文学者，以有文字著于竹帛，故谓之文。论其法式，谓之文学。凡文理、文字、文辞，皆言文。”又云：“古之言文章者，不专在竹帛讽诵之间，孔子称尧、舜，‘焕乎其有文章’。盖君臣朝廷

① 詹锳：《文心雕龙义证》，第35—37页。
② 詹锳：《文心雕龙义证》，第1924、1623页。

尊卑贵贱之序，车舆衣服宫室饮食嫁娶丧祭之分，谓之文；八风从律，百度得数，谓之章。文章者，礼乐之殊称矣。”① 礼乐之文是中国古代文学思想史上的主流，在“依经论文”意识中形成“尊经”“贵文”等正统观念，但“文”并不具有独立地位，常常是因为具有解释经的工具性作用而得以确认的。

与礼乐之文重视思想内容、义理阐发及价值判断不同，文学之文更为重视形式结构、声韵词藻等外在文饰以及情感运思、审美体验等个性特质。文学之文的缘起在齐梁时期，这是古人在文章体制日益精思的背景下，更为注重辨析文学性质的结果。我们知道，汉语的音韵意识在三国时代就兴起了，孙炎《尔雅音义》初创反切之说，李登《声类》以宫、商、角、徵、羽分韵类。随着用韵意识的增强，人们开始用有韵无韵区分不同的言语类型。沈约以“四声八病”为主旨倡导“永明声律运动”，最早在文学领域明确表述“依韵立文”观念，使“韵”成为区分“文”与“非文”的关键性因素。其后昭明太子萧统《文选序》将“事出于沉思，义归于翰藻”定为选文标准，明确“不以能文为本”② 的标准，将经、子、史排除在“文”外，在选本中区分了“文”与“非文”的界限。梁元帝萧绎《金楼子·立言》明言：“吟咏风谣，流连哀思者，谓之文。”③

① 章太炎：《国故论衡》，上海：上海古籍出版社，2011 年，第 49—51 页。

② 严可均辑：《全梁文》，第 223、222 页。

③ 陈志平、熊清元：《金楼子疏证校注》，上海：上海古籍出版社，2014 年，第 770 页。

以上诸论，均突破了传统礼乐为文的宽泛界定，更为关注文学内在文学性的一方面，为纯文学观念之滥觞。在中国文学思想史上，文学之文的观点始终处于边缘，自产生伊始就受到来自正统一脉的礼乐之文的挤压，这一点在刘勰《文心雕龙》的主体思想中就体现得很明显，其后在唐代古文运动中更遭受了根本性的打击，礼乐为文的传统地位终难撼动，“文以明道”的传统愈加稳固，逮至清代阮元、刘师培重提此论，亦不成气候。如阮元深入阐释“韵”，明确将“文”视为不同于经、子、史的“专名”，《文韵说》：“昭明所选不押韵脚之文，本皆奇偶相生有声音者，所谓韵也。”阮氏还假孔子之名，提出“比偶”结构，《文言说》：“不但多用韵，抑且多用偶……孔子以用韵比偶之法，错综其言，而自名曰‘文’。”① 其后刘师培大力为阮氏张目，《论文杂记》：“盖‘文’训为‘饰’，乃英华发外，秩然有章之谓也。故道之发现于外者为文，事之条理秩然者为文，而言词之有缘饰者，亦莫不称之为文。”又《文说·耀采篇第四》：“三代之时，一字数用，凡礼乐法制，威仪言辞，古籍所载，咸谓之文。是则文也者，乃英华发外秩然有章之谓也。”② 刘申叔以“章”为“文”之属性，认为只有符合“英华发外秩然有章”的“偶语韵词”才可称为“文”，这与章太炎以文字为“文”属性的理解，是纯然不同的。

---

① 阮元：《揅经室集》，北京：中华书局，1993 年，第 1065、606 页。

② 刘师培：《刘师培全集》第 2 册，北京：中共中央党校出版社，1997 年，第 86、79 页。

周文教化的传统确立了中国文论发生期的原初视域、价值取向及未来走向，从文学思想史的角度考察，没有周代“尚文”之风的滥觞，没有礼乐教化制度的建立，没有“尚文”观念在诸子思想中的哲学升华，没有儒家在人文化成上的意义建构，就没有古人关于文学基本问题的思考；从文学观念史的角度考察，没有“文德”“文道”所确立的价值本体，没有“文质”“文化”所建构的历史依据，没有“文学”“文章”所衍生的审美意蕴，也就没有古代文论教化传统的逻辑生成。因此，回溯到周文崇尚教化的历史文化语境中，由醇反杂、追根溯源，考见中国文论教化传统的原初动因，不失为一条重要的学术路径。当然，有关教化的成因，问题复杂、缘由众多、层次丰富，牵涉到中国古代学术发生期的诸多研究领域，是一个需要深入细致长期研究的问题。

思想史视野的意会传统

意会是国人所熟知的思维方式，所谓知而不言、默而识之；无法言尽、意会见之。往往心领神会，方能超乎表象、直呈深处。见于古代诗文，如北宋苏轼评陶渊明："陶潜诗'采菊东篱下，悠然见南山'，采菊之次，偶然见山，初不用意，而景与意会，故可喜也。"① 南宋章如愚认为："说诗多以意会。今人说诗，空有无限道理，而无一点意味，只为不晓此意耳。"② 宋末元初戴表元提出："耳濡目染，心领意会。"③ 明代陈白沙认为："所过之地，盼高山之漠漠，涉惊波之漫漫；放浪形骸之外，俯仰宇宙之间，当其境与心融，时与意会，悠然而适，泰然而安。物我于是乎两忘，死生焉得而相干？"④ 这种"悠然而适""泰然而安"、物我两忘的情境心

---

① 胡仔：《苕溪渔隐丛话》前集卷三，廖德明校点，北京：人民文学出版社，1962 年，第 15 页。

② 章如愚：《群书考索别集》卷六，景印文渊阁《四库全书》本，台北：商务印书馆，1983 年，第 764 页。

③ 戴表元：《剡源文集》卷二十六，景印文渊阁《四库全书》本，第 322 页。

④ 陈献章：《湖山雅趣赋》，收入《陈献章集》卷四，孙通海点校，北京：中华书局，1987 年，第 275 页。

境，深得古人赞赏。以现代学术视野加以考察，意会不仅仅是一种艺术的表达方式，更是一种重要的知识生成方式。在人类的两大类知识中，“意会知识”（tacit knowledge）与“可编码化知识”（codified knowledge）不同，前者是过往积累的经验教训，隐藏在大脑深处，不可编撰，难以用语言表达；而后者能够用语言和图形进行系统化处理①。中国古代天地人的意义世界是典型的“意会知识”系统，与此相关的悟性思维与意会言说，自根源处便范围了古人的知识构成与审美心理。这是最具有民族文化特质的精神传统，值得我们加以深入的研讨。

一

所谓意会，意有创生、行为之义；会有关联、行动之义。因有意，而有会。在中国古代文学批评的知识生成方式中，意会的方式是一个知识管道，它源自本源性的阴阳之气，通向多元的价值本体，与很多现代科学知识无法解释的现象，如直觉、灵感、顿悟、冥想等息息相关。人文知识的生成，须由意经会而明，这是中国古代知识生成的基本路径之一。其理论预设前提在于古代的气学知识系统，主客、人神、心物、灵肉之间，没有绝对的分殊，自然之内化于人与人之外化于自然，乃一体两面之事。正如有学者指出的那

① 参见美国信息研究所编：《知识经济：21世纪的信息本质》，王亦楠译，南昌：江西教育出版社，1999年，第5页。

样："每当要表达那既非具体对象亦非一己观念、既非有形质者亦非抽象道理的微妙含义时，就不期然而然地求之于'气'这个有无之间的大象，因为它提供了一种表达和理解非现成者、余意不可尽者的可能。"① 可以说，作为一个动态开放的涵义无穷的意义系统，传统的气学解释系统为意会的表达方式提供了一种理解与表达的可能性。

在古代哲人看来，意者，心之所存，是能发；会者，会通融合，是所发。先来看意。我们不妨重温刘宗周的一段话："心无体，以意为体；意无体，以知为体；知无体，以物为体。物无用，以知为用；知无用，以意为用；意无用，以心为用。此之谓体用一原，此之谓显微无间。"② 蕺山先生这一段话，层次丰富，涵义深远，对于"心、意、知、物"体用层次的分析，可谓上下互推、环环相生，从"心→意→知→物"是宇宙论的坐实，从"物→知→意→心"则是性命论的体认。在这个动态模式中，核心在"意"。宗周认为"意"比"心"更为根本，乃"心"之体而非"心"之用，不同于朱子、王阳明视"意"为"心"之所发，宗周此论，精微缜密，更为准确地揭示传统思辨所具的意会特质。既然"意"为"心"之所存，那么，"心"又存何处呢？存于"气"，如谓"人心

---

① 张祥龙：《海德格尔思想与中国天道——终极视域的开启与交融》（修订新版），北京：中国人民大学出版社，2010 年，第 249 页。

② 刘宗周：《学言一》，收入《刘子遗书》卷二，景印文渊阁《四库全书》本，第 134 页。

一气而已矣”①。虽然宗周在理、气、心关系上纠葛不清，但在总体上偏向张载的气本思想，故而在其著作中，随处可见“盈天地间一气而已”之类的说法。在此问题上，几乎秉承宗周思想的及门弟子黄宗羲，说得更明白一些：“天地间只有一气充周……心即气之灵处……理不可见，见之于气；性不可见，见之于心，心即气也。”②

顺着宗周的语脉推衍，“意”不仅为心之所存，亦为气之所用。所谓“以意会之”，也即气化感知，使物内化于心，进而生“意”，反复内化使之独具意味，再外化为“象”。所谓体悟，体者，体证体现；悟者，觉解豁然。意会与体悟相生相融，是一种审美把握与表达方式的同步共振，涵摄人伦道德、心性信仰、艺术审美和情感想象等诸多层面。这种思维方式的最显著的特征，便是物我始终为一，万物归于一气。也因为如此，凡是切近人生的学问，如人之生死、命之祸福、心之躁宁、情之忧乐、性之善恶、文之雅俗，等等，大多可以借助意会体悟的方式得以呈现。

对于“意”的重视，不同于宋明理学家在思辨层面的辨析，唐以来的论者擅长于在文学艺术领域进行理论总结，其中常常为人称引者有二：一是杜牧的诗论，一是张彦远的画论。虽然两者均有重

---

① 刘宗周：《学言三》，收入《刘子遗书》卷四，景印文渊阁《四库全书》本，第158页。

② 黄宗羲：《孟子师说》卷二，收入《黄宗羲全集》第1册，杭州：浙江古籍出版社，1985年，第60页。

“意”的言论，但在理论思辨层面与审美价值取向上，却不尽相同。杜牧持“意主气辅”的观点。譬如《答庄充书》：“凡为文以意为主，气为辅，以辞采章句为之兵卫……是以意全胜者，辞愈朴而文愈高；意不胜者，辞愈华而文愈鄙。”① 杜氏所谓“意”，大抵由道化生而来②。这种以“意”（道）驱使气的说法，以及对文辞质朴与华美的褒贬之意，仍然在传统文道、文气的言说框架内。在《历代名画记》中，张彦远提出“得意”“立意”“意不在于画故得于画”“笔不周而意周”等论点，充分地发掘出“意”在艺术创作尤其是绘画中的意义，他认为：“夫象物必在于形似，形似须全其骨气。骨气形似，皆本于立意而归乎用笔。”③ 在他看来，“象物”来自“形似”，“形似”源于“骨气”，“骨气”本于“立意”、归于“用笔”，此一番推论，兼顾对象生命感（骨气）生成的内、外两面因素，可谓相当周全。比较上述两种观点，后者较之前者，在意会传统的运思、推衍以及表述上更为周全缜密。中国传统绘画以写意、表意为目的，借助笔墨，立意为象，但并不拘泥于摹拟的准确性，而是强调借助象，超越象外，从而表达出情感意志、人生旨趣与精神境界来。所谓的写意、表意，实则为一种意会的传达手段，其间既有客观物象摹写，又有主观情愫融会，借助于两者之间的思

① 杜牧：《樊川文集》卷十三，北京：中华书局，1978 年，第 194—195 页。

② 参见郭绍虞主编：《中国历代文论选》第 2 册，第 183 页。

③ ［日］冈村繁著，俞慰刚译：《历代名画记译注》，上海：上海古籍出版社，2002 年，第 59 页。

路同化、心灵相约，从而营造出一种带有复杂情感体验的总体性艺术感知。

二

作为知识生成方式的“以意会之”，在早期道家思想中揭示得相当明白。老学之道，从理论层面开启了古代意会传统的先河。所谓“道可道，非常道”，执着于重返整体性的意义世界，是对宇宙人生的整体性体悟，这是一种典型的只可意会、不可言传境界，在此一境界中，人之物化、自然人化，物我两忘。对于此一类的体悟觉解，汉人严君平《知者不言篇》释云：“达于道者，独见独闻，独为独存。父不能以授子，臣不能以授君。犹母之识其子，婴儿之识其亲也。夫子母相识，有以自然也，其所以然者，知不能陈也。五味在口，五音在耳，如甘非甘，如苦非苦，如商非商，如羽非羽，而易牙、师旷有以别之，其所以别之者，口不能言也。”[1] 在这里，严氏举了两个例子：一是母亲与孩子相认；一是声音与味道的区别。在他看来，两者皆无标准和依据，仅凭直觉感知，即使是易牙般的大厨和师旷般的大乐师，也无法用语言说清楚。故而严氏认为“达道”的过程，乃“独见独闻，独为独存”，个人体会不同，无法传授他人，“父不能以授子，臣不能以授君”。

---

① 严君平：《道德指归论》卷四，景印文渊阁《四库全书》本，第110页。

对于意会与言传两种知识生成方式的不同之处，庄子在理论上有精谨的论证和完整的表述。《庄子·天道》：“世之所贵道者书也，书不过语，语有贵也。语之所贵者意也，意有所随。意之所随者，不可以言传也。”① 为了把这个道理说明白，庄子举了“轮扁斫轮”的例子。工匠做车轮时，榫眼的宽紧会导致松滑或滞涩，那么，如何松紧适当呢？这种知识“得之于手而应于心，口不能言，有数存焉于其间”②，庄子称之为“只可意会，不可言传”的“不知之知”。这种“不知之知”，非无知之知，而是高于“知”的层面，冯友兰先生就认为：“‘无知’与‘不知’不同。‘无知’状态是原始的无知状态；而‘不知’状态则是先经过有知的阶段之后才达到的，前者是自然的产物，后者是精神的创造。”③ 庄子所谓“不知之知”，无法言传，不能论辩，只能意会地“知”，由低层次的“知”到高层次的“不知之知”，最终的旨归便是知道。

庄子举的“轮扁斫轮”这个例子，颇有说服力。其实很多传统的技能、手艺以及一些技巧性的运动（如游泳、骑车），乃至于文学活动中的想象、灵感及鉴赏等，大都需要身临其境，凭经验、直觉、技巧来把握，均呈现出只可意会，不可言传的特性，这构成了中国古代知识系统生成的一个固有特征。那么，如何解决意会与言

---

① 郭庆藩：《庄子集释》，王孝鱼点校，北京：中华书局，2012 年，第 488 页。
② 郭庆藩：《庄子集释》，第 491 页。
③ 冯友兰：《中国哲学简史》，北京：北京大学出版社，1985 年，第 134—135 页。

传这一认识论难题，古代圣贤的解决之道各不相同。老子取“归根—复命—知常”的路径，庄子开出的方子是“坐忘”“心斋”，也即进入一种物我两忘的澄明之境。道家的解决方案与本体论、境界论联系在一起。在这一点上，与儒家不同，譬如荀子持性恶，首要任务便是扫清欲念，“虚壹而静”、净化心灵，方能专心致志，因此，荀子的解决之道便是学习教化，这就与认识论、方法论联系在一起了。

在易学的解释传统中，“同声相应”“同气相求”是理解中国式意会的学理基础。《周易·乾文言》：“同声相应，同气相求。水流湿，火就燥。云从龙，风从虎。圣人作而万物睹。本乎天者亲上，本乎地者亲下。则各从其类也。”孔疏：“‘同声相应’者，若弹宫而宫应，弹角而角动是也。‘同气相求’者，若天欲雨而柱础润是也。此二者声气相感也。”[①] 孔颖达认为，“水流湿，火就燥”是形象相感，“云从龙，风从虎”是同类相感，“圣人有生养之德，万物有生养之情，故相感应也”，“本乎天者”“本乎地者”是指“大地之间，其相感应，各从其气类”。在他看来，“感”在先，“应”在后，天地万象之所以“方以类聚，物以群分”，其根据就在于“同声相应”“同气相求”，这是“万物一体”整体世界的理论根基与逻辑前提之所在。

中国式的意会是自然、人生经验的自我升华，是一个完善的动

① 阮元校刻：《十三经注疏》，第 16 页。

态修持养成过程，与逻辑、语言、概念分析构成的知识过程无涉，可以说，两者处于知识的不同层面。在这一点上，中西思维方式上的差异很明显①。以逻辑思辨为基本认识方法的西学传统，自古希腊时代就标举理性主义和科学精神的大旗，其基本预设在于，人有着抽象和演绎的理性能力，这些能力能够为知识建立抽象和普适原则。在西方哲人看来，人的理性是先天的，理性的真理是人类知识的范本，因而逻辑是认识世界本体最有效的思维工具，如此一来，就将意义与价值摒弃于知识之外，即使是代之而起的非理性、非科学和非确定的后现代，同样也保持着此一传统。在中国的思想传统中，把握本体的方法是意会体悟，它与人的生存方式、社会实践密切联系在一起，并没有先在的逻辑范畴与预设的知识工具，不固守于既定的名理定势，而是使人在意会觉解的过程中摆脱现成的概念框架，在追求“心斋”“虚静”“通神”“忘知”“合一”中达致最高境界。同时，在体悟豁然中追求整体性的“天人合一”“万物一体”，这不是对象性的物我二分，而是主客的消融，在宇宙的整体关联中与本体浑然为一。较之西学传统，中国古代并没有被理性主义视为范本的发达的逻辑学、数学、物理学，而这一点，是与历史上的儒、道、释均推崇悟性思维分不开的。

在现代中西学术的比较视野下，理解意会与言传之间的矛盾，

① 关于中国式的体悟型审美思维与西方的思辨型美学理论思维的区别，赵仲牧先生《审美范畴与思维模式——试论中国传统审美理论的体悟型思维》一文中，有精要分析，载《思想战线》1991 年第 3 期。

我们不妨借鉴迈克尔·波兰尼的“意会知识”理论。在波兰尼的知识二分中，突出地强调了“意会知识”（tacit knowledge）的先在地位。在他看来，不同于显知识（explicit knowledge），“意会知识”既非可言明的感性经验，也不是非理性的冲动，而是存在于人的认识实践中。在相当大的程度上，一切讯息的沟通都得依靠唤醒我们无法明言的知识，而一切关于心理过程的知识——比如关于感觉或者有意识的知性活动的知识——也是以某种我们无法明言的知识为基础的。他认为：“默会成分支配一切，以致言述实际上变得不可能的领域。我们可以称之为不可表述的（ineffable）领域。”① 在他看来，对“意会知识”的掌握是语言或其他形式“显知识”的前提，因而也是一切知识的主要源泉。

中国学者看波兰尼的学说，颇多亲近之感。他对“意会知识”的揭示，与中国的意会传统颇为相似。他用科学的语言把“只可意会，不可言传”的精神底蕴表述出来，将科学的认识论与对人性的认知结合在一起，这对于我们在当下多元语境中重新认识自己的传统，是有建设意义的。按照中国学者的一般理解，所谓“显知识”，大体相当于“言”；“意会知识”大体相当于“意”。所谓“意会知识”大多是体悟式、直觉式、顿醒式的，具有情境性、设身处地性、难言性等特质。这种知识的二分法，对于理解中国古代的形上范畴（譬如道、气、理、性、命等）及其只能诉之于思维模式、符

① ［英］迈克尔·波兰尼：《科学、信仰与社会》，王靖华译，南京：南京大学出版社，2004年，第196页。

号体系而非语言形式、逻辑推断的解释特征，无疑具有较强的适用度，也更具亲和力。

三

对于意会知识的表达，国人常常借助于“言—象—意”的关联结构。此一意义系统经由易学、庄学、玄学的发展，形成了一套具有民族特色的“象喻”思维与言说方式，其中的核心要素是“象”，它是联系言与意、意与气的关键——在，所谓“象生于意”“意以象著”，不能“离象求意”，构成了意会思维的基本法则。

在中国古代重视意会的思想传统中，对“言”的作用，往往是怀疑的、不信任的，尽管“言”也是一个重要的话题，但在“言—象—意”关系中，言以尽意，言以显象，常常被赋予工具性的地位。譬如老子开宗明义的“道可道，非常道。名可名，非常名”，第一个“道”字是常道（常名）的意思，第二个“道”是言说（名言）的意思。老子开篇就将言说、名言排除，通过放弃语言的有限规定性，从而获得思想空间的无限可能性，这种用言辞无法达到的境界，大约是古代圣人的共识。孔子谓“听其言而观其行”“君子欲讷于言而敏于行”①，对于巧言令色、名实相悖，夫子素来就是否定的，《周易·系辞上》假孔子之口归结为“书不尽言，言不尽

① 阮元校刻：《十三经注疏》，第2474、2472页。

意”，“圣人立象以尽意，设卦以尽情伪，系辞焉以尽其言，变而通之以尽利，鼓之舞之以尽神”①，表达的也是相同的意思。在古代的思辨传统中，言不尽意、意在言外、辞不害意的理念，自先秦诸子便定下基调，即便有魏晋的“言意之辩”，但在历史上影响深远的，仍然是“言不尽意”一派。在“言—象—意”三者中，“意”是追求的终极所在，但“意”是无法穷尽的，只能不断地接近，这就自然凸显出“象”的价值，其中所内蕴的重要方法，就是“象喻”的思维方式与言说模式。

在过往的研究中，我们认为，所谓“象喻”是以“象”为思维纽结，以“观物取象”为起点，以引申、暗示、象征、隐喻、比拟、类推等方式，借助“取象比类”“立象见意”，以整合的、情感的方式最大范围地把握和表述天地人之间的关系②。在易学传统中，借助于阴阳二爻，以数的奇偶排列组合推衍出八卦、六十四卦和三百八十四爻，因数定象，观象以辞，以象辞定吉凶，以“象”为核心，将易、数、辞、占等具有高度象征比拟意义的图式符号，组建成一个复杂的意向系统，将情景相关、意义相通的事物联系成互通互感、可以理喻的东西。“象喻”的方式由已知推未知，突破了天地人感应的表层比附与推论，具有一般的方法论意义。在中国早期思想史的语汇中，类似的表述，还有譬、比、类等。譬如比

---

① 阮元校刻：《十三经注疏》，第 82 页。

② 参见夏静：《古代文论中的“象喻”传统》，载《文艺研究》2010 年第 6 期。

类，《素问·示从容论》谓“若能览观杂学，及于比类，通合道理”①，比类具有触类旁通、举一反三的特性，是一种融会贯通各种知识的方法，所以胡适先生将“类”解释为模型，认为与“象”具有相似之处②。在《新原道》中，冯友兰先生也有类似的看法，他认为：“六十四卦，三百八十四爻都是象。象如符号逻辑中所谓变项。一变项可以代入一类或许多类事物，不论什么类事物，只要符合条件，都可以代入某一变项……这一卦的卦辞或这一爻的爻辞，都是公式，表示这类事物，在这种情形下，所应该遵行底道。这一类底事物，遵行道则吉，不遵行则凶。”③ 在他看来，“象”类思维如同一个模子，六十四卦、三百八十四爻均为具象，可以带入以“象”为符号的思维模型中，这是古人判断吉凶意义的根据。

“象喻”是古代知识生成的重要方式，各种概念的提出，名称的确定，均借助于此一思维模式与言说方式加以呈现。对于中国传统“象喻”思维的研究，我们可以参之隐喻理论。譬如德国人恩斯特·卡西尔认为，语言与神话是西方人文哲学的家园，神话与语言得以存在的前提是“隐喻思维”，因为“人类的全部知识和全部文化从根本上说并不是建立在逻辑概念和逻辑思维的基础之上，而是建立在隐喻思维这种‘先于逻辑的（pro-logical）概念和表达方式’

---

① 张志聪：《黄帝内经素问集注》，杭州：浙江古籍出版社，2002年，第646页。

② 胡适：《先秦名学史》，《先秦名学史》翻译组译，李匡武校，上海：学林出版社，1983年，第85页。

③ 冯友兰：《三松堂全集》卷五，郑州：河南人民出版社，1986年，第71页。

之上"①。他认为"隐喻思维"不仅具有逻辑上的"在先"，而且具有时间上的"在先"，以此强调其在人类文化与哲学中的重要性。在他看来："我们人类的历史上必然且确实有过这样一个时期：那时，任何超出日常生活的狭隘视野的思想都非得凭借隐喻手段才有可能表达出来，并且这些隐喻那时尚未演变成今天这个样子，也就是说，还不是象我们眼中那样只不过是约定俗成沿袭下来的一些说法罢了，它们仍然半是按照其本来特性，半是按照其改变了的特性而被感受和理解的。"② 在卡西尔认为，人类活动本质上是一种符号或象征活动，语言、神话、宗教、艺术等不同文化形式，作为人把握世界的一种方式，乃是展示了符号运用的"功能统一性"(functional unity)。这种"隐喻思维"是其符号学建立的理论基础。

值得我们关注的，还有乔治·拉克夫和马克·约翰逊提出"在喻象中进行思考"的观点。他们认为，人的思维、感知和行为是由隐喻为其提供结构的，一种语言的整个概念体系从本质上讲是隐喻性的，一切思维和行为归根结底是从一个植根于一系列相互联系的隐喻的信念体系出发的③。对于上述观点，美国汉学家艾兰认为，

---

① 甘阳：《从"理性的评判"到"文化的评判"》，《语言与神话》"序言"，北京：生活·读书·新知三联书店，1988年，第13页。

② ［德］卡西尔：《语言与神话》，于晓译，北京：生活·读书·新知三联书店，1988年，第104页。

③ 参见乔治·拉克夫（George Lakoff）、马克·约翰逊（Mark Johnson）：《我们赖以生存的隐喻》（*Metaphors We Live By*），芝加哥大学，1980年，第3、18、22页。

拉克夫和约翰逊所谓“一种文化中最基本的价值，将附着在这种文化中的基本概念的隐喻结构之中”，乃是“本喻”，这既不是比喻性语言的通常意义，也不是以具体意象再造抽象观念的用法，而是观念最初抽象化时的具体根基。也即是说，“本喻”是具体的模型，它内在于抽象观念的概念化之中。抽象观念源于类比推理的过程，而不是比喻类推来说明已经形成的观念。艾氏关注于早期中国概念思维所依据的原型研究，在她看来，由于中国早期哲人认定自然界与人类社会有着共同的原则，所以中国早期哲学思想最有意义的概念都以源于自然界的“本喻（root metaphor）”为模型，水与植物则为许多原生的哲学概念提供了“本喻”①。总的来看，西方的隐喻理论，无论是隐喻说、符号说、喻象说、本喻说，虽然在文化心理基础与逻辑推演路数上，较之中国古代思维方式有着不同的特质，但也不乏参照意义，甚至可以部分地解释“象喻”思维，这对于理解中国古代思想中的意会传统也不乏参考价值。

四

在古代思想家的一般推论中，意会存在的思想基础，在于天地人之间共有、共在的一气流行，体现为气之内养与外化，而象便是这种内外运化的关联。譬如王昌龄谓“搜求于象，心入于境，神会

---

① ［美］艾兰：《水之道与德之端》，张海晏译，上海：上海人民出版社，2002年，第13—14页。

于物，因心而得”[1]，王廷相谓“二气感化，群象显设，天地万物所由以生也，非实体乎”[2]，气为内在之运化，象为外在之呈现，说的就是这个意思。对于古人的这种推衍运思，我们可以举两个例子。

见之于艺术思想领域，论者对于气与象的内在关联及其呈现的整体意义，颇为在意。譬如五代荆浩《笔记法》：“似者得其形遗其气，真者气质俱盛。凡气传于华，遗于象，象之死也……气者，心随笔运，取象不惑。”[3] 荆氏认为，“气质俱胜”的“真”，来自外在之“形”与内在之“气”，仅画形，只是“似”而非“真”，因为无气之“象”，就意味着“象之死也”，所谓的“真”，应该是内外、形气“俱胜”之作。荆浩被后世尊为北方山水画派之祖，因避后梁战乱，隐居太行山中，于大山大水的上下、远近、虚实、宾主的全景审视中，形成“山水之象，气势相生”的整体观念，创立“开图千里”的新格局。他的山水画理论注重气与“象”的关联，在其强调的绘景“六要”（气、韵、思、景、笔、墨）中，气居首位，乃心手如一、取象用笔之前提。

见之于哲学思想领域，对于“言象意”的内在关系及其呈现的整体意义，也不乏理论建树。譬如邵雍以“道德功力”和“化教劝率”的体用原则，归纳出八种政治运作的模式。《观物内篇》：“夫

---

① 王昌龄：《诗格》，收入郭绍虞主编：《中国历代文论选》第2册，第88页。

② 王廷相：《慎言》卷一，收入《王廷相集》，王孝鱼点校，北京：中华书局，1989年，第751页。

③ 荆浩：《笔记法》，收入俞剑华编：《中国画论类编》，北京：人民美术出版社，1986年，第605—615页。

意也者尽物之性也，言也者尽物之情也，象也者尽物之形也，数也者尽物之体也。……尽物之性者谓之道，尽物之情者谓之德，尽物之形者谓之功，尽物之体者谓之力。”① 在邵子看来，物一类有“性、情、形、体”，人一类有“言、意、象、数”，前者为所指，后者为能指，两者一一对应，“意”尽“物之性”，“言”尽“物之情”，“象”尽“物之形”，“数”尽“物之体”。他将心物、主客关系一一联系起来，以此作为打通天人关系的桥梁。邵子以体用模式诠释性情、形体、言意、象数，辨明意会知识构成的要素及其关联，显示出其思想中极为思辨的一面。故而朱子赞誉邵子之学“包括宇宙，终始古今”②，这也是古人为学的最高目标了。

辨析上述古人的观念，我们大体上可以得出以下结论：气为万物赋形，由形入象，由象生意、生境，即“气→形→象→意→境”，这是一个逻辑意义上的衍生递进过程，也是中国式意会知识生成的一般路径。

此一知识过程的完成，需借助于体悟的层层推衍，其间既有“体”之“随物以宛转”，也有“悟”之“与心而徘徊”，更是体证与豁然觉解的统一。严羽《沧浪诗话·诗辨》：“惟悟乃为当行，乃为本色。”③ 姚鼐《与石甫侄孙莹》：“凡诗文事与禅家相似，须由

① 邵雍：《邵雍集》，郭彧整理，北京：中华书局，2010 年，第 16 页。

② 黎靖德编：《朱子语类》卷一百《邵子之书》，第 2542 页。

③ 严羽：《沧浪诗话》，收入何文焕辑：《历代诗话》下册，北京：中华书局，1981 年，第 686 页。

悟入，非言语所能传。然既悟后，则返观昔人所论文章之事，极是明了也。”① 这种“悟入”，乃物与我、内与外的融合，有似于近代西方直觉主义的认识方法。譬如柏格森贬低理性，认为只有直觉才是把握宇宙生命本质或绝对真理的唯一工具，因而抛弃概念、判断、推理等一切逻辑思维形式。在他看来：“所谓直觉，就是一种理智的交融，这种交融使人们自己置于对象之内，以便与其中独特的、从而是无法表达的东西相符合。”② 柏氏认为直觉为意志的努力，超出感性经验、理性认识和实践范围之外，是区别逻辑理性的另一种认识活动，因而这种直觉是指自我生命深入到对象内在生命之中，达到主体和客体直接无差别地融合为一。这种直觉的认识方法，强调人在世界之中的认识立场，与国人所谓的体认、体悟，譬如《周易·咸·彖传》释“感”、朱子谓“置心物中”，亦不乏相似之处。

意会的过程，是一个气化创生的过程。所谓气化，是实象与虚境之化合，其中所显示的包容万有的涵性与灵动创生的质性，十分契合艺术活动的本质特征。气者，无形可感，能自由出入有无之间，乃“不形之形，形之不形”③，“有形，生气也，无形，元气

---

① 姚鼐：《惜抱尺牍》卷八，收入《明清十大家尺牍》卷三，北京：中华书局，1938 年，第 166 页。

② ［法］柏格森：《形而上学导言》，刘放桐译，北京：商务印书馆，1963 年，第 3—4 页。

③ 郭庆藩：《庄子集释》，第 746 页。

也”①，是虚实相生、形神统一的产物，正恰如方以智的总结：“充一切虚，贯一切实，更何疑焉?”② 在古人的文化视野中，气化是万物之间、心物之间联系的唯一纽带。按照刘勰《文心雕龙·物色》的说法，应该是这样的：“诗人感物，联类不穷。流连万象之际，沈吟视听之区。写气图貌，既随物以宛转；属采附声，亦与心而徘徊。”③ 所谓“随物以宛转”“与心而徘徊”“目既往还心亦吐纳”等说法，均是指心物、主客之间的交感往复。此一气化感物的过程，按照庄子的说法，便是“听之以气”一类的悟性认识。气化、气感的过程，常常需借助于各种心理感觉之间的转换，这又被今人称之为“联觉”或“通感”。

所谓的“联觉”，就生理而言，是指身体一部分发生的感觉与伴生的感觉；就心理而言，则是指一种感觉兼有另一种感觉的心理现象。钱锺书先生称之为“通感”。他曾经用不少中西文学作品的例子来解释“通感”现象，并有如下定义：“在日常经验里，视觉、听觉、触觉、嗅觉、味觉往往可以彼此打通或交通，眼、耳、鼻、舌、身各个官能的领域可以不分界限。颜色似乎会有温度，声音似乎会有形象，冷暖似乎会有重量，气味似乎会有锋芒。”④ 在审美活动尤其是诗歌创作中，“通感”的例子是很多的。譬如在评述潘

---

① 王廷相：《慎言》卷一，收入《王廷相集》，第751页。

② 方以智：《物理小识·天类》卷一，上海：商务印书馆，1937年，第3页。

③ 詹锳：《文心雕龙义证》，第1733页。

④ 钱锺书：《七缀集》，北京：生活·读书·新知三联书店，2002年，第64页。

岳《秋声赋》时，钱先生认为："潘岳谓其以'四蹙'示'秋气'之'悲'，实不止此数。他若'收潦水清'、'薄寒中人'、'羁旅无友'、'贫士失职'、'燕辞归'、'蝉无声'、'雁南游'、'鹍鸡悲鸣'、'蟋蟀宵征'，凡与秋可相系着之物态人事，莫非'蹙'而成'悲'，纷至沓来，汇合'一涂'，写秋而悲即同气一体，举远行、送归、失职、羁旅者，以人当秋则感其事更深，亦人当其事而悲秋逾甚，如李善所谓春秋之'别恨逾切'也。"① 能"通感"者，其共同之处在于"同气一体"，是一种在气化流行、心物感应前提下形成的物我一体、互动相生。这种"涵濡以味之"的心灵通约过程，之所以能够产生"以人当秋则感其事更深"的深切之感，其前提在于主客互摄式的"同声相应，同气相求"，这便从理论到实践阐明了古人"写秋而悲"的内在心理机制。

五

中国式的意会表达方式，在诗文评领域的典型表述，就是有关感应、灵感、神会一类的说法，最为著名是陆机的"应感之会"。《文赋》："若夫应感之会，通塞之纪。来不可遏，去不可止。藏若景灭，行犹响起。方天机之骏利，夫何纷而不理？"② 对于"应感之会"，徐复观先生认为："应感，是就主客的关系而言。作者的心

① 钱锺书：《管锥编》第 2 册，北京：中华书局，1979 年，第 618 页。
② 张少康：《文赋集释》，北京：人民文学出版社，2002 年，第 241 页。

灵活动是主，由题材而来的内容是客。有时是主感而客应，有时是客感而主应。‘会’是主客感应的集结点，亦即是主客合一的‘场’，这是创作的出发点。”① 这种分析是颇有见地的。在现代学术视野下深一步的分析，我们认为，“应感之会”的意义在于揭示了两个层面存在的关系：一为关系性存在，一为过程性存在。

所谓关系性的存在，这是天地人之间最普遍的联系方式，也是中国式整体关联话语系统的基本特征之一。这自根本上决定了古人对物我、主客等问题的认识是感应、体悟的方式，而非反映、再现的方式。此一特质，自先秦以来的学术传统就业已奠定了。《周易·咸·象》释“感”：“咸，感也。柔上而刚下，二气感应以相与……天地感而万物化生，圣人感人心而天下和平。观其所感，而天地万物之情可见矣。”《周易·乾文言》有“同声相应，同气相求”，孔颖达释云：“天地之间共相感应，各从其气类。”又云：“感者动也。应者报也。皆先者为感，后者为应。”② 《吕氏春秋·应同》：“类固则召，气同则合，声比则应。”③ 关于这一点，程颐一语道破：“天地间只有一个感应而已，更有甚事?”④ 对于天地人所共处的整体性关系世界，体会最为精妙的是王阳明。

---

① 徐复观：《陆机〈文赋〉集释》，收入《中国文学精神》，上海：上海书店出版社，2006 年，第 298 页。

② 阮元校刻：《十三经注疏》，第 16 页。

③ 陈奇猷：《吕氏春秋新校释》，上海：上海古籍出版社，2001 年，第 682 页。

④ 程颢、程颐：《二程遗书》卷十五，上海：上海古籍出版社，2000 年，第 198 页。

按照《传习录下》的记载，王阳明游南镇，与朋友有一段关于岩中花树的问答，如云：“问曰：‘天下无心外之物，如此花树，在深山中自开自落，于我心亦何相关？’先生曰：‘你未看此花时，此花与汝心同归于寂。你来看此花时，则此花颜色一时明白起来。便知此花不在你的心外。’问：‘大人与物同体，如何《大学》又说个厚薄？’先生曰：‘惟是道理自有厚薄。此如身是一体，把手足捍头目，岂是偏要薄手足？其道理合如此。禽兽与草木同是爱的，把草木去养禽兽，又忍得。人与禽兽同是爱的，宰禽兽以养亲与供祭祀、燕宾客，心又忍得。至亲与路人同是爱的，如箪食豆羹，得则生，不得则死，不能两全，宁救至亲，不救路人，心又忍得？这是道理合该如此。及至吾身与至亲，更不得分别彼此厚薄。盖以仁民爱物，皆从此出；此处可忍，更无所不忍矣。《大学》所谓厚薄，是良知上自然的条理，不可逾越，此便谓之义；顺这个条理，便谓之礼；知此条理，便谓之智；终始是这条理，便谓之信。’又曰：‘目无体，以万物之色为体；耳无体，以万物之声为体；鼻无体，以万物之臭为体；口无体，以万物之味为体；心无体，以天地万物感应之是非为体。’”① 王阳明这种“则此花颜色一时明白起来”“便知此花不在你的心外”的境界，建立在“天地万物感应之是非为体”的基础之上，是一种切近古人生活经验、情感体验的生命学问与精神智慧，是一种难以用语言文字传达的深层文化价值。这种

① 吴光等编校：《王阳明全集》卷三，上海：上海古籍出版社，1992年，第107—108页。

超越主客、“万物一体”的共感状态，大约也是古人理想中人与物、人与人所能建构的关系世界的最佳境况了。

所谓过程性的存在，是指“会”与“化”“感”等语素具有相似之处，均带有过程性的特征。“会”的方式，是一种过程性存在。古人关于意会、兴会、神会的种种理解，关键还在于“会”，这是人文创造中创作灵感、审美感受产生的前提。关于这一方面的描述，历代典籍中所见颇丰。譬如《颜氏家训·文章篇》：“每尝思之，原其所积文章之体，标举兴会，发引性灵，使人矜伐。”①《书断》：“偶其兴会，则触遇造笔，皆发于衷，不从于外。”②《文镜秘府论·地卷·十七势》：“夫文章兴作，先动气，气生乎心，心发乎言，闻于耳，见于目，录于纸。意须出万人之境，望古人于格下，攒天海于方寸。诗人用心，当于此也。”又云：“感兴势者，人心至感，必有应说，物色万象，爽然有如感会。亦有其例。如常建诗云：‘泠泠七弦遍，万木澄幽音，能使江月白，又令江水深。’又王维《哭殷四诗》：‘泱莽寒郊外，萧条闻哭声，愁云为苍茫，飞鸟不能鸣。’”③《指意》：“及其悟也，心动而手均，圆者中规，方者中矩，粗者能锐，细而能壮，长者不为有余，短者不为不足，思与神

① 王利器：《颜氏家训集解》卷四，北京：中华书局，1993 年，第 238 页。

② 张怀瓘：《书断》，收入华东师范大学古籍整理研究室选编：《历代书法论文选》，上海：上海书画出版社，1979 年，第 180 页。

③ 王利器：《文镜秘府论校注》，北京：中国社会科学出版社，1983 年，第 126—127 页。

会，同乎自然，不知所以然而然矣。”[①] 李嗣真《续画品录》：“顾生思侔造化，得妙物于神会。”[②]

此一类兴会、神会的出现，以心物、主客之间的互动共感为前提，在于物事与人事的“同气一体”，这种“会”的存在样态与无形可感的化生特质，是典型的意会表述方式。如欧阳修认为：“工之善者，必得于心，应于手，而不可述之言也。听之善，亦必得于心而会以意，不可得而言也……余尝问诗于圣俞，其声律之高下，文语之疵病，可以指而告余也；至其心之所得者，不可以言而告也。余亦将以心得意会，而未能至之者也。”[③] 长于创作者，能够得心应手，但未必能用语言表述出来；长于欣赏者，能够以意会之，也未必能用语言传达出来。在欧阳修看来，这都属于“心得意会”一类的体悟。在古人看来，欣赏者须平心静气，沉浸于密咏恬吟、涵润濡染的氛围之中，方能有所“觉”、有所“悟”，体悟出前人创作的精妙之处。如沈德潜所言：“诗以声为用者也，其微妙在抑扬抗坠之间。读者静心按节，密咏恬吟，觉前人声中难写，响外别传之妙，一齐俱出。朱子云：‘讽咏以昌之，涵濡以体之。’真是

---

① 李世民：《指意》，收入华东师范大学古籍整理研究室选编：《历代书法论文选》，第 121 页。

② 俞剑华：《中国画论类编》，第 394 页。

③ 欧阳修：《书梅圣俞稿后》，收入《欧阳修全集》卷七十二，李逸安点校，北京：中华书局，2001 年，第 1048—1049 页。

读诗趣味。”① 今人傅庚生先生也认为：“研之精则悟之深，悟之深则味之永，味之永则神相契，神相契则意相通，意相通则诂之达矣。”② 在他看来，人之内发者曰“情”，外触者谓“感”，应感而生，故曰“兴会”。逢佳节倍思亲，赴荆门而怀古，窥鬓白以相思；兴之所至，适逢其会，发为词章，便成佳构；及其所之既倦，情随事迁，“兴会”已逝，就不免辍翰而腐毫矣③。

① 沈德潜：《说诗晬语》卷上，收入丁福保辑：《清诗话》下册，北京：中华书局，1963年，第524页。

② 傅庚生：《中国文学欣赏举偶》，西安：陕西人民出版社，1983年，第3页。

③ 傅庚生：《中国文学欣赏举偶》，第13页。

思想史视野的文德传统

《文心雕龙·原道》开篇言“文之为德也大矣”①，这里的“文之为德”，与《程器》篇“瞻彼前修，有懿文德”② 的“文德”含义不同。这一点业已被章太炎以来的学者所揭示。至于“文之为德”的解释，当代学者大多认为“德”为性质、功能之意。譬如王更生认为：“文的作用，实在关系重大啊！”③ 但显而易见的问题在于，有关性质、功能这一类的解释，既找不到传统训诂学的依据，又明显带有西学反映论的痕迹，与刘勰所处时代天、地、人合一的解释话语相去甚远④，因此值得商榷。

考察传统时代“文德”一词，含义有二：一是文之德，即“文”作为德行的一种，在此意义中，“文”与仁、孝、武等德行并举；一是指文人的道德、文章，也就是今人最熟知的用法。《原道》

---

① 詹锳：《文心雕龙义证》，第 2 页。

② 詹锳：《文心雕龙义证》，第 1896 页。

③ 王更生：《文心雕龙读本》，台北：文史哲出版社，1999 年，第 11 页。

④ 参见夏静：《〈文心雕龙·原道〉的“惟人参之”》，载《文学评论》2009 年第 3 期。

篇“文之为德”，是指“文”作为一种德行，与天地并生，意义重大；而《程器》篇“文德”，是指文人的道德、文章。前者沿袭了春秋这个重德行时代以来的话语范式，后者沿袭了东汉以来道德、文章的话语范式。至于《文心雕龙》为什么首标“文之为德”，这可能与文章的论证策略有关。全书一开篇，刘勰就将“文”置于天、地、人的意义世界中，借助天道、地道而人道、天文、地文而人文的推演，使之获得不证自明的本体意义。就论证策略而言，将文学的终极意义挂在不可言说的道、德、气之上，是古典学的传统①，具有普遍的方法论意义。因此，除了将“文”与道、德并提，恐怕也没有更好的选择。

上述“文德”的两种涵义，以今天的学科划分来看，前者属于政治学、伦理学的范畴，后者属于文学批评的范畴。在古代文、史、哲合一的大传统中，两种用法并行不悖，虽日用而不知，但仍有较为清晰的脉络可寻。就源流统绪而言，中国早期“文德”论的出现，源自以“文德”治天下的上古政治理想，经由思想家的阐释以及语意的泛化，先秦时期开始有了文辞、德行方面的阐释。自东汉王充明确谈论“文德”以来，文、德合一是古人的基本理解，也是谈论“文德”问题的出发点与归宿。伴随着东汉中后期“文人无行”成为一种普遍的社会现象后，“文德”作为批评伦理的重要规范，大致呈现出两种范式：一是作为理想范式的德充文昌、文德合

---

① 参见徐复观：《中国思想史论集》，上海：上海书店出版社，2004年，第216页。

一，一是带入不同历史性的文德分离、重德轻文。下面将就上述问题展开论述，并旁及一些相关问题，如修辞立诚、文以载道等，以期重新考辨“文德”论发生、发展的历程。

一

从字源的角度看，根据目前的考古发现，我们有理由相信，“文”字的起源较之“德”字更早，可以追溯到距今四千余年的夏禹时代。在早期陶寺文化的陶背壶上，考古学家发现了朱书的“文”字，据此认为这是夏社的遗存①。见于甲骨文中的“文”，写法有两类：“”和“”。金文延续了以上甲骨文的两类字符，延伸出八十多种写法②。以上两类字符代表了两组义项：前者象形，《说文解字・文部》：“文，错画也，象交文。”段注：“错画者，交错之画也……造画者，文之本义，彣彰者，彣之本义，义不同也。初造书契，依类象形，故谓之文。”③ 尔后引申出纹路、文采、文字等义项；后者指事，疑为“忞”字前身。中间指事性的“心”符，显示与人的内在质素相关。尔后引申出文德、文人、文献、文

① 参见李健民：《陶寺遗址出土的朱书“文”字扁壶》，载《中国社会科学院古代文明研究中心通讯》2001 年第 1 期；高炜：《陶寺出土文字二三事》，载《中国社会科学院古代文明研究中心通讯》2002 年第 3 期。

② 参见夏静：《礼乐文化与中国文论早期形态研究》，北京：中华书局，2007 年，第 200—201 页。

③ 段玉裁：《说文解字注》，上海：上海古籍出版社，1981 年，第 425 页。

学等义项。“德”字的起源，目前尚无定论。甲骨文有“徝”无“德”，“徝”字从彳从直，与行走、巡视有关，并不含有“德”之义。金文中“徝”“德”并存，晚周出现“悳”字。“悳”与“德”疑为同一个字。《说文解字·彳部》：“德，升也。从彳悳声。”①《心部》：“悳，外得于人，内得于已。从直心。”段注：“内得于已，谓身心所自得也。外得于人，谓惠泽使人得之也。俗字假‘德’为之。《洪范》：‘三德，一曰正直。’直亦声。”② 许慎、段玉裁未曾见过甲骨文，对于上述字形的演变不甚清楚，但对于“德”的内外之分，还是很有见地的。值得注意的是，在甲骨文字形中，“文”“德”二字的构成有着相同的“心”字符，说明两者在价值取向上有相似之处，均含有德性方面的内在质素要求。就字源学的材料来看，我们可以推论，“文”乃“德”的思想源头，早期有关“德”的观点是借助“文”来传达的。

“文德”思想，渊源甚早。据《史记·夏本纪》《大戴礼记·帝系》《五帝德》所载，夏代始祖禹的名字为“文命”，这与夏代朱书“文”之间可能存在一定联系，再结合新出土西周青铜器豳公盨铭文的记载，两者所体现的原始文德观念也就有迹可循了③。“周人承之以文”④。周礼的特征是“尚文”，“尚文”的价值核心就是

① 段玉裁：《说文解字注》，第 76 页。

② 段玉裁：《说文解字注》，第 502 页。

③ 参见冯时：《儒家道德思想源流考》，载《中国文化研究》2003 年秋之卷。

④ 司马迁：《史记》，第 393 页。

“文德”，这一思想特质体现在政治理念、生活规范的各个方面。西周时期的“文德”，既指具体的德行，也指有德行之人。这一时期的文献，如《周书》《大雅》以及《鲁颂》中，有关“德”的字眼频繁出现。譬如《逸周书》有“九德”“十奸”的说法。所谓“十奸”，是指十种败坏的德行。在《宝典解》《文政解》《常训解》中，“九德”均有提及，既指个人德行与政治德行，又指具体德行规范与抽象德行标准。夏、商、周三代交替，以德代暴的历史经验是很容易得出的。周人相信“德”是和“天”联系在一起的，由此也确立了以“德”为先的价值原则。金文中习见的正德、懿德、孔德、介德、明德等，都是对品行高尚者的称谓，多用于颂赞君王的个人品德或政治道德。如《诗经·周颂·维天之命》“文王之德之纯”①，《国语·鲁语上》“文王以文昭”②，均为文王德行的颂赞，这也是其谥号“文”的缘由。西周时期称先人为文祖、文考，常见于金文、铭文中，“文”乃泛指先祖的美称。所谓文人，也即文德之人、有礼之人，郭沫若据此认为：“古代有德者的一切正当行为的方式汇集了下来便成为后代的礼。”③“文德”思想到周代礼乐政治中得以完善，成为传统时代伦理道德思想的源头，并为尔后修、齐、治、平的内外之道的形成奠定了理论基础。

---

① 阮元校刻：《十三经注疏》，第584页。

② 左丘明：《国语》，上海：上海古籍出版社，1978年，第166页。

③ 郭沫若：《先秦天道观之进展》，收入《青铜时代》，北京：科学出版社，1957年，第22页。

春秋是重视德行的时代，在那个时代的人们眼里，“德”既是倡导的美德，也是普遍的社会行为规范，许多与个人品行相关的德行要求，均纳入了“德”的范围，而“文”就是诸多德行中的一种，与忠、信、义、礼、孝、仁、武等德行并举。譬如楚国的申叔在阐明如何教导太子时，提出“十二德”。《国语·楚语上》：“明施舍以导之忠，明久长以导之信，明度量以导之义，明等级以导之礼，明恭俭以导之孝，明敬戒以导之事，明慈爱以导之仁，明昭利以导之文，明除害以导之武，明精意以导之罚，明正德以导之赏，明齐肃以耀之临。”① 申叔认为，在传授太子文献的同时，还要加强德行的培养引导。上述十二种德行，前面六种是一般人的要求，后六种是治国者的要求。根据《左传》的记载，公元前 514 年，魏献子将羊舌氏的封邑一分为三，其中一个给了魏戊，但他担心别人非议，于是询问成鱄。成鱄对此表示赞同，同时举出“九德”。《昭公二十八年》：“心能制义曰度，德正应和曰莫，照临四方曰明，勤施无私曰类，教诲不倦曰长，赏庆刑威曰君，慈和遍服曰顺，择善而从之曰比，经纬天地曰文。九德不愆，作事无悔，故袭天禄，子孙赖之。主之举也，近文德矣，所及其远哉!”② 成鱄认为，魏献子的举荐，接近文王的德行。他对于“文”的解释很经典，所谓“经纬天地”，是对个人才能卓越不凡的最高评价。

作为具体的德行，古人对于“文”“武”的理解是对举的。“文

① 左丘明：《国语》，第 529 页。
② 阮元校刻：《十三经注疏》，第 2119 页。

德”主内心慈惠，“武德”主外力暴戾。《逸周书·谥法解》：“经纬天地曰文，道德博厚曰文，勤学好问曰文，慈惠爱民曰文，愍民惠礼曰文，赐民爵位曰文。刚强直理曰武，威强睿德曰武，克定祸乱曰武，刑民克服曰武，大志多穷曰武。”① 这些材料可能经过了后人的整理，但也能一个侧面反映出古人对于文武之德，尤其是对君王政治品格的重视。作为三代圣贤政治的价值核心，古人推崇文武兼备、华实相符的理想德性。见于早期文献，如《诗经·大雅·江汉》“矢其文德，洽此四国”②，《大雅·崧高》“文武是宪”③，《小雅·六月》“文武吉甫，万邦为宪”④，《鲁颂·泮水》“允文允武”⑤，《论语·季氏》“故远人不服，则修文德以来之”⑥，《管子·霸言》“一而伐之，武也；服而舍之，文也；文武具满，德也”⑦。季镇淮据此认为：“‘武’字表示人的一种事功（征伐），偏于政治的意义；‘文’字表示人的一种行为态度，偏于伦理的意义。”⑧ 随着“文德”意涵的不断扩充，早期的“文德”“武德”开始衍生出文质的意味。“文德”重内心修养，“武德”重外在武力，文质则重文、野之辨。《论语·雍也》：“质胜文则野，文胜质则史。文质彬

---

① 黄怀信：《逸周书汇校集注》，第678—682页。
② 阮元校刻：《十三经注疏》，第574页。
③ 阮元校刻：《十三经注疏》，第567页。
④ 阮元校刻：《十三经注疏》，第425页。
⑤ 阮元校刻：《十三经注疏》，第611页。
⑥ 阮元校刻：《十三经注疏》，第2520页。
⑦ 黎翔凤：《管子校注》，北京：中华书局，2004年，第473页。
⑧ 季镇淮：《来之文录》，第24页。

彬，然后君子。”何晏集解：“野，如野人言鄙略也。史者，文多而质少。彬彬，文质相半之貌。”①《礼记·表记》：“虞夏之文不胜其质，殷周之质不胜其文。”孙希旦集解：“至矣者，言其质文不可复加也。加乎虞夏之质，则为上古之洪荒；加乎殷周之文，则为后世之虚饰。”② 文质包含了“文德”“武德”的思想内蕴。在古人看来，过质之野蛮与过文之虚饰，均非理想状态，只有文质兼备，才能完美的德性。

伴随着春秋以来“文”义的泛化，“文”之含义，无所不包。凡人生一切德行修养，皆可通称为“文”，“文”也就涵括了敬、忠、信、仁、教等意味。典型的例子，譬如《国语·周语下》记载晋悼公的德性，云：“其行也文，能文则得天地。天地所胙，小而后国。夫敬，文之恭也；忠，文之实也；信，文之孚也；仁，文之爱也；义，文之制也；智，文之舆也；勇，文之帅也；教，文之施也；孝，文之本也；惠，文之慈也；让，文之材也。”韦昭注：“文者，德之总名也。”③ 晋悼公具备敬、忠、信、仁、义、智、勇等十一种德性，单襄公用一个“文”字来归纳。对此，饶宗颐认为：“‘文’字可说是一个典型的道德综合体，实在具有道德文化的全体意义。”④ 礼乐教化的目的，就在于培养君子之文德品行、文雅气

---

① 阮元校刻：《十三经注疏》，第 2479 页。

② 孙希旦：《礼记集解》卷五十一，北京：中华书局，1989 年，第 1311 页。

③ 左丘明：《国语》，第 96 页。

④ 饶宗颐：《孔门修辞学》，收入《饶宗颐二十世纪学术文集》卷十一“文学”，第 608 页。

象，直到汉人仍然是这样理解的，如《礼记·乐记》：“礼乐皆得，谓之有德。德者得也。”① 《说苑·修文》：“文德之至也。德不至，则不能文。”② 源于这样的思想传统，齐梁时期的刘勰在《文心雕龙》开篇，感叹“文之为德也大矣，与天地并生者何哉”③，也就不难理解了。他所秉承的是周人以“文”为德行的言说路子，其中的思想文化脉络依然清晰可见。

二

随着晚周以来“文德”思想的泛化，古人开始在德行、文辞方面有了更加深入的思考，儒家有关德行与言说方面的论述，譬如“修辞立其诚”④，“有德者必有言，有言者不必有德”⑤ 等，开启了尔后文学思想层面“文德”论的先河。

在解释《易经》乾卦九三爻辞“君子终日乾乾，夕惕若，厉，无咎，何谓也”时，孔子认为：“君子进德修业。忠信，所以进德也。修辞立其诚，所以居业也。知至，至之，可与几也。知终，终之，可与存义也。”⑥君子不能欺世盗名，而应进德修业，居上位不骄，居下位不忧，如此这般，即便身处“危厉”，也会“无咎”。紧

① 阮元校刻：《十三经注疏》，第1328页。
② 向宗鲁：《说苑校证》，第476页。
③ 詹锳：《文心雕龙义证》，第2页。
④⑥ 阮元校刻：《十三经注疏》，第15页。
⑤ 阮元校刻：《十三经注疏》，第2510页。

接着，孔子提出“修辞立其诚”这一命题，将言辞和道德的关系紧紧地联系在一起。对于“修辞”与“立诚”的关系，当代学者虽有歧义，或认为两者是一外一内的两件事，或认为两者是一前一后的同一件事①，但对于言辞和道德之间的紧密关联并无异议。关于德行与言辞之间的关系，孔子时有论述。在《论语·先进》中，有“孔门四科”的分类，“德行”与“言语”“政事”“文学”并举，孔子以此将弟子的特长进行分类②。在《论语·宪问》中，孔子直接将“德”“言”并举：“有德者必有言，有言者不必有德。”在孔子眼里，强调德行是言说的基础，但两者之间出现背离，也不是不可能的。

德行与言说之间的关系，是尔后儒家学者言说的一个重要话题。在对公孙丑解释“何谓知言”时，孟子论及言辞和德行的关系。他认为：“诐辞知其所蔽，淫辞知其所陷，邪辞知其所离，遁辞知其所穷。生于其心，害于其政；发于其政，害于其事。圣人复起，必从吾言矣。”③ 在孟子看来，偏颇不全面的言辞、过分的言辞、不正当的言辞和躲闪的言辞，源于思想德行方面的片面偏激、

① 譬如周策纵认为“修辞”与“立诚”是一外一内的两件事；饶宗颐认为“修辞”是“立诚”的前提，两者是一件事。参见周策纵：《弃园文粹》，上海：上海文艺出版社，1997年，第422页；饶宗颐：《孔门修辞学》，收入《饶宗颐二十世纪学术文集》卷十一“文学”，第607页。

② 除“孔门四科”外，《论语·述而》还有“孔门四教”的说法，历代注家歧义颇多。无论将“文”解释为文献或文德，均与“行”“忠”“信”关系不明，逻辑不清。故本文不引用此例。

③ 阮元校刻：《十三经注疏》，第2686页。

背离正道以及理屈词穷，要放淫辞、息邪说，首先就要正人心。在《正名》篇中，荀子论及著书立学的道德操守问题。他认为："以仁心说，以学心听，以公心辩；不动乎众人之非誉，不冶观者之耳目，不赂贵人之权势，不利传僻者之辞。"① 在荀子看来，君子辩说，不为众人的非议或赞誉而动摇，不修饰言辞去遮掩旁人耳目，不巴结、贿赂权贵，不传播邪说，而要坚守仁心、学心、公心。在先秦诸子中，荀子较早谈论文章与道德的关系。虽然孟子和荀子在人性论上认识不同，但是都认识到心是道德得以成立的根源，而道德是言辞得以表达的基础。重视德行与言辞的关系，是儒学一以贯之的传统，《礼记·表记》："君子耻服其服而无其容，耻有其容而无其辞，耻有其辞而无其德，耻有其德而无其行。"② 德行、言辞与容仪、服饰具有内在一致性，其中，德行是最根本的。战国后期以及秦汉之际的文献中，有关德行与言说方面的论述，也是屡见不鲜的。

伴随着经学正统地位的确立，"文德"成为汉代经学阐释的重要问题，加之学术分化，文人群体的出现，儒士与文人之间的矛盾对立，有关文人道德、文章的言论，成为汉末思想界关注的热点话题。在《论衡》中，王充阐发了孔子有关"德""言"的论述，首标"文德"一词。《论衡·书解篇》："夫文德，世服也。空书为文，实行为德，著之于衣为服。故曰：德弥盛者文弥缛，德弥彰者人弥

① 王先谦：《荀子集解》，第424—425页。

② 阮元校刻：《十三经注疏》，第1640页。

明。大人德扩其文炳，小人德炽其文斑。”[①] 王充此论，言“德”内“文”外，不可分离，基本上是对孔子思想的阐发，无甚新意。《佚文》篇有“五文”之说，论及“文德”，却颇有新意。《佚文》：“文人宜遵，五经六艺为文，诸子传书为文，造论著说为文，上书奏记为文，文德之操为文。立五文在世，皆当贤也。”[②] 王充一生都想见知于朝廷，在仕途上有所作为，他对东汉章帝的时代颇为赞颂。在他看来，汉承周之礼乐法度，“五文在世”，故而文人理应遵行。虽然“五文”中，王充评价最高的是“造论著说”而非“文德之操”，但他首标“文德”理想，明确了道德内容决定文章形式，且以此为标准努力践行[③]，所以直到近人章太炎，仍然认定王充是第一个提出“文德”思想的人[④]。纵观其思想，有关“文德”的论述，与文质、实诚的论述，在价值取向上是一致的，均洋溢着浓郁的德性优先、德充文昌的色彩，代表了有汉一代经学的主流话语，也成为尔后文学批评意义上“文德”论的范本。

自东汉灵帝设立鸿都门学，辞赋之士完成了社会政治层面角色的蜕变，也导致了儒士与文人冲突的加剧，形成了一股儒士批评文人品行不端的社会舆论。对于辞赋之徒的批评，稍早的王符便已发

---

① 黄晖：《论衡校释》，北京：中华书局，1990 年，第 1149 页。

② 黄晖：《论衡校释》，第 867 页。

③ 在《自纪》篇中，王充明确表达了“文德不丰，非吾所臧”（《论衡校释》，第 1205 页）的著述初衷，认为自己的《论衡》，在“德”“言”方面，可以无愧于孔子的君子之德。

④ 章太炎：《国故论衡·文学总略》，第 55 页。

端。在《潜夫论·务本》中，王符以本末论“德”与“辞”，他认为：“教训者，以道义为本，以巧辩为末。辞语者，以信顺为本，以诡丽为末……服教训者，所以遂道术而崇德义也。”他批评“学问之士”好言虚无，“品文少识”“伤道德之实”，批评“赋颂之徒”“苟为饶辨屈蹇之辞，竞陈诬罔无然之事”的“不诚之言”①。对于“文德”问题，形成了以道德为本、以言辞为末的基本看法。曹魏时期，“文人无行”成为社会的流行看法，故而曹丕《与吴质书》有“观古今文人，类不护细行，鲜能以名节自立”② 的断言，这也成为这一时期评论文人缺乏“文德”的重要论断。曹丕据此在《典论·论文》中列举了“文人相轻”“贵远贱近”“向声背实”③ 等毛病，在文学思想史上产生了重要的影响。

纵观整个六朝，对于“文人无行”的批评不绝于耳，譬如稍晚于刘勰，北齐杨遵彦《文德论》“古今辞人，皆负才遗行，浇薄险忌”④ 的断语，颜之推《颜氏家训·文章》以“自古文人，多陷轻薄”⑤ 批评三十六位文人的品德，在文学思想史上影响都是很大的。而对此一问题愤愤不平，一心想为文人正名的，则是齐梁时期的刘勰。《文心雕龙》全书，论及德行与文章问题的地方颇多，“文

① 汪继培笺，彭铎校正：《潜夫论笺校正》，北京：中华书局，1985 年，第 16—19 页。

② 曹丕：《与吴质书》，《六臣注文选》卷四十二，第 787 页。

③ 曹丕：《典论·论文》，《六臣注文选》卷五十二，第 966—967 页。

④ 杨愔：《文德论》，收入严可均辑《全北齐文》，第 29 页。

⑤ 王利器：《颜氏家训集解》，第 237 页。

德”业已成为全书批评伦理的重要规范。譬如《宗经》“文以行立，行以文传”①，《祝盟》“立诚在肃，修辞必甘”②，《谐隐》“曾是莠言，有亏德音”③，《诸子》“立德何隐？含道必授”④，《序志》“君子处世，树德建言”⑤，等等。而专论文人德行的《程器》篇，更是言辞急切，所针对的就是曹丕“古今文人，类不护细行”的断语，以及韦诞对王粲等“建安七子”的苛评。为了纠正时人对上述言论的随声附和，刘勰遍举了十六位文人在品行上的瑕疵，诸如“相如窃妻而受金”“扬雄嗜酒而少算”“仲宣轻锐以躁竞”“丁仪贪婪以乞货”等，与此对照，又列举了七位古代将相品德上的瑕疵，如“管仲孝窃”“吴起之贪淫”等，以此说明人人皆有缺点，即便是历史上那些伟大人物也不例外。接着，他又列举了六位具有美德的文人，诸如“屈贾之忠贞”“邹枚之机觉”等，以此说明并非所有文人都不注意小节。最后，他指出理想的文人应该是“梓材之士”，具备“蓄素以弸中，散采以彪外，楩楠其质，豫章其干”的品行。在刘勰看来，只有文质彬彬、文武兼备的文人，才能藏器于身，“待时而动”，成为大才，“穷则独善以垂文，达则奉时以骋绩”，如此这般，方能“瞻彼前修，有懿文德”⑥。总体来看，在

① 詹锳：《文心雕龙义证》，第 85 页。
② 詹锳：《文心雕龙义证》，第 385 页。
③ 詹锳：《文心雕龙义证》，第 536 页。
④ 詹锳：《文心雕龙义证》，第 663 页。
⑤ 詹锳：《文心雕龙义证》，第 1903 页。
⑥ 詹锳：《文心雕龙义证》，第 1865—1895 页。

《程器》篇中，由于刘勰过多的举证，有关“文”与“德”关系的论证反而被疏忽，因而对于批评伦理意义上的“文德”论而言，理论贡献并不明显。

三

古人有关“文德”的理解，自汉代以来取得道德、文章的明确含义后，大体上呈现出两种主要的价值取向：文德并重、重德轻文。有关德行、文章并重的看法，较早的论述如晋代的葛洪。在《抱朴子·尚博》中，葛洪对于德行为本、文章为末的观点并不认同，他认为：“文章之与德行，犹十足之与一丈，谓之余事，未之前闻。”① 为此，他以“精粗”为喻进一步阐明文章的重要性，并认为：“德行为有事，优劣易见；文章微妙，其体难识。夫易见者粗也，难识者精也。夫唯粗也，故铨衡有定焉；夫唯精也，故品藻难一也。吾故舍易见之粗，而论难识之精，不亦可乎？”② 在他看来，德行与文章乃伯仲之间，同等重要。这是历代“文德”论中较为公允的主流看法。

唐宋以后的古文家通常把学问修养放在第一位，但对于词章之学也很重视，在“文德”问题上，大多取“立行”为先、文德并重的观点。韩愈及其门人强调学习古文重在“立行”，《答李翊书》认

① 杨明照：《抱朴子外篇校笺》（下），北京：中华书局，1997年，第113页。
② 杨明照：《抱朴子外篇校笺》（下），第107页。

为要达到古代立言者的标准，必定“根之茂者其实遂，膏之沃者其光晔，仁义之人，其言蔼如也”①，《答尉迟生书》认为自身修养对于为文极为重要，“夫所谓文者，必有诸其中，是故君子慎其实”。② 这与孔孟有关“德”“言”的观点是一脉相承的，均包含了“立行”先于“立言”的思想。至于如何“立行”，韩门弟子李翱认为：“学古文者，悦古人之行者，爱古人之道也。故学其言，不可以不行其行；行其行不可以不重其道。”③ 基本上是承续了韩愈的看法。同一时期的柳宗元，对于“文德”的看法，与韩愈颇为近似。他认为“文者以明道”④，“道假辞而明”⑤，“大都文以行为本，在先诚其中”⑥，要真正有志于道，就必须熟读“六经”，研习孔孟之道，而且要旷日持久、勿求速成。比较而言，尔后北宋的欧阳修，更为强调“立言”的重要性。在《送徐无党南归序》中，他将修身、施事、见言视为圣人的“不朽而存”⑦，并以《诗》《书》《史记》等为例，说明修身未必能见言，施事也未必能见言，也就是说，有德行修养者未必有文章言辞，这就极大地提升了“立言”的独立地位。在他看来，只有将上述三者结合起来，“履之以身，

---

① 马其昶：《韩昌黎文集校注》，上海：上海古籍出版社，1987年，第168页。

② 马其昶：《韩昌黎文集校注》，第145页。

③ 李翱：《答朱载言书》，收入周祖譔：《隋唐五代文论选》，北京：人民文学出版社，1990年，第224页。

④ 柳宗元：《答韦中立论师道书》，收入《柳宗元集》，北京：中华书局，1979年，第873页。

⑤ 柳宗元：《报崔黯秀才论为文书》，《柳宗元集》，第886页。

⑥ 柳宗元：《报袁君陈秀才避师名书》，《柳宗元集》，第880页。

⑦ 欧阳修：《欧阳修全集》，第631—632页。

施之于事，而又见于文章”，方能“发之以信后世”[1]。继欧阳修之后，苏轼主盟文坛，“文”与“德”、“文”与“辞”之区别更加清晰。与苏轼交谊颇深的毕仲游，对于“文”“德”关系有非常清晰的阐发。《文议》：“世之谓文者不系于德，谓德者不系于文。夫文章之士虽不系于有德无德，而无德者不能为有德之文，有文之人不皆有德，有德之人不皆有文，有文者无德，则不尽其善。”[2] 虽然毕仲游仍然认同文德一体的传统看法，但对于其时“文者不系于德”“德者不系于文”的现实状况也是承认的。在他看来，“文章之士虽不系于有德无德”，“而无德者不能为有德之文”，也就是说，“德”之有无，并不影响“文”，他只强调一点，那就是“无德之人不能为有德之文”。按照毕氏的语意脉络，有德者不必有文，无德者亦可有文。这也意味着，“德”不再是衡量“文”的唯一标准，“文”的独立地位愈加突出了。

不同于古文家强调道德、文章一致，文章内容、形式一致，宋以后的理学家大都重德轻文。理学家所谓的“德”大多与天理、性命相关，“文”则是载道的工具而已。周敦颐“文所以载道也”[3]，“文辞，艺也，道德，实也”[4] 的断言，表达出鲜明的重道德轻文辞的倾向，此论影响巨大，成为理学家有关“文德”问题的基本判

---

① 欧阳修：《欧阳修全集》，第 978 页。
② 毕仲游：《文议》，收入《西台集》，景印文渊阁《四库全书》本。
③ 周敦颐：《通书·文辞》，收入《周敦颐集》，第 35 页。
④ 周敦颐：《通书·文辞》，收入《周敦颐集》，第 36 页。

断。尔后程颐认为作文害道，为文玩物丧志，将此论推到极致。南宋朱熹不满于苏轼文、道合一的观点，认为“文皆是从道中流出”①，“道者，文之根本，文者，道之枝叶”②。在他看来，以文贯道是本末倒置，因而苏文之害正道，超过佛老。对于文与道之间互为表里的关系，朱子虽然也有比较公允的看法，譬如《论语·子罕》：“文王既没，文不在兹乎？”朱熹集注：“道之显者谓之文，盖礼乐制度之谓。不曰道而曰文，亦谦辞也。”③ 但他同时又认为文词为小技，鄙视词章之“文”，甚至偏激地断定诗不学也能作。《答汪叔耕》：“至于文章，一小技耳。以言乎迩，则不足以治己；以言乎远，则无以及人。”④《答杨宋卿》：“然则诗者，岂复有工拙哉？亦视其志之所向者搞下如何耳。是以古之君子，德足以求其志，必出于高明纯一之地，其于诗固不学而能之。至于格律之精粗，用韵、属对、比事之善否，今以魏晋以前诸贤之作考之，盖未有用意于其间者，而况于古诗之流乎？”⑤ 理学家这种重德轻文的倾向，体现在思想各个方面，譬如在阐发“修辞立其诚”时，理学家更多的会在“诚”上下功夫，引申出思诚、诚之、自诚明、自明诚、至诚诸问题，从而将修养论、功夫论引入他们熟知的境界论、本体论的论域，而对于“修辞”诸问题，则基本存而不论。

---

① 黎靖德：《朱子语类》，第 3305 页。
② 黎靖德：《朱子语类》，第 3319 页。
③ 朱熹：《四书章句集注》，第 110 页。
④ 朱熹：《朱子文集》，上海：上海商务印书馆，1938 年，第 290 页。
⑤ 朱熹：《朱子文集》，第 366 页。

值得注意的是，唐宋以后，随着对“文道”问题的愈加关注，古人在论及“文德”诸问题时，常常会与文道问题联系在一起，甚或因谈论文道而带出或旁及“文德”，也是一种较为普遍的做法，这与早期文献中文道的用法有很大的不同。譬如管子视道与德为共相与个相的体用关系，《管子·心术上》：“德者，道之舍。”① 又云：“虚无无行谓之道，化育万物谓之德。”② 此“文道”等同于“文德”。又如《国语·齐语》：“隐武事，行文道。”③ 《逸周书》：“内无文道，外无武迹。”④ 此“文道”等同于“文德”。

除文道外，汉代以来，以气来阐释“文德”也渐成风尚，尤其是养气与人文德行修养成为论述“文德”问题时的新维度。譬如汉代董仲舒《春秋繁露·循天之道》、元代刘将孙《彭宏济诗序》、南宋陆游《方德亨诗集序》、清代魏禧《论世堂文集序》等，均为经典之作，其中最具有代表性的，是明代宋濂的《文原》。宋氏位列开国文臣之首，以继承道统为己任，坚持宗经师古、明道致用，其文质朴简洁、雍容典雅，承续了儒家正统一系的文脉。在《文原》中，他提出了有关文章写作中义理、事功、文章一体的主张，对于传统“文德”论的发展具有重要意义。他认为文章的好坏，不仅取决于文字的功夫，更要从为文者的根本，即养气上下功夫。《文

---

① 黎翔凤：《管子校注》，第770页。
② 黎翔凤：《管子校注》，第759页。
③ 左丘明：《国语》，第242页。
④ 黄怀信：《逸周书汇校集注》，第1167页。

原》："为文必在养气，气与天地同，苟能充之，则可配序三灵，管摄万汇。不然则一介之小夫尔，君子所以攻内不攻外，图大不图小也。"① 宋氏之养气，远祧孟子，承接曹丕，所指不仅仅在于获得知识层面的认知能力，更为重要的是实现道德上的自我完善，完成价值主体的人格建构。在他看来，只有在身诚、心明、气平、道恒、德成的至善境界中，其身、言、仪皆合礼乐、皆合规矩，方能一切皆"文"，故云"道明而后气充，气充而后文雄"（《文说》），"道德仁义积而气因以充，气充，欲其文之不昌，不可遏也"（《浦阳人物记·文学篇序》）。宋濂强调"为文必在养气"，这种养气不同于古文家的行文气势，而是偏于孟子的浩然之气，故谓"人能养气，则情深而文明，气盛而化神，当与天地同功也"（《文原》）。此气与天地之气、文章之气循环往复、交相辉映。总的来看，在谈论为文者的道德修养上，宋濂强调养气为先、气充文至，大量借鉴了传统文气论的思想资源。但不同于文气论包含作者修养、文本风格、文章气象等多方面内蕴，他所关注的在于文章写作与修德立言之间的关系。至于如何养气，他遵循的仍然是荀子征圣、宗经、博学的老路子，并无多少新意而言。

最后，值得一提的是清初章学诚的"文德"论。《文史通义》有《文德》《史德》篇，章氏之所以论"文德"，乃是比照"史德"

---

① 宋濂：《文宪集·文原》，景印文渊阁《四库全书》本。下引《文宪集》皆据此本，仅注篇名。

而来。对于“德”的解释，见于《史德》“谓著书者之心术也”[①]。所谓“文德”，按章学诚的说法，就是“临文必敬”，“论古必恕”，“知临文之不可无敬恕，则知文德矣”[②]，这与传统“文德”论讲文人道德、文章是不同的。所谓“临文必敬”“论古必恕”，确如钱锺书所言，乃文士“操觚时之居心”而非“平日之修身”[③]，所关注的是创作者或批评者的态度，诸如要心平气和、设身处地等，这与本文以上所论述的“文德”的两种基本含义，均不相同。由此可见。在《文德》开篇，章氏即明言自己的“文德”与孔子德言、孟子知言不同，确非虚言。但在接下来进一步论述“文德”时，章氏明显又受制于传统“文德”论言说的牵引，不自觉地借用了传统“文德”论的思想资源，诸如主敬、养气、知人论世、恕道等方式方法或价值规范，因而他所声称的独门秘籍的“文德”，最终还是落入了传统“文德”论的言说套路。就此而论，章太炎说他“窃焉”[④]，也并非没有道理。简言之，章氏“文德”，就其定义而言，与传统大不相同；就其论证而言，与传统并无二致。如果设身处地考虑章学诚所处的时代语境及其所针对的考据之风，那么，章氏“文德”论也算是对传统“文德”思想的一种另类总结吧。

---

① 叶瑛：《文史通义校注》，北京：中华书局，1994年，第219页。
② 叶瑛：《文史通义校注》，第278页。
③ 钱锺书：《管锥编》第4册，第1505页。
④ 章太炎：《国故论衡·文学总略》，第55页。

经典阐释中的体用问题

在南宋魏庆之辑录的《诗人玉屑》中，专设《体用》一篇，较为详尽地摘录了南宋诗论中有关体用的言说，包括陈永康《吟窗杂序》的“十不可”、《漫叟诗话》的“言用勿言体”、《冷斋诗话》的“言其用而不言其名”、《砻溪诗话》的“不名其物”，以及《庚溪诗话》中有关“咏鹤”“咏鹭”的见解等①。以上诸论，均为体用思想落实到文学批评层面的运用，我们知道，南宋是哲学意义上体用论极为盛行的时期，包括玄妙的哲学家、高明的诗人和敏锐的诗论家，大都意识到作为思维和言说方式的体用，在建构人文论域思想的重要意义上，所谓“言体不言用”“喻用于体”业已成为这一个时代的共识，各种有意识的阐述、无意识的提及乃至不经意的只言片语，也就屡见不鲜了。众所周知，在中国古代的思想传统中，文学层面的意义往往是哲学意义的稀释和衍生，体用也不例外。因此，追溯体用的思想谱系及其方法论特质的形成，我们还得回到

① 魏庆之：《诗人玉屑》卷十，王仲闻点校，北京：中华书局，2007年，第298—300页。

先秦。

一

体用的由来，三百多年前，明末清初顾炎武与李颙之间曾经有过一场争论，双方围绕体用出于佛书或儒书及其产生的时间，往复三辩，多方追根溯源，论证十分精详①。上述争论，聚焦于体用的思想源头与形上意蕴的确立诸问题。学术界一般认为，中国哲学体用范畴的萌芽在先秦，成熟于魏晋，从魏晋玄学有无、本末之辩，到南北朝时期形神之争，逮至隋唐佛学证体、定慧、佛性诸论，到宋明理学理气、知行诸说，乃至近代以来中西学术碰撞中“保种保教”的衡断，国人均裁之以体用。因此，体用是最能体现中国哲学

① 顾、李之辩，问题意识有二：一是体用“出于佛书”或“出于儒书”，一是体用产生的时间。关于前者，顾、李二人均认为体用范畴不是从印度传来的，而是中国本土思想发展的产物，但在中国思想的范围中，究竟出自佛书或儒书，二人各持一端。李颙认为“体用”二字，出于佛书。顾炎武不同意此说，他指出“体用”二字见于先秦儒家经传，如《周易》《礼记》，西来的佛书如《四十二章经》《金光明经》等并无“体用”二字，晋宋以后佛学始有言体用者。关于后者，李颙认为《周易》《礼记》中言体用，“皆就事上言事”，但并不像内外、本末等兼举并称，“六经”中没有，《十三经注疏》中也没有，体用并举始于惠能“解《金刚经》，以为金者性之体，刚者性之用”。顾炎武认为，东汉魏伯阳《周易参同契》中已有“内体”“外用”对举，这是体用并举之始，惠能、朱子言体用皆源于此（参见李颙：《答顾宁人先生》，收入《二曲集》卷十六，北京：中华书局，1996 年，第 148—152 页）。对此，同时代的王夫之也认为：“夫‘能’、‘所’之异其名，释氏著之，实非释氏昉之也。其所谓‘能’者即用也，所谓‘所’者即体也，汉儒之已言者也。”（参见王夫之：《尚书引义》卷五，收入《船山全书》第 2 册，第 277 页）但他没有明言“汉儒”是谁，后人也就难以考证了。

运思方式的理论范畴，深刻地体现了中国人的智慧。

历史地看，体和用观念的萌芽很早，体与用、本与物、本与用的并举，均蕴涵了尔后体用范畴的基本涵义或部分涵义①。易学以道器、动静、显微、一多等两两对举，业已蕴涵了丰富的体用思想因子。譬如“形而上者谓之道，形而下者谓之器”，以道器论体用义；“寂然不动，感而遂通天下”，以动静论体用义；“显诸仁，藏诸用”（《周易·系辞上》），以显微论体用义；“天下之动，贞夫一者也”（《周易·系辞下》），以一多论体用义。在易学解释传统中，天地人“三才”的分合、时中等关系，均可视为整体意义上的体用。曹魏时期，王弼的玄学体用观，第一次提出“以无为体”的命题，开创了以体用论玄学的范式。《老子道德经注》：“万物虽贵以无为用，不能舍无以为体也。舍无以为体，则失其为大矣。”在《周易注》中，以有无训释体用，如论《周易》大衍义：“夫无不可以无明，必因于有，故常于有物之极，而必明其所由之宗也。”又云：“必有之用极，而无之功显。”② 他视六十四卦与三百八十四爻为体用结构，打通易老、杂糅儒道，使体用、有无、本末之辩成为魏晋玄学的理论支柱，同时，作为一种有效的思维模式，也为尔后

① 如《老子》谓“弱者道之用”，《论语》谓“礼之本”“礼之用”等。体与用并举，始见于《荀子·富国篇》：“万物同宇而异体，无宜而有用，为人数也。”（王先谦《荀子集解》，第175页）张岱年先生认为：“荀子此处偶以体用二字并举。”两者没有内在关联，不是义理层面的使用（张岱年：《中国哲学大纲》，北京：中国社会科学出版社，1982年，第7页）。

② 楼宇烈：《王弼集校释》，北京：中华书局，1980年，第94、548、553页。

唐宋儒学复兴提供了重要的理论方法。盛行于东晋南北朝以及隋唐时期的佛学，广泛地运用体用去阐述性相、理事、寂照、定慧、空色、真俗、法界缘起等教义理论。隋唐时期天台、华严、禅宗，均大谈体用，胜意叠出，形成了波澜壮阔的声势。体用思想在佛学领域不断深入，提升到即体即用、体用一源的哲学高度，也助推了尔后理学本体论的兴盛。

宋代以后的体用观，呈现出两种阐释路数：一是偏于“达用”的外王之学，一是偏于“明体”的内圣之学。就前者而言，庆历年间，针对宋初的浮华之风，胡瑗他以“明体达用”作为复兴儒学的纲领，他认为：“国家累朝取士，不以体用为本，而尚声律浮华之词，是以风俗偷薄。”“体”是指仁义礼乐，所谓“历世不可变者”，“用”是指“举而措之天下，能润泽斯民，归于皇极者”①。这一时期，以欧阳修为首的知识群体，包括“北宋三先生”等，虽然在学术宗旨上各有不同，但经世外王的倾向却是相当一致的。

就后者而言，从周敦颐开始，理学从“达用”向“明体”的转向业已明显。在周敦颐追求整体之学的思想体系中，呈现出鲜明的探究天道性命的内圣维度。在他看来，太极是宇宙万物的本体，“诚”是心性道德的本体，均呈现为有体有用、一面两体的特征②。

---

① 黄宗羲著，全祖望补修：《宋元学案·安定学案》，收入《黄宗羲全集》第3册，第57页。

② 如《理性命》：“二气五行，化生万物。五殊二实，二本则一。是万为一，一实万分。万一各正，小大有定。”（周敦颐：《周子通书》，上海：上海古籍出版社，2000年，第38页）

这种将太极与万物的关系描绘成一与二、一与万的本体与现象的做法，是典型的体用运思方式，这也成为其后理学本体论命题，如“一本万殊”“理一分殊”“体用一源”“全体大用”的思想源头。在周子“无极而太极”的核心观念中，仍然沿袭了王弼以有无论体用的思路，宇宙论与本体论的界限并不清晰，逮至张载，体用的本体论思想趋于成熟。以体用阐释气，是张载哲学建构的重要方法。他认为气是有无、虚实的统一①。对此，牟宗三先生认为，体是本体之体，不是物体之体，不能当作一个独立的物体看，但可以当作有独立意义的本体看，此体是一，是全，是遍。本体之体可以不离其用，是以有相融相即、不离不二之论②。因此，从体上说，气虚而无形；从用上说，气的运动表现为万物的生灭聚散。张载这种“气兼有无”的做法，以“体用不二”来论证虚与实、有与无、体与用，摆脱了玄学的路子，从而进入了本体论的论域。

从张载、二程、朱熹到王阳明、王夫之，都好讲体用，以期重建儒学形上理论。张载标举“体用不二”的气本体论反对佛学“体用殊绝”；程颐首揭“体用一源，显微无间”③，后儒奉为圭臬，广作传释；朱子体用观双路并进，兼及形上形下，义无定所，随处可

---

① 如《正蒙·乾称篇》：“有无虚实通为一物者，性也。”《横渠易说·系辞上》：“气能一有无。”《正蒙·太和篇》：“太虚即气。”又云：“太虚无形，气之本体。”（张载：《张载集》，北京：中华书局，1978年，第63、207、8、7页）

② 牟宗三：《心体与性体》，上海：上海古籍出版社，1999年，第403页。

③ 程颢、程颐：《周易程氏传》“序”，王孝鱼点校，北京：中华书局，1981年，第689页。

说，极为驳杂，显示了极强的方法论意义[①]；王夫之进一步阐明了朱子形上形下之二分，明晰了体用范畴的二重意蕴。近代以来，体用思想得以继续发扬，如清末著名的“中体西用”之争，孙中山先生以体用解释物质与精神，以及熊十力先生“新唯识论”和贺麟先生文化体用论，均具有典范的意义。

从大的历史发展脉络来看，以上思想谱系的梳理是清晰的，但是，对于其间一些关键问题，学界至今仍然存有很大的分歧，最为突出的问题在于，体用的形上化、本体化，是玄学的影响，或是印度佛学的影响，或是两者相融合的产物[②]。与此相关的问题，那就更多了。从历史的角度，研究体用在古代思想文化发展中的演变历程，就目前的研究现状来看，还是远远不够的，无法与其本身的学

① 朱子承伊川之学，其思想体系基本上是理气二元、心物二分的格局，其体用观的基本立场是体用一源，譬如体用互易、互为体用、互为其根、若相反而实相成、体只即用而见、因用致体、舍却用无处觅体、形而上者不必即是体、形而下者不必即是用，等等。陈荣捷先生《朱子言体用》归纳朱子体用观的六种原则，可资参考，收入深圳大学国学研究所主编：《中国文化与中国哲学》，北京：东方出版社，1986年，第251—259页。

② 对此，学者观点不一。譬如，方克立先生认为：“印度佛教中本无体用观念，中国佛教学者由于受到魏晋玄学的影响，才喜谈体用，如僧肇、梁武帝萧衍谈体用都在菩提达摩之前。有无体用观念甚至成为区分中国佛教著作和传译印度佛经的一个重要标志。”（方克立：《论中国哲学中的体用范畴》，收入《中国哲学范畴集》，北京：人民出版社，1985年，第127页）景海峰先生则认为：“但有一点可以肯定，即印度佛教中确有自身的体用观念，而且在流行于中国之初，就已经显露出了这方面的丰富思想。所以，那种认为中国佛教的体用论完全是受了魏晋玄学的影响之后才产生的观点，恐难成立……魏晋时代，玄学讲体用，佛学也讲体用，各有所资而交相融摄，使这一观念逐渐由隐而显，熔铸成了一对较为固定的哲学范畴。”（景海峰：《中国哲学的现代诠释》，北京：人民出版社，2004年，第92页）

术史地位相比，因此，研究视野的进一步拓展，仍然是值得期待的。

二

虽然专题性的研究尚嫌不足，但不可否认，作为一种普遍的方法论原则与言说范式，体用是历代思想家建构理论体系的重要知识工具。中国古代的思想家，善谈体用者甚多，历史上的儒、道、佛三家都讲体用，尤其是中古以后，体用更是成为思想家普遍使用的范畴。中国的思想家，从古到今，不论立场分歧有多大，但对于体用范畴的基本特征，并无明显分歧，强调体用统一的思想传统尤为深厚。在古代的思想话语系统中，体与用的内涵极为丰富，盛意迭出，强调体用统一的思想传统尤为深厚。我们可以举个例子。

譬如唐代崔憬是颇具洞察力的易学家，他以体用阐释“形而上者谓之道，形而下者谓之器”，颇有新意，其注云：“凡天地万物皆有形质，就形质之中，有体有用。体者，即形质也；用者，即形质上之妙用也。言有妙理之用以扶起体，则是道也。其体比用，若器之于物，则是体为形之下，谓之为器也。假令天地圆盖方轸为体为器，以万物资始资生为用为道；动物以形躯为体为器，以灵识为用为道；植物以枝干为器为体，以生性为道为用。”① 此一段论述，

① 崔憬：《周易探玄》，参见李鼎祚：《周易集解》卷十四《周易系辞》引，北京：中国书店，1984年影印本。

对于体与用、道与器、形上与形下之间的关系，体悟得很透彻，明确指出形下之器属“体”层面，形上之道属“用”层面，特别是关于“用以扶起体”的妙论，颇得老学之精髓，与易学解释中的正统一脉，相得益彰。

体用对举，具有多重对应关系，广泛地闪现在古代知识系统的各个领域，诸如本体和现象、内在本质和外在表现、根本原则和具体方法、本质和现象、原因和结果、内容和形式、必然和偶然、全体和部分、主要和次要、未发和已发、常态性和变动性、第一性和第二性①，等等，成为具有普遍解释力的话语模式和随处可用的言说套路。熊十力先生曾经将中国历史上的体用学说，分为两类：一类是玄学（哲学）意义上的体用，是就宇宙人生之基源、大化之本始处立言；一类是“一般通用者”，随机而设，凡主次、轻重、本末、先后、缓急等不同，都可用之表达。后一类又可分为甲、乙两类：甲类是“随举一法而斥其自相”，“随举一法而言其作用”，即具体事物之实体与功能的关系；乙类是“如思想所构种种分剂义相，亦得依其分剂义相，而设为体用之目”②，近代以来的“中体西用”便是此一类的代表。体用对举，具有复杂的对应关系，诸如本体和现象、内在本质和外在表现、根本原则和具体方法、本质和

① 譬如张岱年先生认为：“中国古代哲学中所谓‘体’就是根本的、第一性的；所谓‘用’就从生的、第二性的。这是‘体’与‘用’的最简单最主要的意义。”参见张岱年：《中国古典哲学中若干基本概念的起源与演变》，载《哲学研究》1957 年第 2 期。

② 熊十力：《破破新唯识论》，收入《新唯识论》，第 182—183 页。

现象、原因和结果、内容和形式、必然和偶然、全体和部分、主要和次要、末发和已发、常态性和变动性、第一性和第二性，等等。

就体与用的关系而言，古来学者强调以下三个层面的意思：其一，万物有体有用，无论是具象之物或抽象之理皆有体用。如王夫之云："凡言体用，初非二致。有是体则必有是用，有是用必固有是体，是言体而用固在，言用而体固存矣。"又云："天下无无用之体，无无体之用。"① 这一类观点，极为强调两者不即不离、互涵互摄的关系。其二，用随体变。邵雍（1011—1077）《观物内篇》："体无定用，惟变是用。用无定体，惟化是体。体用交而人物之道于是乎备矣。"② 随着形而下器之体到形而上道之体的抽象，用的类别和内容得以极大地丰富，凡体的性质、关系、状态、样式皆属于用的范围。其三，体在用中，用以显体。作为观念形态的体，往往隐微难察，唯一的认知途径就是其显露之用，因此，用不仅是指体的功能或属性，而且是体自身的显现，离用也就无所谓体了。

从方法范式的角度看，作为表达思维活动及其形式的范畴，体用使用灵活，可以指导人们认识天、地、人的世界，并建构起相应的解释系统，在古人言说宇宙生成、形上本体、认知方式以及道德人性、政治伦理、历史文化时，随处可见，朱子谓"体用无定"，

---

① 王夫之：《读四书大全说》卷七、六，北京：中华书局，1975年，第472、412页。

② 邵雍：《邵雍集》，第6页。

就是随处可说的意思[①]。凡论理气、道器、心性、动静、太极、无极、形上、形下等问题时，朱子往往牵出体用二义，意蕴广博，层次清晰，体现出自觉的方法论意识。在论及性情、善恶、忠恕等人性问题，以及涵养省察、格物致知、穷理尽性、立志主敬等践履工夫时，也常常随机挂到体用上去，对此，钱穆先生评云："所谓体用，乃只就当前之用以推见其发用之体，非是别有一体独立于一切用之前而自为存在。"[②] 从某种程度上讲，正是源自对体用丰富性的理解以及灵活性的把握，方才成就了朱熹理学的博大精深。

体用这种灵动的言说模式，在宋代以后的理学家著书立学中，屡屡可见，虽然他们对于体与用的界定各不相同，但并不影响纯熟地运用。譬如横渠"苦心极力"，以气之体用"为天地立心"，《正蒙·神化篇》："神，天德；化，天道；德，其体；道，其用，一于气而已。"[③] 又如陆九渊"满心而发"，充塞天地，在心为本体的视野下，天人一体，体用合一，如云："心之体甚大，若能尽我之心，

① 譬如《性理三》："体用也定。见在底便是体，后来生底便是用。此身是体，动作处便是用。天是体，'万物资始'处便是用。地是体，'万物资生'处便是用。就阳言，则阳是体，阴是用；就阴言，则阴是体，阳是用。"（《朱子语类》卷六，第101页）《答何叔京》："'体用一源'者，自理而观，则理为体，象为用，而理中有象，是一源也。'显微无间'者，自象而观，则象为显，理为微，而象中有理，是无间也。"（《晦庵先生朱文公文集》卷四十，收入朱杰人等主编：《朱子全书》第22册，上海、合肥：上海古籍出版社、安徽教育出版社，2002年，第1841页）

② 钱穆：《朱子新学案》，收入《钱宾四先生全集》卷11，台北：台湾联经出版事业公司，1998年，第502页。

③ 张载：《张载集》，第15页。

便与天同。”[①] 再如船山阐释横渠易说，以阴阳、动静明气之“体同用异”，如云：“盖阴阳者气之二体，动静者气之二几，体同而用异则相感而动，动而成象则静，动静之几，聚散、出入、形不形之从来也。”[②] 体用不仅用以解释宇宙本体论，也用于修养道德论的阐释。譬如二程主张“忠体恕用”，如云：“忠者体，恕者用，大本达道也。”又云：“‘配义与道’，即是体用。道是体，义是用。”[③] 尔后朱熹“道兼体用”“心兼体用”，沿用的是相同的路子。

我们可以看到，在理学家的心目中，体用大抵相当于一个模子，是一套可以随时抽象为符号系统又可落实还原为具象万物的意义系统。对于体用所具有的丰富性、灵活性，程颐谓“体用一源，显微无间”，他将之归结为理与事、显与微的关系。显与微代表体用的两个向度，即具象化与体系化、抽象化与符号化，也即是说，任何体系化或符号化都表现为一种显性或微化的努力，它们最后兼容并包于体用所构成的整体意义系统中。

三

作为哲学最高存在的“体”，正如王弼谓“万物虽贵以无为用，

---

① 陆九渊：《陆九渊集》卷三十五，钟哲点校，北京：中华书局，1980 年，第 423、444 页。

② 王夫之：《张子正蒙注·太和篇》，收入《船山全书》第 12 册，第 23 页。

③ 程颢、程颐：《二程遗书》卷十一、十八，第 170、208 页。

不能舍无以为体也”①，已经完全脱离了形与象的具体联系，遁形于万物之中，蕴涵在道器、隐显、动静、常变之间，那么，如何表述“体”呢？对于这一点，古今、中西学术传统中有着不同的运思逻辑与衍变历程。

纯观念形态的“体”，往往隐微难察，唯一可以把握的是种种“化迹”，即在“用”中显现，故而识“体”必依其“用”，离“用”无从识“体”。从西学的角度看，作为本质的“体”和作为属性的“用”，大体相似于亚里士多德《范畴篇》中“本体”与“属性”的对举。“本体”是“体”，是其他范畴存在的根据，其他范畴都是表述它的，不能和它分离②。对于“体”的认识，中国古代哲人有过许多精微的研究。孔子少有形而上的思考，因为本体对于孔子而言，是不可言喻的，只能诉之于个体的直接体验，所以他选择“无言”的方式来表述。譬如《论语·阳货》：“天何言哉？四时行焉，百物生焉，天何言哉？”天不可言，但并不意味着天不可知，只是知的方式不是通过言的方式，而是体验地知、意会地知。对此，朱子《集注》解释为：“天地之化，往者过，来者续，无一息之停，乃道体之本然也。”③ 故而“体”之最根本性质，还在于个人不同的体验。

---

① 楼宇烈：《老子道德经注》第38章，收入《王弼集校释》，第94页。

② 亚里士多德在《范畴篇》第6、7、8、9章，论述依存于本体并可表述本体的九个次范畴：数量、关系、性质、位置、时间、状况、属有、动作、承受。参见亚里士多德：《范畴篇·解释篇》，方书春译，北京：商务印书馆，1959年。

③ 朱熹：《四书章句集注》，第113页。

作为人类认识活动的一种普遍性体验，中西哲人都意识到，对于终极的真实无法作出陈述或者判断，由此形成“体不可说”的见解和相关问题。不同之处在于方法的选择上，老庄以无为体，从方法论角度，反面说无，而西学多从概念范畴立论，从知识论角度，正面说有。

对于形上学，中国现代哲学家大都怀着浓厚的兴趣，熊十力先生的“新唯识论”、冯友兰先生的“新理学”就是两个典型的形上学体系。对于形上学中不可说的领域，他们各自的解决之道却不相同。冯友兰先生接受过逻辑实证主义的训练，受到维特根斯坦思想的影响。相对于维氏选择的“沉默”，冯氏选择“以负代正”的言说方法。熊先生偏于经验世界与本体世界的区分，借用佛学“遮诠”的方式，遮拨一切法相，破相显性，达致本体，建构了极具学术原创性的体用论。下面拟分别论之。

在冯氏建立的“新理学”系统中，有四组主要的命题，这四组命题都是形式命题，理、气、道体、大全四个主要观念，就是从四组命题中推出来的，其中“理及气是人对于事物作理智的分析，所得的观念。道体及大全是人对于事物作理智的总括，所得的观念”①。他明确地宣称，真正形上学的任务，就在于提出这一类观念并加以说明。在通过中西形上学方法的比较后，冯氏指出，西方哲学家讲形上学用的方法是“正的方法”，即“逻辑分析方法”，当

① 冯友兰：《新原道》，收入《三松堂全集》卷五，第154页。

他企图用此一方法解释新理学的四个形上学概念时，却发现无从下手。由此总结出“正的方法”讲形上学的局限性，即用理性在天与人之间划定了一个界限，因此不能真正把握形上学的对象，更不能使人达到“天人合一”的最高境界。有鉴于此，他从道家哲学和禅宗思想中总结出“负的方法”，即直觉主义的整体把握方法，也即所谓“烘云托月”法，是讲其所不讲或画其所不画，说气，不说气是什么，而说气不是什么；画月，则画云彩留白。在冯氏看来，对于不可思议、不可言说的形上本体，只能采取“负的方法”，而非“正的方法”①。

在冯先生的形上学建构中，“负的方法”极为重要，超过“正的方法”，故而“以负代正”，居于上位。同时，两种方法又是相辅相成的，在他看来：“一个完全的形上学系统，应该始于正的方法，而终于负的方法。如果它不终于负的方法，它就不能达到哲学的最后的顶点。但是如果它不始于正的方法，它就缺少作为哲学的实质的清晰思想。”“在使用负的方法以前，哲学家或学哲学的学生必须通过正的方法；在达到哲学的单纯性之前，他必须通过哲学的复杂性。”② 冯氏的“新理学”，源于思之说，止于不思不说。冯氏的沉默，类似于理学家今日格一物明日格一物之后，突然豁然贯通，直接面对已然完整呈显出来的形上对象，同天、同万物浑然一体，此时，对于领悟不可言说的境地，语言已成多余。

---

① 冯友兰：《新原道》，收入《三松堂全集》卷五，第169—174页。
② 冯友兰：《中国哲学简史》，收入《三松堂全集》卷六，第305—306页。

不同于冯氏的“以西释中”，熊十力先生更多地从传统思想资源中寻找解决之道。熊氏认为，“体”是超越一切事物的至理，没有差别，没有分畛。言说所表达的，是有封畛的，“体”无封畛，非言说能及，而“用”是有形状、千差万别的，故可说。他是这样说的：“我们要谈本体（体），实在没有法子可以一直说出。所以，我很赞成空宗遮诠的方法。但是，我并不主张只有限于这种方式，并不谓除此以外再没有好办法的。我以为所谓体，固然是不可直揭的，但不妨即用显体。因为体是要显现为无量无边的功用的，用是有相状诈现的，是千差万别的。所以，体不可说，而用却可说。”①如此，哲学家又如何达致本体呢？

熊氏认为，哲学家不应该定义本体是什么，因为这样只能引起误解，而是应该引导人们摆脱关于本体的种种误解，返观自识，自悟真理，虽不能用语言表达，但心知肚明。那么，如何才能借助语言，摆脱误解而心知肚明呢？熊氏认为，哲学上的修辞，最好用“遮诠”的方式：“详夫玄学上之修辞，其资于遮诠之方式者为至要。盖玄学所诠之理，本为总相，所谓妙万物而为言者是也。以其理之玄微，故名言困于表示，名言缘表物而兴，今以表物之言而求表超物之理，往往说似一物，兼惧闻者以滞物之情，滋生谬解，故玄学家言，特资方便，常有假于遮诠。”② 在熊先生看来，古今讲哲学而善用“遮诠”的，莫过于佛家，佛家中尤其以大乘空宗为善

① 熊十力：《新唯识论》（语体文本），第 301—302 页。

② 熊十力：《新唯识论》（文言文本），第 66 页。

巧，故而他特别欣赏空宗一往破执的“遮诠”言说方式。

熊氏认为，凡是不便明说或者难以明说的地方，通过“遮诠”的间接方式，把该说的隐去，借已说的使人联想，对人启发，使人领悟，可以达到意想不到的效果，这与反诘、旁敲侧击、棒喝等方式类似，都是禅宗觉悟佛性本体的方式。对此，熊氏析云：“夫言说有遮诠、表诠。表诠者，直表其事，如在暗室而对彼不睹若处有几者，呼告之曰若处有几。遮诠者，因有迷人于暗中几妄惑为人为怪，乃从所惑而遣除之，即以种种事义，明其如何非人，以种种事义，明其如何无怪，而不复与直说是几，卒令彼人悟知是几。”①“遮诠”的言说方式，是由大乘佛教的龙树菩萨发展而来的一种解释方法，其基本特征在于否定一切由理性知识的“量智”所定义的本体观念，使人们认识到对象化思维的局限性，最终超越“量智”达到“性智”，也即本体境界；其基本的方法就是不作任何肯定的陈述，而是通过不断地否定别人的意见，指出别人的错误，使人认识到日常语言的限度与有效性，最终识得本体②。

熊氏认为，“遮诠”之法可以破除一切人的知识与情见，涤除世俗知见，破除一切法相，达于豁然澈悟，深入真实本性，即所谓“破相显性”，如云：“他们的言说，总是针对着吾人迷妄执着的情

---

① 熊十力：《新唯识论》（文言文本），第 66 页。

② 遮诠的句子具有“既是又否”“既不是又不否”的形式。熊氏本人就常采用这种言说方式，如“本体既是空的又不是空的”“本体既不生又不不生”等，类似于“自说自扫”。相关论述，参见张庆熊：《熊十力的新唯识论和胡塞尔的现象学》，上海：上海人民出版社，1995 年，第 244 页。

见或者意计，而为种种斥破，令人自悟真理。”[1] 熊氏论及此一问题时，深有感触，认为许多奥隐曲折的意思，广大精深，很难为一般人说得，惟有与他有相同见解的人，才知个中甘苦。在他看来，用“遮诠”方式讲体用，可以避免把“体与用截成二片”，体用高度统一，不可分割，“体”虽不可说，“用”却是可以说的，因为“用”总是“体”之“用”，“用，就是体的显现。体，就是用的体。无体即无用，离用元无体。所以，从用上解析明白，即可以显示用的本体”[2]。故而对“用”的言说，都可以显现、烘托、反映出未说的“体”的境界，并且使我们更接近“体”。

四

对于体用问题，中国现代哲学家大都怀着浓厚的兴趣，熊十力先生的“新唯识论”与贺麟先生的文化体用论，就是具有代表性的理论建构。

熊十力先生以“体用不二”为原则，把自己的哲学本体论称为体用论。熊氏的“新唯识论”，乃是援佛入儒，体用与性相互释，承续《易传》和道家体用论的传统，又参之印度佛教唯识学的诸多观点，建立了自己的本体宇宙观。在“新唯识论”中，熊氏以体用

---

① 熊十力：《新唯识论》(语体文本)，第300—301页。
② 熊十力：《新唯识论》(语体文本)，第302页。

立宗，自觉地把“体用不二”作为一以贯之的原则，将每一个环节的论述都与此一原则联系起来，反复叮咛，不厌其烦，确是他的独创之处[1]。熊氏认为，本体有四义，《体用论·明变》：“一、本体是万理之原、万德之端、万化之始；二、本体即无对即有对，即有对即无对；三、本体是无始无终；四、本体显为无穷无尽的大用，应对是变易的。”[2] 其体用论特点在于：强调本体是绝对的，是恒转、功能，是生生不息的大化之体；本体幽奥难察，不可致诘，故诠体，唯有从大用流行处，推显致隐，即用显体，两者相即相离，如同大海水与“众沤”的关系。《体用论·佛法下》：“体用二名，相待而立，假如说，有体而无用，则体便空洞无所有。若尔，体之名何从立？假如说，有用而无体，则用乃无原而凭空突现。如木无根而生，如水无源而流……应知，无体则用之名亦无由立。余尝言，体用可分而实不二。”[3] 在熊氏思想体系中，处处显示出事事无碍、互摄互入的圆融意识。他认为体用是圆满无缺，不可分割的，由体显用，由用识体，即体即用，故而坚持体用不二、心物不分的立场，不可求体于万象之外，如唯心论以精神为世界之本体，或唯物论以物质为本体，皆是体用分割，不悟真源。

熊氏体用论的根本在于，只存在一种实体，即本体或本心，其

① 熊氏晚年著《体用论》，乃是《新唯识论》改作，他声称此书即成，前作俱可毁弃，无保存之必要，可见体用乃其根本方法论，是他一生学术的归结点。

② 熊十力：《体用论》，第13页。

③ 熊十力：《体用论》，第78页。

他的存在，无论物质或精神，均可归结为本体的功用。本体是无形的，是“大自在者”，没有固定的属性，呈现为一切的精神与物质，是万物生存变化的源泉，处于永恒的转变中，是变现为万物的那种潜能，所以他把本体也称为“恒转”“能变”；万物是本体呈现出的东西，是可能性的实现，是变化无穷的，相对于本体来说是“所变”①。尽管强调本体是唯一自在的存在，但它并不存在于万物之外，本体与万物是“能变”与“所变”、体与用的关系。熊氏在宇宙论、本体论层面使用体用范畴，业已摆脱了传统认识论、方法论、实用论的论域，上升到本体论的层面，因此，他的体用论与中国哲学史上的体用论既有联系的一面，更有很多独创的地方。

值得重视的，还有贺麟先生的文化体用论。贺氏不仅对于西方哲学有着深刻的理解，而且对于传统儒学抱有明显的偏袒，尤其是对陆王心学一往情深。在他看来，“仁”的本体论和“仁”的宇宙论，是奠立了新儒学形上论域的本体论基础②。

按照贺氏的思路，体与用的关系为范型（form）与材料（matter）的关系，由最低级的用（材料），到最高级的体（本体或纯范型），中间有一依序发展层级的过程③。正是基于对中西学术的打通，贺

---

① 熊十力：《体用论》，第 12—15 页。

② 贺麟：《贺麟选集》，长春：吉林人民出版社，2005 年，第 336—338 页。

③ 这种体用思想，一方面借鉴了柏拉图式的绝对体用思想，以纯理念或纯范型为体，以现象界的个体事物为用；另一方面又借鉴了亚里士多德式的相对体用思想，以纯范型作为判别现象界个体事物价值的标准，将现象界事物排列层级而指出其体用关系，即根据事物表现纯范型之多或寡，或距离纯范型之近或远，而辨别其为体或用。参见贺麟：《哲学与哲学史论文集》，第 343—344 页。

氏提出超越中西文化的界限，建立新的文化体用论。他认为不同部门文化所体现的精神价值有不同的等差，在文化体用论中，既有绝对的体用，也有相对的体用，层层重叠，构成了文化的方方面面，只有透过一层又一层的体用网络，才能够厘清精神文化的本质特征。

在贺麟先生的文化体用论中，构成文化体用的对举范畴，具有灵活多样的特征，其中的核心概念包括：道、文化、自然、精神。从体用的绝对层面看，道是体，文化、自然与精神皆道之显现，皆道之用；从体用的相对层面看，文化为自然之体、自然为文化之用；精神为文化之体、文化为精神之用；道为精神之体、精神为道之用。文化又分为真、善、美三个领域，按照相对的体用论，哲学与科学均追求真，科学追求自然之真，哲学追求价值之真，因此哲学为科学之体，科学为哲学之用；宗教和道德均以追求善为宗旨，宗教追求神圣之善，道德追求人本之善，宗教为道德之体，道德为宗教之用；艺术与技术均代表着美之价值的文化界域，艺术是超实用的美的价值，技术是使用的美的价值，因此，艺术是技术之体，技术是艺术之用①。按照文化体用论的脉络，各组范畴的对举，均从不同的方面展示了文化独具的品质属性的不同层面和角度，这种对文化多角度、全方位的透视，也就成为展现文化全貌的有效途径。

顺着贺氏的语脉，考察中国学术传统中的体用观，朱子理气合

① 贺麟：《哲学与哲学史论文集》，第347—348页。

一说，以理为体、气为用，近于绝对的体用观；周子无极而太极，太极而阴阳，阴阳而五行，五行而万物，可分为五个层次的相对体用观，即无极为太极之体，太极为无极之用；太极为阴阳之体，阴阳为太极之用；阴阳为五行之体，五行为阴阳之用；五行为万物之体，万物为五行之用。以此类推，显示了贺氏体用论灵动而深刻的一面。但是，问题的另一面在于，贺氏按照柏拉图、亚里士多德思想所诠释的体用论，其中的一个特点就是，以距离的远近与时间的先后，进行的单向推断，这是一种由A到B的静态模式，这与西方科学主义意义上的因果观相同，只有单一的向度，无价值的等级或层级的差别。中国传统的体用观与西方哲学的因果观，是纯然不同的，因为它本身呈现为双向的互系性特征①，也就是说，由A到B，再由B到A，是一个互动相生的过程，这类似于传统因果论的循环互生。中国传统的体用观念界定了一种复杂的多重关系，互为关联，互为依存。这些关系自身也构成了丰富的有机统一体。

五

有关哲学意义上的体用及其内蕴的中国思维特质，大体如上所述。那么，回到本文开头提出的问题，文学意义上的体用与哲学意义上的体用又有什么不同呢？

① 此处借用西方汉学家的说法，如葛瑞汉（A. C. Graham）、郝大维（David Hall）、安乐哲（Roger Ames）等人，均有相关的论述。

关于文学意义上的体用，徐复观先生有过精辟的论述。在《皎然〈诗式〉“明作用”试释》① 一文中，徐先生解释“明作用”的内涵。《诗式·明作用》的原文是这样的：“作者措意，虽有声律，不妨作用，如壶公瓢中，自有天地日月。时时抛针掷线，似断而复续，此为诗中之仙。拘忌之徒，非可企及矣。”徐先生认为作者引用《后汉书·方术传》中壶公的典故，瓢的自身为“体”，以喻诗的题材，瓢中的日月，由瓢所显出的为“用”，以喻题材所显出的意味、情态、精神等，“体”受到空间限制，“用”所受限制较小，所以从境界的角度看，常常是“体”小“用”大。所以有此“体”便有此“用”，有此“用”便有此端倪、消息。日月藏于壶中，以喻“用”在“体”中，“用”虽藏于“体”中，但会时时露出端倪、消息，故有“时时抛针掷线，似断而复续”，能由“体”中玩味出“用”的境界来，为“诗中之仙”，反之，拘忌于“体”，不能发现“用”之情态、精神，便是“拘忌之徒，非可企及矣”。高明的诗人便要懂得“言用不言体”的道理。

为了证明这一点，徐先生引证了南宋魏庆之所辑录的《体用》中的一大段文字，该篇见于《诗人玉屑》卷十，摘录如下：

> “十不可”：一曰高不可言高，二曰远不可言远，三曰闲不可言闲，四曰静不可言静，五曰忧不可言忧，六曰喜不可言

① 该文收入徐复观《中国文学精神》，第 330—334 页。以下的引述，均出自该文。

喜，七曰落不可言落，八曰碎不可言碎，九曰苦不可言苦，十曰乐不可言乐。（陈永康《吟窗杂序》）

“言用勿言体”：尝见陈本明论诗云：前辈谓作诗当言用，勿言体，则意深矣。若言冷，则云“可咽不可漱”；言静，则云“不闻人声闻履声”之类。本明何从得此！（《漫叟诗话》）

“言其用而不言其名”：用事琢句，妙在言其用而不言其名。此法惟荆公、东坡、山谷三老知之。荆公曰：“含风鸭绿鳞鳞起，弄日鹅黄袅袅垂。”此言水、柳之名也。东坡答子由诗曰：“犹胜相逢不相识，形容变尽语音存。”此用事而不言其名。山谷曰：“管城子无食肉相，孔方兄有绝交书。”又曰：“语言少味无阿堵，冰雪相看有此君。”又曰：“眼看人情如格五，心知外物等朝三。”“格五”，今之蹙融是也。后汉注云：“常置人于险恶处也。”苕溪渔隐曰：“荆公诗云：‘缫成白雪桑重绿，割尽黄云稻正青。’‘白雪’即丝，‘黄云’即麦，亦不言其名也。”余尝效之云：“为官两部喧朝梦，在野千机促妇功。”蛙与促织，二虫也。（《冷斋诗话》）

“不名其物”：临川云：“萧萧出屋千寻玉，霭霭当窗一柱云。”皆不名其物。然子厚“破额山前碧玉流”，已有此格。（《砻溪》）

“如咏禽，须言其标致，只及羽毛飞鸣则陋矣”：众禽中唯鹤标致高逸，其次鹭亦闲野不俗。又尝见于六经，后之诗人，形于赋咏者不少，而规规然只及羽毛飞鸣之间。如咏鹤云：

“低头乍恐丹砂落，敛翅常疑白雪销。”此白乐天诗；“丹顶西施颊，霜毛四皓须。”此杜牧之诗；皆格卑无远韵也。至于鲍明远鹤赋云“钟浮旷之藻思，抱清迥之明心”；杜子美云“老鹤万里心”；李太白画鹤赞云“长唳风宵，寂立霜晓”；刘禹锡云“徐引竹间步，远含云外情”，此乃奇语也。如咏鹭云：“拂日疑星落，凌风讶雪飞。”此李文饶诗；“立当青草人先见，行近白莲鱼未知。”此雍陶诗；亦格卑无远韵。至于晚晴赋云：“忽八九之红芰，如妇如女，堕蕊黦颜，似见放弃；白鹭潜来，邈风标之公子，窥此美人兮，如慕悦其容媚。”虽语近于纤艳，然亦善比兴者。至于许浑云：“云汉知心远，林塘觉思孤。”僧惠崇云：“曝翎沙日暖，引步岛风清。照水千寻迥，栖烟一点明。”此乃奇语也。（《庚溪诗话》）①

在徐先生看来，文学意义上的体用，与哲学有所不同。文学意义上的“体”是指某事或某物的自身，“用”是指某事或某物所发生的意味、情态、精神、效能等，所谓“言用勿言体”，是说应言事物所发生的意味、情态、精神、效能，而不要直接说出某事某物的自身。《冷斋诗话》提出“言其用而不言其名”，以王安石“含风鸭绿粼粼起，弄日鹅黄袅袅垂”和苏轼“犹胜相逢不相识，形容变尽语音存”加以阐释，并认为：用事琢句，妙在言其用而不言其

① 魏庆之：《诗人玉屑》，第298—300页。

名。此法惟荆公、东坡、山谷三老知之。所谓“含风鸭绿鳞鳞起”是春水的情态，“弄日鹅黄袅袅垂”是春柳的情态，“形容变尽语音存”是久别重逢的悲喜交集意味，这都是“言用”；“低头乍恐丹砂落”是指鹤顶的丹，“敛翅常疑白雪销”是指白鹤翅上的白，这都是“言体”。鲍明远、李太白所咏的鹤，是他们所把握的鹤的神情形态。徐先生认为，与画法比较，“言体”相似于“形似”，“言用”相当于“传神”。他将《诗品》与《诗人玉屑》比较，认为钟嵘所举的“皆由直寻”的诗句，譬如“思君如流水”“高台多悲风”“清晨登陇首”等句，均可谓“言体不言用”，但在所言之“体”中，即蕴有深远之“用”，但《诗人玉屑》所述，则是把“体”和“用”对立起来，这固然是诱导初学者致力的一种方法，但其流弊可能成为猜谜语的诗，以这种方式说诗，便自然也就有所局限了。

沿着徐先生的思路，可以说，体用在文学与哲学上的意义各不相同。如果说哲学家的最高目标是穷究“体”的话，那么，或“言用勿言体”，或于所言“体”中蕴涵深远之“用”，大约就是文学家的最高境界了。运用于文论、诗论领域的“体”，大体有两层意思，一是作为“文之体”层面的终极价值指向（譬如文道、文气），一是作为“文之用”层面的体裁、风格、文体、意境等。就后者而论，浸淫于古代宇宙生成论语境中的学者，多关注于文学的内部问题，如陆机《文赋》“体有万殊，物无一量”①，刘勰（约465—

① 张少康：《文赋集释》，第99页。

520）《文心雕龙·体性》“若夫八体屡迁，功以学成；才力居中，肇自血气”①，等等。又譬如苏门弟子李廌认为“凡文章之不可无者有四”，即“体”“志”“气”“韵”，《答赵士舞德茂宣义论宏词书》释“体”：“述之以事，本之以道，考其理之所在，辨其义之所宜，庳高巨细包括并载而无所遗，左右上下各若有职而不乱者，体也。”② 以上所言之“体”，基本上也是从“用”的层面立言。至于执着于探究宇宙之终极所在，纯然取超越层面论及文学之根本问题者，在古代文论家中，并不多见。

综上所论，早期零散的体用经验凝结为高度体系化的体用解释系统，古人的体用经验，包括物物相生、虚实相生、有无相生、阴阳相生等命题，以及现代学术视野下的主观与客观、抽象与具象、部分与整体、状态与行为、实体与功用等多重经验，在不断的体系化与符号化中，衍化为体用思想网络中的重要节点。体用意义系统的形成，由近而远，触类旁通，由思想提炼出观念而方法，由哲学稀释为文学而审美。这一过程的特点是将观念和经验密切结合而又不分为二橛，由经验而抽象出涵盖一切事物变化的总体原则，这是中国思想传统中独具民族特质的重要精神标识，具有高度的理论自觉和文化自信，值得我们更加深入的研究。

---

① 詹锳：《文心雕龙义证》，第 1022 页。

② 李廌：《济南集》卷八《答赵士舞德茂宣义论宏词书》（清抄本），收入《宋集珍本丛刊》（第 30 册），北京：线装书局，2004 年，第 727 页。

经典阐释中的“体不可说”问题

一

说到“体”，就不可避免地要涉及“体”是否可知、可说的问题，在现代知识语境中，又不免牵扯到知识论、认识论与本体论的问题，也涉及对形而上学的认识与定位问题。作为哲学意义上“体”的纯正意蕴，是指万物之共同本质和存在根据，或者世界之最高本体（本原）及其认识路径。对此，熊十力先生揭示很明确：“体字有二义，曰体认，曰体现。”① 第一义涉及认识论与价值论，第二义则涉及知识论与本体论。

对于终极性本原的探索，是人类形上追求中一个永恒的话题。自笛卡尔（René Descartes）、洛克（John Locke）以来的西方认识论传统，囿于主客二分模式和自我中心主义，除了使问题层出不穷

① 熊十力：《原儒》下卷，收入《熊十力全集》第六卷，武汉：湖北教育出版社，2001年，第570页。

外，并不能推进知识论、本体论的进步。熊先生就曾批评过西方的旧形而上学，认为它们把本体视为现象之外、与现象毫无共同之处而不可沟通的另一重世界，而现代哲学则只谈知识论，不谈本体论，这又陷入另一偏向。对此，他认为："因为哲学所以站脚得住者，只以本体论是科学所夺不去的。我们正以未得证体，才研究知识论。今乃立意不承有本体，而只在知识论上钻来钻去，终无结果，如何不是脱离哲学的立场？凡此种种妄见，如前哲所谓'道在迩而求诸远，事在易而求诸难'。"① 熊氏认为研究知识论、认识论的最终目的就在于认识和达到最高本体，离开本体证悟，孤立地研究知识论，实际上只是"量智"的认识论，也即经验的认识和逻辑的推理，只能认识现象界，不能认识本体界。东方哲学家注重"性智"，这是一种直觉认识本体的能力，只有通过"性智"才能认识本体②。正是针对西方哲学只重视向外认识客观世界，而不重视向内认识人的心灵，不懂得人的心灵是与宇宙的本体相通的种种不足，熊氏提出"反识本心"，也就是要认识宇宙本体，必须返观人的本心，而不能向外探求。

但是，问题的难处在于，作为哲学最高存在的"体"，正如王弼所谓"虽贵以无为用，不能舍无以为体也"（《老子注》），已经完全脱离了形与象的具体联系，遁形于万物之中，蕴涵在道器、隐显、动静、常变之间，那么，如何达致"体"呢？这在中西学术传

① 熊十力：《新唯识论》（语体文本），第 250—251 页。

② 熊十力：《新唯识论》（语体文本），第 678—680 页。

统中，有着不同的思想特质与衍变历程。

纯观念形态的“体”，往往隐微难察，唯一可以把握的是其种种“化迹”，即在“用”中显现，离“用”无从识“体”，识“体”必依其“用”。从西学的角度看，作为本质的“体”和作为属性的“用”，有似于亚里士多德《范畴篇》中“本体”与“属性”的对举，“本体”是“体”，是其他范畴存在的根据，其他范畴都是表述它的，不能和它分离。对于“体”的认识，中国古代哲人也作过许多精微的研究。孔子少有形上思考，对孔子而言，本体是不可言喻的，只能诉之于个体的直接体验，所以他以“无言”的方式来表述天的存在，故云：“天何言哉？四时行焉，百物生焉，天何言哉?”（《论语·阳货》）天不可言，但并不意味着天不可知，只是知的方式不是通过言的方式，而是体验地知，意会地知，朱子《集注》释云：“天地之化，往者过，来者续，无一息之停，乃道体之本然也。”在儒学看来，“体”之最根本特质，还在于个体不同的体验。

比较而言，老庄对于“体”的思考，更为精深。在老学思想体系中，道是最高本体，整个思想系统都是围绕道展开的。何谓道，老子开章明义：“道可道，非常道。名可名，非常名。”（《老子》第一章）在老子的思想中，作为终极存在的道具有如下特性：不可言说、不可命名，且“视之不见”“听之不闻”“抟之不得”（第十四章），故“知者不言，言者不知”（第五十六章），因此道是不确定的，人的耳闻目睹言说，对于体道，均是无效的，正因为无法肯定它是什么，所以只能说它不是什么，此之谓“正言若反”。那么，如何体道呢？老子是这样描述的：“致虚极，守静笃。万物并作，吾以观复。夫物芸芸，各复归其根。归根曰静，是谓复命，复命曰常，知常曰明。”（第十六章）所谓“守静”“知常”“归根”，是老子体道的途径，这是一种将个人体验完全融入天地万物的意会感知方式，这与尔后庄学通过“心斋”“坐忘”“忘言”体道，路径大抵相同，均以为语言的知识形态与表达方式，无法达成对本体的理解。诚如有的研究者指出，道家的无名理论在西方哲学中没有十分准确的相似物，它源自古人一种独特的观念：语言相对于本体论的理解而言并不是完全可有可无的，但是，为了达到对这样的本体论理解，语言又必须废除。本体论和语言是不能并立的，它们分别属于人类经验的两个层面①。

接受过道家思想熏陶的金岳霖先生，从元学的对象，认同庄学“万物齐一，孰短孰长，超形脱相，无人无我，生有自来，死而不已”的思想。他认为，研究知识论可以站在知识论对象范围之外，可以暂时忘记自己是人，用冷静的态度去研究；研究元学则不同，虽然可以忘记自己是人，但不能忘记“天地与我并生，万物与我为一”，因此不仅在研究方法上追求理智了解，而且在研究结果上追求情感的满足②。金先生早年接受过英国分析哲学的知识论和逻辑学的训练，在他看来，形上的世界，是超经验知识的世界，是说不

① ［美］成中英：《易学本体论》，北京：北京大学出版社，2006 年，第 180 页。

② 金岳霖：《论道·绪论》，北京：商务印书馆，1987 年，第 17—18 页。

得的世界，他在《势至原则》中论述“名言世界与说不得”问题时认为：“治哲学总会到一说不得的阶段。说不得的东西就是普通所言名言所不能达的东西……说不得的东西当然说不得，若勉强而说之，所说的话也与普通的话两样……因为治哲学者的要求就是因为感觉这些名言之所不能达的东西，而要说些命题所不能表示的思想。假若他不是这样，他或者不治哲学，或者虽治哲学而根本没有哲学问题。”① 金氏通过文法主宾词与逻辑主宾词的不同，来说明为什么形上本体说不得，在其形上学的建构中，“能”就是说不得的，因为“能”根本无所谓，不是个体，也就不在“名言范围之内”。值得赞赏的是，金氏的思想体系虽然吸取了许多西方哲学的研究方法，用以确定概念、范畴的明晰含义，但其内容形式却是民族化的，诸如理、势、性、情、太极、无极、正觉、意念等，由此建立了具有民族特色的本体论、逻辑论和认识论系统，为传统哲学的现代化、世界化提供了可资借鉴的经验。

“体”是超验的、不可言说的，正是在不可说的地方，通过“无”的境界，才能领悟存在的真谛，才能达到人与万物的整体合一，庄子所说“泰初有无，无有无名”（《庄子·天地》），王弼所说“以无为本”（《周易·系辞》注引王弼《大衍义》），庄子通过“心斋”“坐忘”达到与道合一，王弼通过“言不尽意”“得意忘言”体“无”，大抵都是这个意思。针对今人在这个问题上的认识偏颇，

① 金岳霖：《金岳霖学术论文选》，北京：中国社会科学出版社，1990 年，第 339—340 页。

有学者反省认为："我们一般都把这种以'无'为最高原则、承认有不可说的思想贴上神秘主义的标签……其实，这是由于不懂得把握人与存在合一之整体正是哲学思考之第一要义，不懂得只有在不可说的地方，通过'无'的境界，才能真正把握这种整体的意义。这种观点片面地以为人对世界万物的唯一态度和关系就是主客关系式，因而认为哲学的最高任务只是把握客体或对象性事物之本质，而看不到对上述整体之把握；这种观点还在于片面的理性至上主义，以为最高、最真实的只是可以通过概念，通过逻辑来认识的，只是可以言说的，而看不到正是在不可说的地方，在一般所谓神秘的地方，有着最真实、最深刻的意义。"① 进一步言，"无"虽然不可说，但不能认为不可说者就没有，只有超越"无"这一最高原则，人才能把握与存在协调合一的整体性。

二

作为人类思想认识活动中的一种普遍性体验，中西哲人都意识到，对于终极的真实无法作出陈述或者判断，由此形成"体不可说"的见解及相关问题。不同之处在于方法的选择上，道家以"无"为"体"，从方法论角度，反面说无，而西方传统形而上学多从概念范畴立论，从认识论角度，正面说有。

---

① 张世英：《进入澄明之境——哲学的新方向》，北京：商务印书馆，1999年，第57—58页。

从西方哲学的历史渊源来看，哲学研究的主体有一个不断转变的过程。传统形而上学秉承理性至上的原则，一般认为凭借知识与理性，没有不可说的、没有不可认识的。这虽然是西方传统哲学的主流，但也不乏被斥为神秘主义的异端思想存在，这就包括了从古希腊后期延续到中世纪新柏拉图主义的许多思想家的观点。譬如古希腊后期的普罗提诺（Plotinus），他视“太一”为最高的统一体，它无感觉、无思想、无区别，是超越“有”之上的“无”，不可知、不可定义，是语言文字不可名状的，是最真实的无所不包的整体。普罗提诺将“太一”置于柏拉图的“理念”之上，明确认定有超出理性思维的不可说的领域，要把握“太一”，无法借助抽象思维及概念，而要靠“出神”的一种“心醉神迷的状态”，只有在这种状态中，人才能与“太一”合一①。又譬如中世纪的爱里更那（John Scotus Erigena），他认为最高统一体超出名言，不可说，人只有在忘我的精神状态中直观它。黑格尔（Hegel）认为，像爱里更那那样被称为神秘主义的哲学家是“虔诚的、富于精神修养的人物……在这里人们可以找到纯真的哲学思想”，他对此表示赞赏，并与中世纪的正统经院哲学比较，谴责后者的“彼岸性”，欣赏前者的现实整体性与反彼岸性②。

---

① 参考黑格尔：《哲学史讲演录》第三卷，贺麟、王太庆译，北京：商务印书馆，1959 年，第 187—188 页；罗素：《西方哲学史》上册，何兆武、李约瑟译，北京：商务印书馆，1963 年，第 363 页；《古希腊罗马哲学原著选辑》，北京大学翻译，北京：商务印书馆，1957 年，第 463 页。

② 黑格尔：《哲学史讲演录》第三卷，贺麟、王太庆译，第 319、323 页。

自柏拉图以来的传统逻辑认为，概念是思维中最基本的要素，由概念而判断而推理，通过概念、判断可以说尽形而上学。康德（Immanuel Kant）对此提出挑战，他从认识论的角度，认为思维中运用的概念、范畴，不是先于判断，而是由判断力发展而来的，他以“二率背反”驳斥传统的理性至上，主张有不可知的，有一般概念不可言说的最高存在。二十世纪以来，随着反形而上学和“语言的转向”，一些西方哲学家更加关注语言的有限度问题，其中，英国哲学家怀特海（Alfred North Whitehead）的“过程哲学”，德国哲学家维特根斯坦（Ludwing Wittgenstein）的“逻辑哲学”，值得我们注意。

在谈论哲学的目的时，怀特海认为，哲学的困难源于语言的失误，难以表达自明的东西。人类的日常语言虽然变化万千，但均不涉及哲学自明性层面的揭示，且语言处于直觉之后，我们的理解超出了语汇日常应有的范围，因此，这种理解“主要不是以推理为基础，理解是自明的”，但囿于我们直觉明灭不定，清晰性有限，因此，推理虽然是达到理解的手段，但哲学中的一切推论都标志着一种不完满。有鉴于此，怀特海认为哲学与诗相类似，不仅代表了文明的最高理智，而且哲学的努力体现在从诗人的生动词汇中创造一套可以与其他思维联结的语言符号，同时，“二者都力图表达我们名之曰文明的终极的良知，所涉及的都是形成字句的直接意义以外的东西”①。

① ［英］怀特海：《思维方式》，刘放桐译，北京：商务印书馆，2006年，第45、152页。

这与我们熟知的黑格尔看法相似，艺术、宗教、哲学所要把握的目标一致，但形式却不同。

维特根斯坦早年的《逻辑哲学论》，旨在说明语言与世界之间的逻辑结构，划定思维的界限，在他看来："凡可思者都可以清楚地思，凡可说者都可以清楚地说。""哲学中的正当方法固应如此：除可说者外，即除自然科学的命题外——亦即除与哲学无关的东西外——不说什么。""对于不可说的东西，必须沉默。"[①] 质言之，他表述了一个重要命题：凡是能够说的，都能够说清楚；而凡是不能说的，就应该沉默。所谓可说的东西，是符合逻辑语法的经验事实命题，它包括日常经验命题和自然科学命题；所谓不可说的事项大致包括：逻辑形式、形而上主体、世界的意义和人生的意义、与世界的意义和人生的意义有关的伦理学、美学、形而上学和宗教，等等。在他看来，"诚然有不可言传的东西。它们显示自己，此即神秘的东西"[②]，不可说的"神秘""应当保持沉默"的东西，"只能显现"。他认为语言的界限就是思想的界限和世界的界限，界限之内是可说的，并且可以说得清楚，界限之外是不可说的神秘地带，这个领域没有自身的正面性规定，是言语无法达到的地方，只能通过可说的领域显现出来。维特根斯坦此论的目的，在于运用可说与不可说这一界限，把伦理和美学排除在哲学之外，因此结论是

---

① ［英］路德维希·维特根斯坦：《名理论（逻辑哲学论）》，张申府译，北京：北京大学出版社，1988年，第39、88页。

② ［英］路德维希·维特根斯坦：《名理论（逻辑哲学论）》，第88页。

否正确，倒也不必深究。

这种对语言遮蔽性特征的认识，与稍后的海德格尔（Martin Heidegger）是一致的，他们都在极力地表明语言的限度，有许多东西用抽象的、概念的语言无法表达，“沉默”才是一种真正的理解。在海德格尔后期思想中，对“语言——存在”有深入的思考，在《语言的本质》演讲中，他以诗《词语》为例，企图“从语言中获得一种经验”，他认为，语言知识无涉于我们从语言身上获取一种经验，相反语言知识掩盖了真相，颠倒了人与语言的关系，因此只有弃绝言说，所谓“词语破碎处，无物存在”，惟有如此，世界才能是本来的样子①。在《形而上学是什么》中，海德格尔认为，科学以一种高傲的无所谓的态度对待“无”，把“无”当成“不有”的东西牺牲掉了。“无”并不是在有存在者之后才提供出来的相对概念，而是原始地属于本质本身，是我们与现实存在物作为整体相合一时才遇到的，也就是他所说的“在‘无’中”的意思。在他看来，把握“无”从而真正把握人与物合一之整体，乃哲学思考的第一要义②。

所谓的“不可说”，只是相对于有限的“人言”而论的，对于隐藏其后的“道说”而言，却是生生不息的。对此，师从海德格尔

---

① ［德］海德格尔：《语言的本质》，收入《海德格尔选集》，孙周兴译，上海：上海三联书店，1996 年，第 1061—1067 页。

② ［德］海德格尔：《形而上学是什么》，收入《海德格尔选集》，第 139—146 页。

的熊伟先生认为：

> “不可说”乃其“说”为“不可”已耳，非“不说”也。“可说”固须有“说”而始“可”；“不可说”亦须有“说”而始“不可”。宇宙永远是在“说”着。无非“它”“说”必须用“我”的身份始“说”得出，若由“它”自己的身份则“说”不出。故凡用“我”的身份来“说”者，皆“可说”；凡须由“它”自己的身份来“说”者，皆“不可说”。但此“不可说”亦即是“它”的“说”；“它”并未因其“不可说”而“不说”。①

“可说”和“不可说”同出，乃“说”的两个方面，必须有“可说”和“不可说”才能构成“说”的世界。这和“有”和“无”的关系一样，不能全“有”，也不能全“无”，宇宙本一，“有”“无”相成而宇宙。

三

对于形上学，中国现代哲学家大多怀有浓厚的兴趣，熊十力先生的“新唯识论”和冯友兰（1895—1990）先生的“新理学”是两个典型的形上学体系。譬如冯先生认为，在中国哲学史中，先秦道

---

① 熊伟：《说，可说，不可说，不说》，载国立中央大学《文史哲》季刊1942年第1期。

家，魏晋玄学，唐代禅宗，恰好形成一个形上学传统，他创建的“新理学”就是在这种传统的启发下，“接着”宋明道学的讲法，借助现代新逻辑学，以建立一个完全“不著实际”的形上学①。对于形上学中不可说的领域，他们的解决之道各不相同。冯先生接受过逻辑实证主义的训练，受到过维特根斯坦的影响。相对于维特根斯坦的“沉默”，冯氏选择“以负代正”的方法。熊先生偏于经验世界与本体世界的区分，他借用佛学“遮诠”方式，遮拨一切法相，破相显性，达致本体，建构了极具学术原创性的体用论。

首先，冯先生辨明了科学与哲学对“物”的不同理解。科学和唯物论中的“matter（物质）”，有物质性，可名状，可言说，可思议；哲学上的“matter（物质）”，本身无性，不可名状，不可言说，不可思议②。其次，在“新理学”的形上系统中，四组主要的命题都是形式命题，理、气、道体、大全四个主要观念，就是从四组命题中推出来的，其中“理及气是人对于事物作理智的分析，所得的观念。道体及大全是人对于事物作理智的总括，所得的观念”③。在他看来，真正形上学的任务，就在于提出这一类观念并加以说明。再次，在通过中西形上学方法的比较后，冯氏指出，西方哲学家讲形上学用的方法是“正的方法”，即“逻辑分析方法”，但无法用于“新理学”中四个形上概念的解释，譬如“真元之气”

① 冯友兰：《新原道》，收入《三松堂全集》卷五，第 147 页。
② 冯友兰：《新理学》，收入《三松堂全集》卷四，第 47—48 页。
③ 冯友兰：《新原道》，收入《三松堂全集》卷五，第 154 页。

之“不能讲”，在于它没有任何具体性质可被思议言说，因为气不是甚么，如思议言说它，就要当它是甚么，是甚么者就不是气；“道体”和“大全”之“不能讲”，在于“道体”是一切的流行，“大全”是一切的有，二者都是外延至大、无所不包，所指均超出了逻辑的范围、语言的范围。

在此基础上，冯先生总结出“正的方法”讲形上学的局限性，就在于用理性在天与人之间划定了一个界限，因此不能真正把握形上学的对象，更不能使人达到天人合一的最高境界。有鉴于此，他从道家哲学和禅宗思想中总结出“负的方法”，也即直觉主义的整体把握方法。“负的方法”也即所谓“烘云托月”法，是讲其所不讲或画其所不画，说气，不说气是什么，而说气不是什么；画月，则画云彩留白。

在他看来，对于不可思议、不可言说的形上本体，只能采取“负的方法”，而非“正的方法”[①]。在“新理学”形上建构中，“负的方法”极为重要，超过“正的方法”，故而“以负代正”，居于上位。同时，两种方法又是相辅相成的，在冯氏看来：“一个完全的形上学系统，应该始于正的方法，而终于负的方法。如果它不终于负的方法，它就不能达到哲学的最后的顶点。但是如果它不始于正的方法，它就缺少作为哲学的实质的清晰思想。”“在使用负的方法以前，哲学家或学哲学的学生必须通过正的方法；在达到哲学的单

① 冯友兰：《新原道》《新知言》，收入《三松堂全集》卷五，第151—152、231—232、169—174页。

纯性之前，他必须通过哲学的复杂性。”“人必须先说很多话然后保持静默。”① 冯氏的“新理学”，源于思之说，止于不思不说。冯氏的“沉默”，类似于理学家今日格一物明日格一物之后突然达到豁然贯通，直接面对已然完整呈显出来的形上对象，同天、同万物浑然一体，此时，对于我们领悟不可言说的境地，语言已成多余。

不同于冯氏“以西释中”，熊先生更多地从传统思想资源中寻找解决之道。他认为，“体”是超越一切事物的至理，没有差别，没有封畛。言说所表达的，是有封畛的，体无封畛，非言说能及，而“用”是有形状的，是千差万别的，故可说。他是这样认为的：“我们要谈本体（体），实在没有法子可以一直说出。所以，我很赞成空宗遮诠的方法。但是，我并不主张只有限于这种方式，并不谓除此以外再没有好办法的。我以为所谓体，固然是不可直揭的，但不妨即用显体。因为体是要显现为无量无边的功用的，用是有相状诈现的，是千差万别的。所以，体不可说，而用却可说。”②

那么，哲学家又如何达致本体呢？熊氏认为，哲学家不应该定义本体是什么，因为这样只能引起人的误解，而是应该引导人们摆脱关于本体的种种误解，返观自识，自悟真理，虽不能用语言表达，但心知肚明。

至于如何才能借助语言，摆脱误解而心知肚明呢？熊氏认为，哲学上的修辞，最好用“遮诠”的方式：“详夫玄学上之修辞，其

① 冯友兰：《中国哲学简史》，收入《三松堂全集》卷六，第305—306页。
② 熊十力：《新唯识论》（语体文本），第301页。

资于遮诠之方式者为至要。盖玄学所诠之理，本为总相，所谓妙万物而为言者是也。以其理之玄微，故名言困于表示，名言缘表物而兴，今以表物之言而求表超物之理，往往说似一物，兼惧闻者以滞物之情，滋生谬解，故玄学家言，特资方便，常有假于遮诠。”①在他看来，古今讲哲学而善用“遮诠”的，莫过于佛家，佛家中尤其以大乘空宗为善巧，因此，他特别欣赏空宗一往破执的“遮诠”言说方式。

所谓“表诠”“遮诠”，乃佛教体认和传播佛理的言说手法，“表诠”是从正面作肯定解释，“遮诠”是指无法直接表达，只好针对人心迷妄执着的地方，想办法来攻破它，令人自悟。对此，宋初永明延寿禅师释云：“遮谓遣其所非，表谓显其所是；又遮者拣却诸余，表者直示当体。”（《宗镜录》卷三四）凡是不便明说或者难以明说的地方，通过“遮诠”的方式，把该说的隐去，借已说的使人联想，使人领悟，可以达到意想不到的效果，这与反诘、旁敲侧击、棒喝等方式类似，都是禅宗觉悟佛性本体的方式。“遮诠”的解释方法，其基本特征在于否定一切由理性知识所定义的本体观念，使人们认识到对象化思维的局限性，其基本的方法就是不作任何肯定的陈述，而是通过不断地否定别人的意见，指出别人的错误，使人认识到日常语言的限度与有效性，最终认识本体。遮诠的句子具有“既是又否”“既不是又不否”的形式。熊氏本人就常采

① 熊十力：《新唯识论》（文言文本），第66页。

用这种说话方式，如“本体既是空的又不是空的”“本体既不生又不不生”，等等。

熊氏认为，“遮诠”之法可以破除一切人的知识与情见，涤除世俗知见，破除一切法相，达于豁然澈悟，深入真实本性，即所谓“破相显性”：“他们的言说，总是针对着吾人迷妄执着的情见或意计，而为种种斥破，令人自悟真理。”① 熊氏论及此一问题时，深有感触，认为有许多奥隐曲折的意思，广大精深，很难为一般人说得，惟有与他有相同见解的人，才知个中甘苦。在他看来，用“遮诠”方式讲体用，可以避免把“体与用截成二片”。因为体用高度统一，不可分割，“体”虽不可说，“用”却是可以说的，因为“用”总是“体”之用，“用，就是体的显现。体，就是用的体。无体即无用，离用元无体。所以，从用上解析明白，即可以显示用的本体”②。故而对“用”的言说，都可以显现、烘托、反映出未说的“体”的境界，并且使我们更接近“体”。

从方法论上看，无论是“沉默”“负的方法”或是“遮诠”，对于我们思考“体”的问题，都具有重要的启发意义。所谓“不可说”者，在一定意义下仍然是可说者，“不可说”本身是一种言说方式，是一种无须语言的意会体悟，它在知识论与认识论上的意义，已经不同于旧形而上学的看法，而进入了一种新的境界。

---

① 熊十力：《新唯识论》（语体文本），第300—301页。
② 熊十力：《新唯识论》（语体文本），第302页。

经典阐释中的“如何说气”问题

从体的层面看，如何说气的问题，不可避免地涉及气是否可知、可说的问题，在现代知识语境中，又不免牵扯到认识论、知识论与本体论的问题，也涉及对新旧形而上学的认识与定位问题。历史地看，对于终极性本原的探索，是人类形上追求中一个永恒的话题，但是，作为一个问题意识的出现，如何说气无疑是一个现代学术视野中的问题，是在与西方思想和学术背景的对照下才产生的。从用的层面看，如何说气的问题，就是一个说不可说的问题。作为人类思想认识活动中的一种普遍性体验，中西哲人都意识到，对于终极的真实无法作出陈述或者判断，由此形成“体不可说”的见解以及不同的解决之道。本文通过对气学知识特质与言说方式的初步探讨后认为，作为意会性知识的代表，气不可说，但可知，可意会地知，可以通过天地人合一的情境整体性地烘托与把握。

一

如何说气，这就首先涉及近代以来中西认识论、知识论的一般状况。西方传统形而上学的发展，自柏拉图（Plato）开端，经由基督教哲学的发展完善，并在近代由笛卡尔（René Descartes）的主客二分论定型。这种观点以理性至上为原则，坚持人的主体性原则，以主客体的对立存在为理论前提，以由现象而本质、由具体而抽象、由个别而普遍的逻辑思维为工具，以追求普遍性、本质性、同一性为学术研究的最高目的，认为通过概念而判断而推理可以说尽形而上学。

中国近代哲学认识论的确立，是与百余年的西学援引事业密切相关的。对此，我们不妨从开创者严复先生谈起。中国近代意义上的认识论，始于严氏对英国经验哲学的引进，他在翻译《穆勒名学》（原名为《逻辑学体系：演绎和归纳》）一书时，明确区分了主体与客体的关系："万物固皆意境，惟其意境，而后吾与物可以知接，而一切之智慧学术生焉。故方论及于万物，而明者谓其所论，皆一心之觉知也。"对此，他释云："盖我虽意主，而物为意因，不即因而言果，则其意必不诚。"① 主即是主体、物即是客体，意即是认识，因果即是逻辑。他承认认识能力的限度，所谓"可知

① 严复：《穆勒名学》，收入《严复集》第四册，北京：中华书局，1986 年，第 1027—1053 页。

者止于感觉”，强调经验是认识的源泉，这就将本体与现象区分开来，也就是将人的认识能力与认识对象区分开来。

正是在这样的思想主导下，严氏提出了一个颠覆传统气学思维的问题：“元气二字，到底是何物事？”① 在翻译英国逻辑学家耶方斯（W. s. Jevons）的《名学浅说》时，严氏进一步分析：“即如中国老儒先生之言气字。问人之何以病？曰邪气内侵。问国家之何以衰？曰元气不复。于贤人之生，则曰间气。见吾足忽肿，则曰湿气。他若厉气、淫气、正气、余气、鬼神者二气之良能，几于随物可加。今试问先生所云气者，究竟是何名物，可举似乎？吾知彼必茫然不知所对也。然则凡先生所一无所知者，皆谓之气而已。指物说理如是，与梦呓又何以异乎！”② 严氏这种刨根问底式的追问，旨在赋予古人眼中不证自明、无所不包的气概念一个共同的、确定的具有科学意义的逻辑定义，这与中国传统学术思维纯然不同，带有明显的西方传统形而上学认识论的痕迹③。

同样是“以西释中”，不同于严氏的解构，也有建构的，譬如冯友兰先生的研究就是一个例子。在“新理学”的体系建构中，作为一个本体性的范畴，气具有突出的理论价值与意义。在他看来，

---

① 严复：《严复集》第五册，第 1206 页。

② 严复：《名学浅说》，北京：商务印书馆，1981 年，第 18 页。

③ 无独有偶，陈独秀先生在《新青年》创刊号《敬告青年》中说：“（中国文化）其想象之最神奇者，莫如‘气’之一说，其说且通于力士羽流之术。试遍索宇宙间，诚不知此‘气’之果为何物也。凡此无常识之思维，无理由之信仰，欲根治之，厥维科学。”参见《独秀文存》第 1 卷，上海：上海亚东图书馆，1922 年，第 10 页。

中国哲学中的气是一个意义非常分歧的名词："凡不可看见，不可捉摸的东西，或势力，旧日多称之为气。近来空气或电气之所以称为气者，其故也由于此。用现在的话说，所谓天地之气，大概可以说是宇宙间的根本的本质或势力。"① 他将气分为两层意思，有相对意义，有绝对意义。就相对意义说，气可是一种事物，是某种有机质的原质，譬如人的血肉筋骨，是他所以能存在者；就绝对意义说，气是一切事物所以能够存在者，而其本身，只是亦可能的存在，也即"真元之气"②。冯氏所谓"真元之气"，虽然借自伊川，但并不指一种实际的物，而是有似于何晏《无名论》谓"夫惟无名，故可得遍以天下之名名之"（《列子・仲尼》篇注引），也即其本身不依照任何理，其本身无任何名，故可为任何物，有任何名。冯氏认为，绝对意义的气完全是一逻辑的观念，"其所指既不是理，亦不是一种实际的事物"③，气并不是某种具体的存在或事件，而是事物之所以为此物在逻辑上的可能性，所以他说："我们不能说气是什么。其所以如此，有两点可说。就第一点说，说气是什么，即须说：存在的事物是此种什么所构成者。如此说，即是对于实际，有所肯定。此种什么，即在形式之内的。就第二点说，我们若说气是什么。则所谓气，亦即是一能存在的事物，不是一切事物所

① 冯友兰：《新原道》，收入《三松堂全集》卷五，第 92 页。
② 冯友兰：《新原道》，收入《三松堂全集》卷五，第 151 页。
③ 冯友兰：《新理学》，收入《三松堂全集》卷四，第 49 页。

有以能存在者。气并不是什么。所以气是无名，亦称为无极。”①

不同于宋明理学理本、气本、心本的路径，“新理学”要解决的一个根本问题，就是如何借助逻辑的形上学观念达致哲学的最高境界，即万物浑然一体的“天地境界”。冯氏运用类逻辑、重言式、名言分析、命题逻辑诸方法，来推衍“理”“气”“道”“大全”的涵义及其相互关系，以期建立一个“纯形式的”的形上学体系，从而找到宇宙大全的终极根源。冯氏关于形上本体的解释，与宋明理学的解释纯然不同了，而有似于柏拉图、亚里士多德、黑格尔的哲学，如理之观念有似于“有”之观念，气之观念有似于“无”之观念，道体之观念，有似于“变”之观念，大全之观念，有似于“绝对”之观念②。在冯氏看来，形上学的目的不在给予人积极的知识，但可使人对实际，对宇宙人生有一种了解，对于有此种了解的人即有一种意义，此一意义即构成人的一种境界，这一境界就是“同天”的境界，是人的最高精神境界。

二

西方认识论的状况，自二十世纪以来，发生了很大的变化。以量子学和相对论为代表的现代科学，最早从思维框架上突破了哲学

---

① 冯友兰：《新原道》，收入《三松堂全集》卷五，第151—152页。

② 参见冯友兰《新原道》，收入《三松堂全集》卷五，第155页。

传统中的二元论边界，来自科学家阵营的“知识理论”，对于哲学领域认识论的革命，产生了重大的影响。在现当代西方哲学中，对于传统知识论和认识论的看法正在发展变化，其中具有启发意义的是物理化学家、哲学家波兰尼（Michael Polanyi）所建构的一套新的科学认知理论。物理化学家的身份，使波氏切身感到科学本身的危机，尤其是作为方法论基础的还原主义和客观主义所导致的以简约取代复杂，从根本上将人的因素、人的情感排除在科学认知以外，造成事实与价值、知识与人的分裂，从而丧失了系统的整体性和主体性，使科学成为反人的理论。有鉴于此，波氏倡导科学与人性的重新结合，主张迈向个人知识的认识论。他将知识区分为“显知识”（explicit knowledge）和“意会知识”（tacit knowledge）。前者是可以言传的知识，通过书面语言、图表或数学公式来表达；后者既非可言明的感性经验，也不是非理性的冲动，而是存在于人的认识实践之中，他认为：“意会知识比显知识更为根本：我们能知道的比我们能说的更多；而如果不通过对我们可能不能言说的事物有所意识，那么，我们将对其不可言说。”① 在他看来，“意会知识”逻辑地先于“显知识”，其确定性超出“显知识”，对“意会知识”的掌握是导致语言或其他形式的“显知识”的前提，因而也是一切知识的主要源泉。

中国学者看波氏的学说，多有亲近之感，这是因为其特质与中

① ［英］迈克尔·波兰尼：《个人知识——迈向后批判哲学》，许泽民译，贵阳：贵州人民出版社，2000 年，第 129 页。

国传统学术的知识表达范式颇为近似，波氏用科学的语言把国人只可意会、不可言传的精神底蕴说出来，这对于在当代多元语境中重新认识自己的传统，是有建设意义的。如果换成我们古人的说法，所谓“显知识”，大体相当于“言”，“意会知识”大体相当于“意”，也就是说，本体只能通过意会的方式，也即思维模式、符号体系来显示，而非语言的形式。譬如古人论气，少有直接定义者，多采用迂回曲折，类比联想，举一反三的方式，如元代刘将孙论清气，他是这样描述的：“天地间清气为六月风，为腊前雪，于植物为梅，于人为仙，于千载为文章，于文章为诗……清以气，气岂可握而学，揽而蓄哉？目之于视，口之于言，耳之于听，类不知其所以然而然，有得于情性者，亦如是而已。夫言亦孰非浮辞哉？惟发之真者不泯，惟遇之神者必传，惟悠然得于人心者必传而不朽。彼求之物而不求之意，炼于辞而不炼于气，何如其远也。”① 被四库馆臣誉为“浩瀚演迤，自成一家”的刘将孙，是元代文气说的倡导者，其论行云流水，用诗一般的语言描述了清气的存在方式以及与情、性、神、意、言、辞之间的关系，在他看来，清气之于诗，犹如人中之仙，花中之梅，不可缺少，其特点在于“得于情性”“不知其所以然而然”，所以“发之真”“遇之神”“得于心”，带有一种孤高脱俗、缥缈无际的情愫，这是典型的中国式意会表达方式。

① 刘将孙：《彭宏济诗序》，收入《养吾斋集》卷十一，景印文渊阁《四库全书》本。

作为中国古代意会知识的核心要素，气在上古思想史变迁的真相，我们目前还很难定论。气是古代思想史中的一个关键术语，就其原始字形来看，最初似源自水蒸气一类，蒸发为云雨，液化为水，固化为冰，形态多样，与呼吸、云霭、地气有着密切的联系，与云、雨、水、冰等概念有着相同的源头。就目前的甲骨文、金文资料来看，虽然有“气”字出现，但有学者认为，这是作为以“乞”为意符的一类文字的假借字使用，并不能直接发现气概念的原型。战国时期的“氮”字才是“气”的本字。但这并不意味着“气”的思想战国才出现，“气”源于原始生命意识和上古身体观念，人们很早就有对“气”作为“呼吸的东西”的意识，故而学者们常常紧扣甲骨文中“风”“云”“地”的资料，来推测“气”的原型。但是，显明的问题在于，“气”字在甲骨文、铭文以及《尚书》《诗经》中的含义，与春秋以后的文献在文化特性及哲学意蕴上有着很大的断层，目前所见的文献资料还不足以梳理出意义完整的线索来①。就战国以后的典籍来看，作为自然现象的大气和身体意识的气息以及本体意义的元气思想，已经共同出现在此一时期的各种文献中，所谓气的宇宙观和形上学思想已经完成，气业已成为中国早期哲学中形质与本体、具体与抽象兼备的原初范畴了。气有着多重样态与激发意象的力量，为宇宙普遍原则的概念化提供了原型。古代思想家论气，能够从中抽绎出某些原理规则，这样的原则既适

① 相关论述，参考日本学者小野泽精一、福永光司、山井涌编著：《气的思想——中国自然观和人的观念的发展》，第26、3页。

用于自然的变化也适用于人类的行为方式，因而将其比附作为指导人类社会行为的准则，也就顺理成章了。

对于气学所固有的意会特质，汉学家的观点，或许可以从他者的立场，给我们以启示。葛瑞汉（Graham）先生认为，气在中国古代思想中的地位相当于西方宇宙论中的“物”的范畴，但“气首先是呼吸，动静不拘，有空间扩展而又不是实体，尽管结霜时变得视而可见。气被想象为固体，运动的速度越慢，越不利于体内循环与增强活力，如‘精’，身体中一种刺激生命的液体。就其最大限度的纯洁度而言，我们能够把它思之为西方的纯能（pure energy）。”① 艾兰（Sarah Allan）先生认为，就人而言，气是呼吸与精神活力；就物质世界而言，气是雨水与溪流之间转化的雾霭；就抽象层面而言，气是道的组成部分，“有意义的是，‘气’的概念超乎西方人的理解——但对中国人则不然——它作为系于人体的物质与超越之间的临界点，作为更广大宇宙的物质创造物，在物质世界‘气’是雾霭，在非物质宇宙‘气’是精神”②。他们普遍认为，“气”是中国早期概念中最难理解的本体概念之一，它兼有万象之本质与客体之成分，含义纷繁，定义模糊，无法用西方语言中的一个词来囊括气的特征和意义，所以除音译外，还有五花八门的译法，如“以太”“物力”“生命力”“物质”“物质能量”“组合力”

① ［英］葛瑞汉：《庄子：内篇》，第156页，转引自［美］艾兰：《水之道与德之端》，第95—96页。

② 艾兰：《水之道与德之端》，第145页。

等。在他们看来，“气”不是单一的范畴，而是融合了许多概念的含义①。

三

作为一种独具民族特质的知识形态，中国传统的人文知识并非现代意义上的科学知识或可编码化的技术知识，其知识宗旨是价值与意义，而非普遍真理，所擅长的知识表达方式与其意会默识的知识特性是相辅相成的，它崇尚传统的历史叙事、价值教化，追求的知识效应往往是学术化的知识积累与智慧流布，而非形式化的理性推理与逻辑论理式的知识推新。这包含了对传统文化生命精神的体悟，对其深层价值的心领神会，是一种能够体验感知却无法用理性知识予以分析，无法用语言文字表述的意会默识，而这种知识结构的价值核心，就深植在以气（道）为中心的传统形上学体系中。

从体上看，气范畴具有现代意义上一般本体论所讨论的问题性，可以为传统形上学中的一多、体用、心物等问题提供一个观念性的解答。通过揭示隐含于气论哲学中的方法原则与思维特质，我们便能够揭示出中国传统学术术语、范畴与思维模式之间的有机联系与相互关联，其间所关涉的问题意识与思考方式，也就成为传统

① 参考杨斯基：《朱熹之“气”辨析》，载《哲学探讨》1987 年第 3 期。

学术的基本视域①。中国思想史中的一些最基本的原初范畴，比如道、心、天、性等，均与气有着密切的关联，均可以用气学话语加以解释阐发。对此，王夫之有一个精辟的结论，在《读四书大全说·孟子·尽心上篇》中，他是这样说的："言心、言性、言天、言理，俱必在气上说。若无气处，则俱无也。"② 此一论断，是船山在比较程子以理为本和张子以气为本后得出的结论。在他看来，程子以理统心、性、天，是为了破除释家之异端，不及张子以气言天、言道更为精思而深究。船山先生确为中国传统学问的集大成者，在如此短短一句话里，就囊括了古典形上学的五大范畴（还有道，船山秉承张子思想，认为道、理均为气化过程的产物，故离气就无所谓道、理）。所谓"必在气上说"，即归于气，就是以"气"为根本大法或根本准则，这不仅显示出船山理论预设中的根本法则是气一元论，而且也反映了中国哲学寻求范畴终极统一的理想。

在中国古典形上学理解的情境中，天、理、性、命均为展示气（道）的不同存在形式，它们中的每一个均可用于阐释气（道）存在的体用问题，几乎古代所有的思想体系都是围绕此一中心或涉及其中某些观念，而其他观念均可视为此一观念之分殊或属性，儒、道、释均无例外。作为终极统一理想范畴的气，不但具备了一般范

---

① 譬如以气学思想为核心的对待立义思想，是中国文论早期话语形态建构的核心价值，参见夏静：《对待立义与中国文论话语形态的建构》，载《文学评论》2010 年第 6 期。

② 王夫之：《读四书大全说》卷十，第 719 页。

畴所具有的认知事物真实之意，也成为一切其他多元范畴系统之根本，进而将其他范畴看作其应有或在不同层次上（或不同历史时期）的具体变化，譬如心、性是修养层面的衍生，天、理则是宇宙层面的衍生，先秦时期关注天、性，宋以后的中心范畴是心、理，凡此种种，均可以用气这一终极范畴加以诠释。因此，我们不能将气单单视为一个纯粹的认知范畴，而应该视为古代知识系统中范畴群之根本所在。

从知识的构成特性看，作为意会性知识的代表，气是整体关联性的，其“有无相生”的时间序列、“阴阳偶合”的空间序列，使其意义的生成乃是一分为二或合二为一，即时空一体的统合整体。气无形可感，处于形神、虚实、有无之间，如同《庄子·知北游》谓“不形之形，形之不形”，《德充符》谓“虚而往，实而归”，具有形而神、神而形，虚而实、实而虚的特质，是心身、物我之间贯通自如的一种普遍联系。从形上学的角度看，气是不可说的，其本质不可界定。换言之，能够在对象和特性上代表且不对气的理解产生偏颇和错误的概念，是不存在的。正是在这个意义上，我们或可以进一步认为，思想与语言能以间接的方式指涉或意指不可道不可言之本体，对于不可道不可言之本体，我们不可能形成知识意义上的完整概念或定义，但是，我们仍然能够从宇宙的整体性与思想的最高层面上，理解或感受其特性。

对于整体性的把握是哲学的最高任务，而气学正是通过实现这一任务而呈现出自身的价值与意义。在以天地、理气、心性为核心所构成的中国古代宇宙伦理话语系统中，气是一个公共性的关联要素，也是一个具有形上意义的终极范畴。理解气，是理解中国古代“三才”知识系统以及中和、体用等思维模式的关键所在，如同《淮南子·本经训》云：“天地之合和，阴阳之陶化万物，皆乘一气者也。”亦如王夫之谓“天人之蕴，一气而已”①。在无内无外、无量无边、无始无终、无高无下、无古无今的境地中，只有浑然一气流动充盈，此即古人视野中的天人合一之境。在古人的气学话语中，天人合一就是体用合一，也即是道器合一、心物合一、知行合一、物我合一。气为天人合一的基础，因而对其本身的诠释，也须置放于天地人合一的整体思想文化情境中，才能较为准确地理解和把握。正如冯友兰先生所说：“理及气的观念，可使人游心于‘物之初’。道体及大全的观念，可使人游心于‘有之全’。这些观念，可使人知天、事天、乐天，以至于同天。这些观念，可以使人的境界不同于自然，功利，及道德诸境界。”② 他认为这种境界的获得，必须经由形上学的习得。正是针对“正的方法”以逻辑纯思截断了天人之间的界限，冯氏提出通过“负的方法”，即借助形上学观念，超越理智与语言的界限，直接面对表显出来的形上学对象，进而返归“大全”，达到天人合一的“天地境界”。

历史地看，二十世纪以来围绕气学所展开的唯物、唯心之辨，与古代思想史上的有无之辨、形神之辨、体用之争一样，都是在不

① 王夫之：《读四书大全说》卷十，第660页。
② 冯友兰：《新原道》，收入《三松堂全集》卷五，第159页。

同的历史时空中，古今、中西传统碰撞下方法论的抉择。有鉴于此，我们认为，在当代知识结构和学术话语中，为什么谈气以及在什么层面谈气，是远比什么是气之确定含义更加重要的问题。因此，厘清围绕在气学知识话语及其背后的中西思维路数，是我们今天说气的必需的思想前提。

经典阐释中的文章气象问题

古人论文，看重文章气象。清人姚鼐认为文章有气象，百世之后，读其文，仍然栩栩如生，如见其人；文章无气象，则只是字句的堆积而已①。古人讲的文气，有三个方面的内涵：一是造艺者先天命定之气质禀赋、后天养成之心性道德，两者培育出情、性、才、胆、识、力等质素的作者之气，如浩然之气、血气、正气一类；一是语言法则之体势声调、字句章法等，整体消融为辞、字、句、音、韵、声、调等质素的文本之气，如辞气、声气、语气一类；一是作者之气和文本之气共同熔铸的整体性生命形相，如气象、气势、气韵一类。批评史上为人熟知的，中唐韩愈以“光焰万丈长”喻李、杜文章之气象，四库馆臣谓“韩文如潮”“苏文如海”②，亦是指文章所烘托出的整体气象，恰如东坡词似关西大汉

---

① 姚鼐：《答翁学士书》，收入《惜抱轩诗文集》卷六，上海：上海古籍出版社，1992 年，第 84 页。

② 永瑢等：《四库全书总目》卷一九五，北京：中华书局，1965 年，第 1789 页。

唱“大江东去”，柳永词似十七八岁女郎唱“杨柳岸晓风残月”一类。故而放眼古之谈文论艺者，每每在意于“先看气象”“以气象胜”“全在气象”等说辞。历代论者围绕文章气象的探讨，融知人与论世、为人与为文、创作与批评为一体，出新解于陈篇，历久弥新，建构了极具民族文化特质的经典阐释传统。当代学者从哲学、美学的角度有深入的研究，本文着重从气学思维与言说方式的角度，探讨经典阐释中文章气象意义的生成，以求方家指正。

一、气类与气象

在经典阐释传统中，考察气象范畴，大体层面有二：一是认识论、方法论层面的气类相分、以象为喻的言说方式；一是价值论、境界论层面的审美风尚与精神气质。在古人的文化视野中，所谓的气象，乃气之象，气是象的原始状态，如张载所言“气之苍苍，目之所止也；日月星辰，象之著也”[①]；气生象，象源于气，如王廷相所论“象者，气之成”[②]。在今人看来，文章之气象，体现在气和象两个维度。但就现有研究成果而言，历来论者常常重视气的一面，而忽略了象的一面。这样产生的问题就是较为容易强调气所蕴涵的主体精神，而基本忽视了象所蕴涵的运思言说方式乃至结构意义。我们认为，就气象范畴的意义而言，或许更偏于象的一面，或

① 张载：《张子语录》中，收入《张载集》，第326页。

② 王廷相：《慎言·道体篇》，收入《王廷相集》，第751页。

者说，在气象范畴所体现的整体性与形象性上，与象的联系更为直接一些，这也许是古人常常在绘画理论中谈论气象的缘由。譬如五代荆浩《笔法记》、宋李成《山水诀》、韩拙《山水纯全集》、郭若虚《图画见闻志》、郭熙《林泉高致集·山水训》、董逌《广川画跋·书燕龙图写蜀图》、米芾《画史》、元汤垕《画鉴》、明董其昌《画禅室随笔》、沈宗骞《芥舟学画编》，等等。这样的例子不胜枚举。

从早期思想史的研究看，古人对气象的阐释，大体是在气类相分、以象为喻的运思框架中进行的。以类相分是古人基本的思维方法，既有熟知的人以群分、物以类分的分类，也有“以类行杂，以一行万”的归类。

在后期墨学提出的“类”“故”“理”三段式推理中，“知类”为逻辑思辨的基础。我们知道，墨学有颇为精粹的逻辑范畴，如“三物”，《墨子·大取》：“以故生，以理长，以类行也者。”① “故”是指论断的根据与条件，墨家主张“辩故”“明故”“无故从有故”的论辩原则，考究事物之然与所以然。“理”是指思维的基本逻辑与规律，等同于方法、法则。譬如“三表法”之“有本”“有原”“有用”三条标准，就包含了归纳、演绎和实践的意味。“类”则是指对象的种属、异同关系。墨学强调“察类”“知类”，自觉地将“类同”与“不类”作为认识方法和论辩手段，形成“以类取”的

① 孙诒让：《墨子间诂》，孙启治点校，北京：中华书局，1986年，第413页。

思维推导原则。以今人的眼光看，“类”“故”“理”涵盖了提出一个论断所包含的根据、理由及论证诸要素。墨学强调“三物”都必须具备，旨在明其所自、考其所由、察其所终，构成了一个颇为严密的逻辑关联与意义系统，不仅代表了早期哲学在逻辑思辨上的最高尺度，也反映了古代思维模式在理论总结上的突出成果。在中国早期思想史的语境中，除墨学的“知类”，还有《荀子》“以类度类”“多言而类”，《礼记》“知类通达”，《韩诗外传》“缘类而有义”“知则明达而类”等说法，将“知类”与认识方法论乃至与成人成圣的价值理想，有机地联系起来了。

目前所见的典籍中，气类相推是早期经典阐释的重要运思方法之一。所谓气类，既指生物意义上的同类，亦指意气相投者。譬如《三国志·蜀蒋琬传·与蒋斌书》：“巴蜀贤智文武之士多矣，至于足下，诸葛思远，譬诸草木，吾气类也。”① 又如曹植《求通亲亲表》：“至于臣者，人道绝绪，禁固明时，臣窃自伤也，不敢乃望交气类，修人事，叙人伦。”② 在古人的运思逻辑中，气类之所以相推，在于古代万物一体、气化流行的整体宇宙观。《周易·乾·文言》：“同声相应，同气相求。水流湿，火就燥，云从龙，风从虎，圣人作而万物睹，本乎天者亲上，本乎地者亲下，则各从其类也。”孔疏：“‘同声相应’者，若弹宫而宫应，弹角而角动是也。‘同气

① 陈寿：《三国志》，裴松之注，北京：中华书局，1959 年，第 1059 页。
② 萧统：《六臣注文选》，第 692 页。

相求’者，若天欲雨而柱础润是也。此二者声气相感也。”① 孔颖达认为，“水流湿，火就燥”是形象相感，“云从龙，风从虎”是同类相感，“圣人有生养之德，万物有生养之情，故相感应也”，“本乎天者”“本乎地者”是指“天地之间，其相感应，各从其气类”。在孔氏看来，天地万象之所以“方以类聚，物以群分”，其根据就在于“同声相应”“同气相求”，这既是古代“知类”“以类取”的运思逻辑，也是中国式意会思维的理论基础。

在“轴心期”思想家的公共话语中，气并不是一个核心问题，其重要性不及天、道、命等问题，在他们的论域中，气只是一个连带的问题，而非核心论题，但这并不影响作为一般方法论原则的气之类推在思想文化领域的广泛运用。气之类推的运思方式，作为天地人之间的一致性原则，构成了中国思想发生期的一种共同假设，当思想家开始把有关宇宙人事特点进行哲理化、系统化总结时，此一假设也就自然蕴涵其间，并内在于所建构的概念范畴与理论体系之中。这不仅在分析特定的概念、范畴时可以得以证明，同时也屡见于范畴间的动态关系建构。阴阳气化，气禀不同，则气类不同。从原质形态的“本体之气”化生为形象各异的“具象之气”，并派生出若干心灵活动与生命境界的“精神之气”，均遵循着同一法则。例如，在论及自然与宇宙存在时，气便与天、道、性、神、物等密切相通，在论及人的思想与情绪状态时，气便与情、志、心、形等

① 阮元校刻：《十三经注疏》，第 16 页。

紧密相连。气具有不同的层级意义，不同层级、不同种类全体相通、合如一体，且循环往复、生生不息，共同构成了整体性的气化过程。在古人看来，天地人的世界，相通相似、一气贯通，分享着有关气的类比性原则。因而在他们的世界里，对气的理解，也就意味着对天地人前生来世的理解，也正因为有了这样的理解，方能获得精神的解脱与内心的平静。

二、“象喻”与气象

以象为喻，是古典时代经典阐释与言说的重要方式，也是古代人文知识生成的重要途径之一。作为一个特殊中介，“象喻”在传达可观事物之特征时，既不舍弃思维对象之具象因子，又能保留思维主体之主观旨趣，从而使整个认识活动得以系统而完整地展开。考察古代思想家的运思理路，常常将象的认识置于首位，所以北宋张载《正蒙·大心篇》断言：“由象识心，徇象丧心。知象者心，存象之心，亦象而已，谓之心可乎。”① 古人正是通过对象的认知，从而引导出对形、器、质、名、文、类、乐等的认识，我们以文与象、类与象、乐与象为例证之。

文象同源的传统，历史悠远。《周易·系辞上》的说法最为经典，所谓圣人仰观于天、俯观于地，近取于身，远取于物，“叁伍

① 张载：《张子语录》中，收入《张载集》，第 24 页。

以变，错综其数。通其变，遂成天下之文。极其数，遂定天下之象。非天下之至变，其孰能兴于此”。[①] 在古人看来，无论是器物之文、人身之文抑或文字之文、绘画之文，乃圣人据“天下之赜”而符号化的产物，因此，要追溯文的起源，首先要从象谈起。至于类，原本有象形之意。《国语·周语下》：“其后伯禹念前之非度，厘改制量，象物天地，比类百则。”韦昭注：“类，亦象也。”[②] 意思是说，大禹认为之前治水的法子不对，遂改变方案，拟象天地的形貌，类比万物的规则，旨在以自然法则引导洪水，因此，“象物”与“比类”乃一面两体之事。虽然“乐象”一词，正式出现在《礼记·乐记》，但自春秋以来的阴阳五行思想中，与乐相关的问题，就常常与气的言说联系在一起。《乐记》认为，气之象决定乐之象，故有“逆气成象，而淫乐兴焉”，“顺气成象，而和乐兴焉”[③] 的断言。在儒学一系的传统中，乐与象并不仅仅是简单地对应关系，而是在“象喻”运思的动态平衡中构成了一个互动相生的自洽体系。《乐记》篇的“象天”“象地”“象四时”“象风雨”“象日月”等说法，与“五色成文”“八风成律”“百度得数”一样，为“古之制礼”“政教之本”，所蕴含的政治历史、社会文化的意蕴极为深厚。

在古人的思想世界里，任何物象的形成，都经历了观念之象转化为心象再到具象的以象为喻的思维过程，一切制度的合理性皆源

---

① 阮元校刻：《十三经注疏》，第 81 页。

② 左丘明：《国语》，第 105、103—104 页。

③ 阮元校刻：《十三经注疏》，第 1536 页。

于人们对于宇宙万象的体验、感悟与想象。因此，从运思模式看，作为一种普遍性的知识生产方式，我们可以认为，“象喻”是古代社会真理产生的思维机制。

以气为象，是“象喻”言说的重要方式方法，谈论气象的问题，常常从象的问题开始。对此，古人看得很清楚，也有很多理论上的提炼，尤以北宋张载和清初王夫之的理论探讨最为透彻。一方面，象源于气，气无形，象有形，离气无所谓象。《正蒙·乾称篇》：“凡可状，皆有也；凡有，皆象也；凡象，皆气也。气之性本虚而神，则神与性乃气所固有，此鬼神所以体物而不可遗也。”①《张子正蒙注·可状》：“使之各成其象者，皆气所聚也，故有阴有阳，有柔有刚，而声色、臭味、性情、功效之象著焉。”② 按照古人的思维路数，象非自生成、自变化，那么，如何从本体论和生成论的角度，阐释象之所由、所本呢？所谓“象因物生”③，象到物的转化过程，也即象之所感、所显，必定要追溯到气。气无形有象，象乃气所成，气函于象中。另一方面，气生象，气为万物所本；象成形，象为万物赋形。凡声色、臭味、性情、功效等，均依象而显、而立。凡象皆有对，气与象相互对待，以阴阳、刚柔、动静的形式呈现。《正蒙·太和篇》：“气本之虚则湛无形，感而生则

① 张载：《张子语录》中，收入《张载集》，第63页。

② 王夫之：《张子正蒙注·乾称篇》，收入《船山全书》第12册，第358页。

③ 范晔：《后汉书·律历志》，李贤等注，北京：中华书局，1966年，第3084页。

聚而有象。有象斯有对，对必反其为。"[1]《张子正蒙注·太和》："二气之动，交感而生，凝滞而成物我之万象。"又云："以气化言之，阴阳各成其象，则相为对，刚柔、寒温、生杀，必相反而相为仇，乃其究也，互以相成，无终相敌之理，而解散仍返于太虚。"[2]按照船山的意思，象实为气化的产物，阴阳各成其象，相对相成，散则入太虚，因此，离象也就无所谓气。《正蒙·神化篇》："所谓气也者，非待其蒸郁凝聚，接于目而后知之，苟健、顺、动、止、浩然、湛然之得言，皆可名之象尔。然则象若非气，指何为象？时若非象，指何为时？"[3]《张子正蒙注·神化》："健顺、动止、浩、湛之象，为乾、坤六子者皆气也，气有此象也。"[4] 正所谓气有虚而实、形而不形的特征，虽无形但可感可知，以一气流行存在于天地人三界中，无有阻隔，永无停息，乃一切实象、虚象、具象产生的动因、动力与大本、大原，这大约也是气与象结合而成气象范畴的重要原因。

问题的复杂之处还在于，从观念史阐释的角度看，"象喻"话语系统中的若干核心要素，如气、象、形、质，其间存在着极为复杂的意义关联。在老学知识系统中，气、道与象联系密切，万物在阴阳之气中得到统一，均通向本体之道。老子首倡"非言"，对言

① 张载：《张子语录》中，收入《张载集》，第10页。

② 王夫之：《张子正蒙注·太和篇》，收入《船山全书》第12册，第40—41页。

③ 张载：《张子语录》中，收入《张载集》，第16页。

④ 王夫之：《张子正蒙注·神化篇》，收入《船山全书》第12册，第82页。

与名的表意功能持深刻的怀疑，认为凭借语言和概念难以穷尽道（气）的精微之处，因而对道（气）的表达只能凭借象（“大象”），于是乎，达于道、通于气，成为以象为喻的最终意义指向。老学意会式的表达方式，通过众多物象体悟“大象”，借此感悟本原性的道（气）。这种阐释路数成为古典学术研究中的一个重要传统。对此，张载认识得更为透彻。《正蒙·太和篇》：“气之为物，散入无形，适得吾体；聚为有象，不失吾常。”又云：“散殊而可象为气，清通而不可象为神。”① 在他看来，象乃气的外化，具有贯通形上道气与形下器物的功能，因而具有本体论的意义。对于横渠先生的意思，船山先生释云：“阴阳二气充满太虚，此外更无他物，亦无间隙，天之象，地之形，皆其所范围也。”② 他以为形与象虽然有区别，但均为阴阳二气所孕育，天地万物及其变化，概莫能外。与王夫之同时代的方以智也认为：“气嗑声而附形，形必有象，象谓之文。”③ 为此，方氏还细致地辨析了气、声、形、象、文之间的复杂关联，见识相当深远。

三、“一体三相”与气象

在气学阐释史上，谈论气象的问题，还不得不牵扯出气学的若

---

① 张载：《张子语录》中，收入《张载集》，第 7 页。

② 王夫之：《张子正蒙注·太和篇》，收入《船山全书》第 12 册，第 26 页。

③ 庞朴：《东西均注释·不立文字》，第 192 页。

干问题，尤其是气之“一体三相”以及文气阐释的相关问题。对于气之存在，古代思想家大多是这样理解的：天地人和宇宙的存在，乃是一种气的存在与流行。气是一种基质，这是“本体之气”，乃可知之气；此气于流行运转之中，在天地境界中渐与万物化合，凝聚成诸多物质具象，这是“具象之气”，乃可感之气；在生命境界中，此气渐与种种精神现象融合，经由一系列生命意志的转化，派生出若干心灵活动与情感趣味来，这是“精神之气”，乃可悟之气。简言之，气之“一体三相”，既能与万物融合而为经验之具象，又能贯通天地之道而为超越之虚相，或拓展到人类精神生活领域，或凝聚成人间万象，无所不在，无所不包。在这个大化流行、生生不息的气化循环中，如何充实“精神之气”，以迈向更高的超越境界，是儒、道、释思想家共同关注的问题，也是古代谈文论艺者聚焦的问题。

在基源意义上，气象范畴指自然之景象，并不包含感情色彩或审美意蕴。譬如《黄帝内经》有《平人气象论》，所谓“平人气象”，大抵是指常人所具的生命状况与精神相貌。又如《梁书·徐勉传》称引《答客喻》：“春荣秋落，气象之定期。”① 乃是指气候节气，与自然景象、景色密切相关。又譬如常常被人注意的晋人谢道韫《登山》：“气象尔何物？遂令我屡迁。”② 唐人高适《信安王

① 姚思廉：《梁书》卷二十五，北京：中华书局，1973 年，第 386 页。
② 冯惟讷辑：《古诗纪》卷四十七，景印文渊阁《四库全书》本，第 389 页。

幕府诗》：“四郊增气象，万里绝风烟。”[①] 五代、北宋画家李成《山水诀》：“气象，春山明媚，夏木繁阴，秋林摇落萧疏，冬树槎枒妥帖。”[②] 宋人范仲淹《登岳阳楼记》：“朝晖夕阴，气象万千。”[③] 郭熙《山水训》：“山水大物也，人之看者须远而观之，方见得一障山川之形势气象。”[④] 南宋朱熹认为：“荆襄山川平旷，得天地之中，有中原气象，为东南交会处，耆旧人物多，最好卜居。但有变，则正是兵交之冲，又恐无噍类。”[⑤] 以上引述，意义所指均在自然景观与山川风貌，与文学批评意义上的主体性情学识等价值判断无涉。对此。颜昆阳先生认为：“气象一词，必须从单纯地对客观气氛、景象之描述，进至对主体性情学养之表现及语言形式运作之评估，才真正具有文学批评上之意义。”[⑥] 这种判断是有道理的。

在古人的气化理论中，气象是人内在工夫的外在呈现，内在之气并非仅仅以生理层面、精神层面为旨归，它必然会形诸于外，有外在形貌、言语形体的表征，大体如陆机所言“信情貌之不差，故每变而在颜”[⑦]。这种“形—气—神”的整体呈现，便是人的气象。

---

① 孙钦善：《高适集校注》，上海：上海古籍出版社，1984年，第29页。

② 俞剑华：《中国古代画论类编》，北京：人民美术出版社，1986年，第617页。

③ 范仲淹：《范仲淹全集》卷八，李勇先等校点，成都：四川大学出版社，2002年，第194页。

④ 俞剑华：《中国古代画论类编》，第632页。

⑤ 黎靖德：《朱子语类》卷二《理气下》，第30页。

⑥ 颜昆阳：《六朝文学观念丛论》，台北：台湾正中书局，1993年，第355页。

⑦ 张少康：《文赋集释》，第60页。

因此，在引申意义上，气象是指人之精神风貌及其与之相应的人生态度与价值信仰。譬如旧题王维《山水论》论画云：“观者先看气象，后辨清浊。”① 又如《新唐书》评王丘云：“气象清古，行修洁，于词赋尤高。”② 在传统论诗者看来，不同的人格气质表现在诗歌中的人生气象也大不相同，譬如在《竹林答问》中，清人陈仅评价了中唐、晚唐诗风的不同。如云：“诗以气为主，此定论也。少陵，元气也。太白，逸气也。昌黎，浩气也。中唐诸君，皆清气之分，而各有所杂，为长篇则不振，气竭故也。香山气不盛而能养气，沦澜渟蓄，引而不竭，亦善用其短者。晚唐则厌厌无气矣。譬之于水，杜为东瀛，李为天汉，韩为江河，白则平湖万顷，一碧涟漪，晚唐之佳者，不过涧溪之泛滥而已。”③ 在他看来，诗以气为主，中唐与晚唐诗风之所以不同，原因就在于诗人人格气象的高下及其文气盛竭的不同状况。

在理学家身心修炼的传统中，气象是极为核心的范畴。“观喜怒哀乐未发前气象”④，《中庸》首章“中和”一说，被二程引为“知人论世”标准与静坐工夫口诀。北宋程颐评价张载与孟子的不同，如云：“子厚谨严，才谨严便有迫切气象，无宽舒之气。孟子

① 俞剑华：《中国古代画论类编》，第 596 页。

② 欧阳修、宋祁：《新唐书》卷一二九，北京：中华书局，1975 年，第 4481 页。

③ 郭绍虞：《清诗话续编》，上海：上海古籍出版社，1983 年，第 2235 页。

④ 阮元校刻：《十三经注疏》，第 1625 页。

却宽舒，只是中间有些英气，才有英气，便有圭角。英气甚害事。”① 尔后以“不主一门，不私一说”为家学宗旨的吕希哲，论“气象”云：“初学当理会气象，词令、容止、轻重、疾徐之间，不惟君子、小人于此分，亦贵贱、寿夭所由定。”② 南宋罗大经论学者的胸襟与气象，如云：“古人观理，每于活处看。故诗曰：‘鸢飞戾天，鱼跃于渊。’夫子曰：‘逝者如斯夫，不舍昼夜。’又曰：‘山梁雌雉，时哉时哉！’孟子曰：‘观水有术，必观其澜。’又曰：‘源泉混混，不舍昼夜。’明道不除窗前草，欲观其意思与自家一般。又养小鱼，欲观其自得意，皆是于活处看。故曰：‘观我生，观其生。’又曰：‘复其见天地之心。’学者能如是观理，胸襟不患不开阔，气象不患不和平。”③ 上述理学家所论气象，显然已经兼具内外修得，直呈生命境界与人生旨趣，只是偏于儒学心性道德一系，不免带有明显的价值判断意味。

对于“圣人气象”的推崇，亦是理学工夫论一派共同关注的话题。朱熹与吕祖谦合编《近思录》，便以“圣贤气象”作结。在朱子《四书或问》、张栻《癸巳论语解》《南轩集》、真德秀《西山读书记》中，多有记载。与之相类似的说法，还有“颜曾气象”“儒者气象”“精神气象”“气象宏大”，等等。所谓“圣人气象”，乃圣

① 程颢、程颐：《二程遗书》，第 246 页。

② 朱轼：《史传三编》，景印文渊阁《四库全书》本，第 72 页。

③ 罗大经：《鹤林玉露》卷三《活处观理》，北京：中华书局，1983 年，第 163 页。

人之精神境界，大体是指圣人通过为人、为学及其言行举止所流露出的一种整体气质与人格力量。古人常常以“圣人气象”喻称天地气象，所谓观于天地，则见圣人；而观于圣人，则见天地。在宋儒的标准中，孔子乃天地之气象，颜子乃和风庆云之气象，孟子乃泰山之气象。对此，牟宗三先生认为，“圣人气象”即是天地气象，天地气象即是天地生万物之气象，以天地比圣人，或以圣人比天地，这是源于《中庸》的传统。在他看来，于圣贤说气象，于英雄说气概，这是中国原有的品题词语①。

四、文章气象及其意义生成

在历代文气阐释者的眼里，作者之气、文本之气并没有清晰的界分，对他们而言，两者是浑融一体的，共同营造出作品的整体风貌，也即文章气象。所谓整体风貌，大体是指审美主体精神气质和作品风格情貌所共同烘托出的精神品相与审美趣味。换言之，文章气象是对作品之气和作者之气的一种整体性把握。作者之气与文本之气，互为表里，作者之气为文本之气的决定性要素，文本之气为主体生命性情之形迹。在具体的文学创作和批评实践中，既不可能离开主体之形神、性情而论气象，也不可能离开文本之言辞、声调、气势而论气象，一个完整的文学作品，依托于作者之气和文本

① 牟宗三：《研究中国哲学之文献途径》，载《鹅湖月刊》1985 年第 7 期。

之气，“或托住上文，或领入下句，转换处，必须令脉络分明”①，这种浑然一体的整体风貌呈现，则全在文章的气象。那么，在历代文气诠释者的眼里，文章气象的意义是如何生成的呢?

见于传统文论阐释领域的气象范畴，是一种内在才性禀赋与外在形式技巧有机融合而朗现的总体艺术形相。从创作主体之精神风貌延展出艺术创造之才性气质、文本风格之审美质素、艺术鉴赏之境界高下，等等，渗透在古人谈文论艺的各个方面，也体现在古人对“尚阳”及雄浑、雍容一类文章气象的崇尚，以及对“尚清”及清气、清丽一类文章气象的偏好上。

侧重于作者之气的“气象”一词，常常被视为创作主体个性气质之表征。譬如南宋周紫芝《竹坡诗话》：“东坡尝有书与其侄云：‘大凡为文，当使气象峥嵘，五色绚烂，渐老渐熟，乃造平淡。’余以不但为文，作诗者尤当取法于此。”② 朱熹赞誉唐人韦应物之诗，如云：“其诗无一字做作，直是自在，其气象近道，意常爱之。”③ 明代谢榛认为：“赋诗要有英雄气象。人不敢道，我则道之；人不肯为，我则为之；厉鬼不能夺其正，利剑不能折其刚。”④ 在古代文论家的眼里，作者总体性的生命特征与人生追求可以通过诗之气

---

① 王元启：《惺斋论文·论作法》，收入王水照：《历代文话》，上海：复旦大学出版社，2007 年，第 4164 页。

② 何文焕：《历代诗话》，第 348 页。

③ 黎靖德：《朱子语类》卷一四〇《论文下》，第 3327 页。

④ 谢榛：《四溟诗话》卷四，宛平校点，北京：人民文学出版社，1998 年，第 107 页。

象直接地体现出来，正所谓文如其人，作家的生命气质铸造了作品的个性特质。晚清刘熙载谓“诗无气象，则精神无所寓矣”①，两者是相互印证的关系。

对于这个问题，谈论得相当深入的是元代范德机。在《木天禁语》中，他专论“气象”，如云：“翰苑、辇毂、山林、出世、偈颂、神仙、儒先、江湖、闾阎、末学。已上气象，各随人之资禀高下而发。学者以变化气质，须仗师友所习所读，以开导佐助，然后能脱去俗近，以游高明。谨之慎之。又诗之气象，犹字画然，长短肥瘦，清浊雅俗，皆在人性中流出。”② 范氏从人性的角度分析作者资质习染之异同，较之其他诗论者，在理论深度上确有优长之处。人性之不同，源自不同的先天禀赋和后天习染，由此造就的生命追求与人生境界也就不同，作品气象之呈现自然高下有别。这种气象，按照近人冯友兰先生的理解，是“人的精神境界所表现于外的，是别人所感觉的”那种“气氛”③；按照钱锺书先生的说法，这是把“文章通盘的人化或生命化”④，深刻地反映了艺术风格与作家生命形态的统一，乃是中国古代文学批评的一个固有特征。

侧重于文本之气的“气象”一词，常常被视为构成文本审美特

① 刘熙载：《艺概》，第 82 页。

② 何文焕：《历代诗话》，第 751 页。

③ 冯友兰：《中国哲学史新编》第 5 册，北京：人民文学出版社，1985 年，第 122 页。

④ 钱锺书：《中国固有的文学批评的一个特点》，载《文学杂志》1937 年第 4 期。

质的基本要素，或是批评鉴赏的标准。如南宋姜夔认为：“大凡诗，自有气象、体面、血脉、韵度。气象欲其浑厚，其失也俗；体面欲其宏大，其失也狂；血脉欲其贯穿，其失也露；韵度欲其飘逸，其失也轻。”[①] 严羽云：“诗之法有五：曰体制，曰格力，曰气象，曰兴趣，曰音节。”[②] 元代杨载《诗法家数》：“凡作诗，气象欲其浑厚，体面欲其宏阔，血脉欲其贯串，风度欲其飘逸，音韵欲其铿锵。若雕刻伤气，敷演露骨，此涵养之未至也，当益以学。”[③] 明代胡应麟是以气象论诗的代表人物，在《诗薮》中常常论及。如云：“至淮南《招隐》，迭用奇字，气象雄奥，风骨棱嶒，拟骚之作，古今莫迨。”又云：“钱、刘诸子排律，虽时见天趣，然或句格偏枯，或音调孱弱，初唐鸿丽气象，无复存者。”又云：“‘明月自来还自去，更无人倚玉阑干’‘解释东风无限恨，沉香亭北倚栏干’，崔鲁、李白同咏玉环事，崔则意极精工，李则语由信笔，然不堪并论者，直是气象不同。”[④] 在胡氏的诗学主张中，“气象”一词，虽然所指偏于诗歌的整体风格，但对于达成艺术整体效果的文学要素，譬如遣词、造句、声调、句格，也即文本形式、语言技巧、言辞章法等方面，他仍然是颇为看重的。

在更为广泛的层面上，气象则扩展为一个社会总体精神或时代

---

① 姜夔：《白石道人诗说》，收入何文焕《历代诗话》，第680页。

② 严羽：《沧浪诗话》，收入何文焕《历代诗话》，第687页。

③ 何文焕：《历代诗话》，第736页。

④ 胡应麟：《诗薮》，上海：上海古籍出版社，1979年，第5、78、109—110页。

风貌的总括，譬如习见的盛唐气象、帝王气象、时代气象等，并逐渐成为古人对文学精神、美学品格进行整体判断的标尺。作为一个时代文学整体精神的象征，古人常常在这个层面上使用气象范畴，譬如指特定时期的艺术创造风格和审美特性，如韩愈《荐士》："建安能者七，卓荦变风操。逶迤抵晋宋，气象日凋耗。"① 这是指晋宋年间缺乏建安时期的那种豪迈气概与博大胸怀。韩门弟子李汉《昌黎先生集序》："秦汉已前其气浑然，迨乎司马迁、相如、董生、扬雄、刘向之徒，尤所谓杰然者也。至后汉、曹魏，气象萎尔。"②李氏主张"文以载道"，他所推崇的是先秦思想家的恢弘浩然气象，这种气象是与创作主体的精神气质密切相关的。又如黄庭坚《与王观复书》："文章盖自建安以来，好作奇语，故其气象衰尔，其病至今犹在。"③ 宋人严羽认为："汉魏古诗，气象混沌，难以句摘。"又云："建安之作，全在气象，不可寻枝摘叶。灵运之诗，已是彻首尾成对句矣，是以不及建安也。"又云："唐人与本朝人诗，未论工拙，直是气象不同。"④ 严羽以气象论作品高低，直截了当，毫不遮掩。他充分肯定汉魏古诗的整体气象，极力推崇盛唐气象，不惜扬唐贬宋。

见于经典阐释传统中文章气象及相关问题的探讨，侧重于问题

① 徐倬：《全唐诗录》卷四十七，景印文渊阁《四库全书》本，第769页。

② 马其昶：《韩昌黎文集校注》，第1页。

③ 黄庭坚：《黄庭坚全集》卷十八，刘琳等校点，成都：四川大学出版社，2001年，第471页。

④ 严羽：《沧浪诗话》，收入何文焕《历代诗话》，第696、695页。

意识自主性层面的诠释。在长于气类相推、以象为喻的经典阐释传统中，“同气相求”、一气贯通；象源于气，气待象立，气与象是相互对待的关系。文章气象是对作者之气与文本之气的一种整体性把握，从本文的分析之中可以看到，在历代经典诠释者眼里，气象的意义是如何围绕“一体三相”而生成，并且在不同的艺术领域延展的。运用于古代文学思想领域的气象范畴，统摄了创作主体的精神品格、艺术创作的想象特质、文本风格的审美质素、艺术鉴赏的境界高下乃至文章总体精神与时代风貌等内涵，层次复杂，辐射广泛，意蕴丰厚。我们今天研究的兴趣，不仅在于厘清气象的思想谱系与范畴意义，更在于探究历代论者如何经由阐释文章气象而完成文本理解并实现自我理解，以及气象范畴之精神脉络是如何在阐释者眼中与其原生意义体用辉映。因此，对于相关问题的探讨，值得更加深入细致地进行。

文气阐释中的“隧道效应”问题

经典诠释中的“隧道效应”（tunnel effects），是源自现代史学研究领域的理论，是指经典诠释者常常将复杂万变的历史现象加以“隧道化”，从而形成政治史、经济史、社会史等各个领域的问题，同时，于无意中假设各个隧道之间互不相关，由此形成历史研究的盲点，形成一种“隧道效应”①。这个观点最早由美国华盛顿大学教授J. H. 赫克斯特（J. H. Hexter）在《重新评价历史》一书中提出。对此进一步展开分析的是美国布兰迪斯大学教授戴维·H·费希尔（David H. Fischer），在《历史学家的谬误：寻求历史思想的逻辑》一书中，他将这种研究的盲点称为“隧道历史的谬误”（the fallacy of tunnel history）。费氏认为经典思想的核心要素（或问题意识），假设它们最初包括A、B、C、D、E诸要素，随着时代的不同，这些要素在不同时代的诠释者那里，关注的焦点不同，出现复杂化和简单化两种趋势，由此形成了两种“隧道历史谬

---

① J. H. Hexter, *Reappraisals in History*, pp. 194 - 195.

误”。一种是复杂化趋势，即后世的诠释者带入了自己所处时代的知识经验，以今释古，重新编排了A、B、C、D、E要素的理论脉络与中心位置，从而使经典思想变得复杂化、歧义化了；一种是简单化趋势，即后来的诠释者为建构自己的理论，仅仅关注并放大了E要素的地位与重要性，而忽略了其他A、B、C、D要素，从而使经典思想的内涵变得狭义化、单向化了①。借鉴上述理论，为了具体说明这种“隧道效应”，也即由于不同时期的诠释者思想观念影响所形成的种种复杂状况，我们可以用文气在历代诠释者那里的发展演变为例，加以阐发。

我们今天所理解的文气说，综合了历代以来学者关于气学思想的见解，主要呈现为“一体三相”的特征：一是先天命定之气质禀赋、后天养成之心性道德，两者融合成为作者之气，包括作者之情、性、才、胆、识、力等；一是语言法则之体势声调、字句章法，这构成文本之气，包括文本之辞、字、句、音、韵、声、调等；一是作者之气和文本之气共同熔铸的作品整体性的生命形相（气势、情韵、意境、风格等），这就构成了传统文气思想的三个面向。从气之体用义看，作者之气相对于天地阴阳之气而言，是体用的关系；从文气之体用义来看，作者之气乃是体，文本之气、文章气象乃是用，也即内在之气为体而外显之文为用。从经典诠释的“隧道效应”视角，审视历代论者围绕文气三个面向展开的论述以

① David H. Fischer, *Historian's Fallacies: Toward Logic of Historical Thought*, pp. 142 - 143.

及其中所蕴涵的问题意识，可以看到，上述三个方面的诸多因素在不同层面上，也在不同意义内交互作用、因果相联，使历代论者围绕文气的诠释，或兼顾左右、面面俱到，或单刀直入、片面深刻，呈现出颇为复杂的“隧道效应”。为此，本文将以孟子、曹丕、刘勰三位早期文气论者为例，进行深入一步的研究分析。

一

就气学解释的大传统而言，虽然孟子、曹丕、刘勰均有论文气的表述，也流露出颇为自觉的理论意识，但是，不同的时代聚焦形成了不同的问题意识与论证策略，他们在论气旨趣与方法偏好上，各有不同。对于诠释者的历史性，中国经典阐释传统的原则是还原去蔽，反对先入为主，要求体会原意，获得真知，孟子谓“知人论世”，庄子谓“虚静”，荀子谓“解蔽”，均蕴含了此一层意思。今人之所以能够理解或解释古人，就在于历史具有连续性，文化传统是一个连续不间断的、一脉相承的整体。对经典的诠释过程，同时也是一种自我理解的创造性活动过程，用太史公的话来讲，就是“通古今之变”，用加达默尔的话来讲，就是“现在视域”与“过去视野”融合而成的“大视域”。因此，不同诠释者的历史时代性，是文气诠释中不可忽略的发生要素，只有通过这种历史性的揭示，才能使经典诠释中的“隧道效应”以及对于尔后研究的价值意义，为之豁然开显。

生活在战国中期的孟子，发挥了孔子以来儒学“向内”的思想脉络，虽然在其所处的“乱世”，学说难以奏效，但其理论的体系性及其内蕴的真知灼见，远在同时代的诸子之上，这一特点，在源远流长的孟学诠释史中体现得相当鲜明。孟子论气，整合了春秋战国以来的思想碎片，将气与心、志、言等要素关联成一个有机的整体，在旗帜鲜明的理论建设中，孟子思想的主轴不在气而在心，在于心性道德的生发与扩充，气论是为心性论服务的。同时，孟子关于主体之气的若干见解，如“浩然之气”“知言养气”以及“心—志—气—言”的话语结构，开启了后世文气论结构形态的意义维度，亦发后世作者之气的先声，在传统文气诠释史中确有不可移易的理论价值和历史意义①。孟子所论主体之气，兼有理性主义和神秘主义的特质。在孟子与公孙丑讨论“动心”的前面，有一段文字是关于北宫黝、孟施舍、曾子“养勇”的方法问题，北宫黝之勇，是血气之勇，乃生理之气的表现；孟施舍之勇是志气之勇，乃心理之气的表现；曾子之勇是义气之勇，乃道德之气的表现，三者相比，以曾子之勇最得儒学精义。纵观战国诸子学说，虽然理性昌明为主流，但神秘主义思潮也时有泛起。汉初司马迁将邹衍传附入《史记·孟子荀卿列传》中，不仅指出了阴阳家与儒学的关系，也点出了邹衍“五德始终”与孟子“五百年必有王者兴”以及“浩然

① 关于孟子“心—志—气—言”话语结构的分析，参见夏静：《孟子气论在文学批评史上的意义》，载《中国社会科学院研究生院学报》2014 年第 2 期。

之气”所具有的神秘化倾向①，包括尔后董仲舒“天人感应”思想的出现，也是自有其历史渊源的。

虽然后代研究者，常常强调孟子“知言养气”的说法，由此也衍生出“养气”与“知言”关系诸问题，但就孟子所处时代的、并付诸行动的大语境而言，虽然以天地、道气、心性为核心构成的宇宙伦理话语系统，是先秦思想家的共同论域，但有关“气”的问题，并不具有本体意义上的优先性，也不是晚周诸子所关注的中心话题。通观《孟子》七篇，除了有关“养气”的说法外，还有“养生”“养弟子”“养公田”“养口体”“养老”“养勇”“养君子”“养志”“养其性”“养心”等说法，由此不难发现，就“养气”而言，作为一种论证策略，与其说孟子是在论“气”，不如说是在论“养”。这种对于“养”的功夫的强调，体现了孟子在实践心性问题上的创见。人欲立本体，以求本心的超凡脱俗，必须在这个世界上做一番圣贤功夫，人格才能得以完善，精神境界亦可由此得以充实。“知言养气”的重要性，就在于从知识和经验中去认识世界和完善自我，自孟子以来的儒家内圣一系，强调主体心性修养的功夫，对于价值主体的践行与实践性，如修身养性、培养本原等看得很重。尔后外王一系的荀子，虽然与孟子在人性论上相左，但同样

① 有关儒学传统中的神秘主义倾向，参见冯友兰：《中国哲学小史》，北京：商务印书馆，1934 年；陈来：《儒学传统中的神秘主义》，收入《中国近世思想史研究》，北京：商务印书馆，2004 年；杨儒宾：《理学家与悟——从冥契主义的观点探讨》，收入刘述先主编：《中国思潮与外来文化：第三届国际汉学论文集（思想组）》，（台湾）“中研院”文哲所，2002 年。

有大量关于“养”的说法，可见在儒家的修养功夫论中，对于“养”的重视是一以贯之的传统。

曹丕、刘勰生活的时代，思想界受到秦汉以来气化宇宙观的深刻影响①，他们有关气的论述，并没有超出汉人气学解释系统的运思路数与言说范式。曹丕论气，类似于与孟子，主要是围绕着几组关系来谈，气并不是其关注的中心问题。曹丕及其同时代的人，对于气的知识，大多只是一种享用的态度，并没有超出汉人的言说范围。譬如见于《文选》和《汉魏六朝百三家集》中，曹丕论气的文字，如《让禅第三令》“含气有生之类”，《感离赋》“秋风动兮天气凉”，《与钟繇九日送菊书》“体芬芳之淑气”，《封张辽李典子为关内侯诏》“使贼至今夺气”，《答繁钦书》“气应风律”，《又与吴质书》“公干有逸气”②，等等。论阴阳，论元气，论气候，论人之品性气质，论乐之宫商协律，凡此种种，可以看到，对于气的问题，曹丕并无特别的关心，使用时也基本沿用汉人气化宇宙论的言说路数与论证对策，如果我们参之曹植的气论，以及魏晋之际阮籍的气论，也大体上可以得出相同的结论③。

---

① 详细论述，参见日本学者三石善吉的观点，文章收在小野泽精一、福永光司、山井涌编著：《气的思想——中国自然观和人的观念的发展》，第472页。

② 曹操、曹丕、曹植：《三曹集》，长沙：岳麓书社，1992年，第152、123、164、143、165、161页。

③ 如曹植《魏德论》“元气否塞”“义气风发”，《辨道论》“时变则物动，气移而事应”，《说疫气》“疠气流行”，《释疑论》“颜色不减，气力自若”，见赵幼安：《曹植集校注》，北京：人民文学出版社，1984年，第215、187、177、396页；阮籍：《大人先生传》的“云气”，《达庄论》的自然阴阳之气，《乐论》的“情气”“心气”，见陈伯君：《阮籍集校注》，第165、139、78、99页。

曹丕的文气说，晚近以来学界流行的看法，认为涵盖作者气质、作品风格、文本语气等多重内蕴①，这样的理解，是值得今天再思考的。现存《典论·论文》“文以气为主”这一段文字，核心观点有三：“文以气为主”、文气分“清”“浊”、文气“不能以移子弟”。“文以气为主”的说法，虽然是曹丕首次提出的，但在经历了汉代元气论的去实体化转向之后，建安文学整体呈现“尚气”的特征②，所以刘永济先生认为：“是则文气之论，虽发自子桓，实得于人心所同然。”③ 至于气分“清”“浊”的说法，秉承汉人“以气定性”的先验论，基本上是老调重弹了。让人惊异的是关于文气“不可力强而致”“不能以移子弟”的说法，明确了天赋，或者是气质禀性等先天质素对才性才情的养成乃至文学创作的决定意义，从而斩断了与后天之学的联系，这就有别于传统主流话语对后天教育教化的强调，其思想的深刻性与片面性也就同时呈现出来。至于曹丕论气的文字乃至整篇《典论·论文》，其中是否隐含着政治动机之类的“微言大义”这一疑问，由此也牵涉到“三曹”评价诸问

---

① 就作者方面而言，指气质、个性、语气；就作品方面而言，指作品的风格。持气质、才性论者，如陈钟凡、朱东润、方孝岳等先生；持才气、语气论者，如郭绍虞、罗根泽等先生；持才气、风格论者，如刘大杰等先生。参见朱东润《中国文学批评大纲》、方孝岳《中国文学批评》、罗根泽《中国文学批评史》、陈钟凡《中国文学批评史》、郭绍虞《中国文学批评史》、刘大杰《中国文学批评史》。

② 关于建安文学的“尚气”特征，参见刘永济：《文心雕龙校释》，北京：中华书局，1962 年，第 171 页。

③ 刘永济：《十四朝文学要略》，第 137 页。

题，历来是学者感兴趣的，相关问题的讨论仍在继续①。

如同前文“隧道效应”理论指出的那样，自曹丕明确提出“文以气为主”后，随着文学独立地位的提升，文学意义上的文气说演变为作者之气、文本之气和文章气象三个密不可分的面向。但在曹丕的思想里，所谓“清”“浊”之气、“不能以移”之气主要是指作者之气，同时也暗含作者之气在作品中的呈现，两者是统一未分的整体，就其本意而言，可能更偏重于前者。当曹丕判定“王粲长于辞赋，徐幹时有齐气”，“孔融体气高妙，有过人者；然不能持论，理不胜辞”，并且断定“文以气为主，气之清浊有体”，“虽在父兄，不能以移子弟”的时候，他只是描述了一种主体之气存在的生命样貌与呈现的知识情态，并没有像我们今天明确区分出文气之“一体三相”以及主次轻重的问题。当然，曹丕以气来衡量文学作品的高下，而非先秦以来以道德伦理为核心的政教立场，开拓了文艺创造的主体性与审美性维度，对于尔后文学创作和文学批评的深刻影响，是切切实实存在的。

二

齐梁时期的刘勰，虽然在当时并没有受到重视，但是作为理论

① 其中具有代表性的观点，参见王梦鸥：《从典论残篇看曹丕嗣位之争》，载《“中央研究院”历史语言所集刊》第51本1分册，(台湾)“中央研究院”历史语言研究所，1990年，第97—114页；胡明：《关于三曹的评价问题》，载《文学评论》1993年第5期。

家的刘勰，不像思想家的孟子那样急不可待地批评对手，也不像政治家的曹丕那样隐晦曲折地折射对手，而是更为圆融平和地谈文论艺。他不仅专设养气篇，而且在谈论其他问题时，也屡屡与气牵扯关联，其关注的重点不仅包括主体之气，而且对于与文章的章法技巧相关的问题，也极为关注，同时，对于作者之气和文本之气互动而呈现在作品中的整体风格气象，也颇为留意。比较而言，不同于孟子将气论融入心性论的路数，也不同于曹丕对气学传统的悉数吸纳，刘勰的理论整合与新创之处更为明晰一些。他已经将文气作为一个专门的问题来谈论，可以说，其理论体系意识的周全细密，从其文气思想中也可以较为清晰地呈现出来。

刘勰论气，对于气之“一体三相”，均有不同层面的涉及，尤其对于作者之气、文本之气，有相当明确的论述。《文心雕龙》一书中，与气学相关的元范畴、次生范畴，屡屡可见，此一特质，近世以来的文气思想研究者多有关注，此一方面的研究成果也极为丰硕①。全书“气”字出现，大约有八十余次，其中以词组形式出现的，有辞气、志气、血气、气力、养气、声气、才气、意气、体气、齐气、逸气、秀气、异气、韵气、精气、和气、素气、卫气、阳气、清气，等等。参之前文的“隧道效应”理论，我们可以看出，《文心雕龙》所论的为文诸要素，譬如情志、学养、才力、文采、辞章、事义、风骨等，均与文气保持着千丝万缕的联系。刘勰

① 此一方面的研究成果，参见夏静：《文气话语形态研究》“附录：气论研究目录”，第491—510页。

所论的文气，沿隐至显，因内符外，流动并充盈在才、学、情、辞、事、义、体等为文要素之间，发挥着枢纽与关联的作用。对于作者之气，刘勰称之为志气、意气、血气、精气、风、风趣，或者养气、守气等，虽有意义上的区别，但又具有本质上的贯通一致。对于文气与语言辞采、体式风格之间的关系，刘勰也是非常关注的。在《体性》篇中，他列举了八种文章风格：典雅、远奥、精约、显附、繁缛、壮丽、新奇、轻靡，对于八种风格体式的形成，他认为："若夫八体屡迁，功以学成，才力居中，肇自血气。气以实志，志以定言，吐纳英华，莫非情性。"① 这就将文章风格的成因明明白白地归结到文气上面。分析刘勰所论的为文要素，不难发现，刘勰兼顾作者之气、文本之气和文章气象，在汉魏以来作者之气占据主导地位的文气诠释传统中，他采取了一贯的折中态度，把气之"一体三相"均纳入了理论的参照视野。

在刘勰"体大虑周"的理论建构中，以气为核心贯通作者和文本的意图是非常明显的。在作者之气的阐释中，兼顾内外、先天后天；在文本之气的阐释中，文辞和音律并重，既重视文辞的技巧，又重视音律的抑扬顿挫，既探讨字、句、章、篇的技巧，譬如如何炼字、锻句、裁章、谋篇等技法问题，又论及比兴、夸饰、用典、隐秀、声律、对偶等修辞问题。对于文本之气这一曹丕时期隐而未显的问题，刘勰予以了充分的重视，并进行各个层面的深入讨论，

① 詹锳：《文心雕龙义证》，第 1022 页。

这与六朝时期丰富的文学创作实绩相印证，从而成就了古代文气思想研究的一个理论高峰。总的来看，刘勰思虑周全，似乎旨在建构一个系统的气学话语结构，以期涵盖文学活动的各个方面。对于传统的气学思想资源，刘勰秉持的是一种整合新创的态度，这是他获得理论建构自信的精神源泉，也正因为具有这样的特质，从整体性、连续性的学术谱系考察，《文心雕龙》一书在气学解释传统中的地位也就显得颇为突出。当然，这种整合与新创，并不拘泥于“气”字的出现，也不仅仅在于风骨、神思、虚静、辞气、志气等次生范畴的使用，或者“风清骨峻”“意气骏爽”“梗概而多气”“情与气偕”“负气以适变”等气学家族系列命题的发挥，深入一步看，对于汉魏以来血气与文气同源的气化宇宙生成论路数及其衍生的思维方式、论说模式，刘勰亦表现出一种深层次的接受与认同。

作为一种公共性的知识话语，古人对于气的论述，常常是价值和意义先于知识的，古往今来有识见的思想家，在对气的诠释中，总是要显现出某种价值指向，或哲学观、宇宙观或人生观，经由气的解释而开出自我理解的新意，也成就了中国经典诠释传统的重要特征之一，孟子、曹丕和刘勰也不例外。就气学解释的大传统而言，对于文气之“一体三相”，孟子、曹丕、刘勰的诠释，分别抓住了其中的不同面向，都倾向于对作者之气的强调，在他们各自的理论建构中，气并不是言说的重心，只是结构体系中的一个要素，重要性的程度也不尽相同。譬如同为作者之气的发挥，孟子“浩然之气”与曹丕“文以气为主”，论述角度也是很不相同的，前者就主体心性修养而论，后者就主体先天禀赋而论，换言之，一个是倾向于后天之学，一个是倾向于先天之养，孟子和曹丕的不同，代表了气学解释传统中两种不同的路数。对此，刘勰虽然明确区分了先天才性和后天养成以及导致的内外之分，但他调和了后天之学与先天之养，较之孟子、曹丕，显得圆融了许多。一方面，他仍然将先天质素视为作者才略的先决条件，也明确地从禀气各异、长短相依的特点来评价作家才华；另一方面，在刘勰看来，性情虽自天生，但也要受到后天习得的影响，故辟专篇，如《定势》论“习”，《事类》论“学”，予以研讨。同时，刘勰之气，不同于孟子“浩然之气”的神秘特质，也不同于曹丕清浊之气的先验特质，刘勰论养气，既有道家式的被动存养，也有儒家式的主动培养，譬如《养气》篇偏于防御性的情性存养，《神思》篇则偏于主动的才气培养。同样谈养气，刘勰之于孟子，亦有很大不同。孟子强调主体心性之修养，所谓“知言养气”偏于积极性的进取，源于内在心性的培育，以刚正充沛为特征，这对于中国文学传统中强调作家主体性及道德人格有着极大的影响。刘勰论养气，重在顺和性情，使之勿衰竭、勿壅滞，这种对于自然之气资养、蕴藉的偏好，带有强烈的养生色彩，终究不同于孟子式的养气。

历史地看，自孟子发作者之气的先声，文气思想便呈现出复杂的演变态势，而曹丕论“文以气为主”以后，表现出更为多元、细分的趋势，尔后刘勰的解释，则出现了问题意识的明显扩展。具体来看，曹丕“文以气为主”的说法，谈论的是文与气的关系尤其是作者气质禀赋的问题，并不涉及文本、文章的辞气与气象等问题。但是，当刘勰重新诠释文气问题时，就明确区分了作者之气与文本之气的不同。文学活动过程中的气，可以理解为创作主体以天赋的生命力为基础，加之后天学养的涵养充盛，借由语言文字等为文技巧而表现出的文章整体风貌与气象，并在读者的阅读鉴赏中得以辉映生色。这种对于文气思想的解释，影响深远，时至今日，我们对于文气的理解，大体上也是在这个范围之中。至于尔后的发展脉络，譬如到中唐古文运动倡导者韩愈那里，遥承孟子“浩然之气”，怀抱对作者之气的高度自信，转而倡导文本之言辞声调与自由变化，以期代替文体卑弱、辞藻华丽的骈偶拘束，所以唐代以后的文论家，对于文本之气此一维度备加重视。清初叶燮的文气论述系统而完整，逮至桐城刘大櫆，强调神气与音节、字句等要素的联系，深刻性与片面性也就同时呈现出来。比较孟子、曹丕、刘勰以来论气的侧重点与问题意识，我们可以看到，经典思想在诠释者手中变得丰富而多样，这是一种颇为纷繁复杂的“隧道效应”，由此也成就了中国古代文学思想史上源远流长的文气诠释传统。

见于百余年中国文学批评史的文气、养气诸说，有关孟子之气、曹丕之气、刘勰之气的知识谱系与思想关联的表述，通常是语焉不详，或者含混不清的。近现代以来的学者，常常预设古人的理论之间必有联系、必有继承、必有发展，因此，每每苦心地寻找三者之间的逻辑关联、影响成分、继承要素，以期使自身的理论体系明晰条贯一些、学理一些，否则的话，就仿佛很难放入文学思想史、文学观念史的各种发展演变规律的论说模式与言说套路中。这种研究倾向，受到西学价值导向和研究范式的牵引，“倒着说”古代文学思想，不免带出许多问题。在源远流长的文气诠释历史中，孟子、曹丕、刘勰既是经典的诠释者，也是新理论的建构者，他们受到各自的时代氛围、人生际遇、学术兴趣、价值取向、情感方式等因素影响，出新解于陈篇，生发出种种关于作者之气、文本之气的说法来。经典的后代解释者从不同的历史时空进行回望时，受制于不同的历史性牵引，在历史客观性彰显与现实主体性发挥的两难处境中，建构起形态复杂的文气“隧道效应”历史，因而对于经典内涵的理解，在深度和广度上不可避免地存在着较大的差异，与经典写作者的原意必然有所出入，这种差异是所有经典诠释者必定遭遇的问题。有鉴于此，文气研究中“隧道效应”诸问题，以及在中国古代文学思想史上所产生的纵横交错与相互辉映，也是值得未来研究中特别加以注意的。

文气研究的反思与展望

一、问题的提出

为什么中国文学思想史、观念史上文气的诠释史值得深究呢?让我们从王夫之对齐梁文学的评价说起。

船山先生是传统气学思想的总结者，他针对理学内部理本、心本过分张扬之弊，极为坚定地将传统人文信仰奠定在以气为宇宙本体的思想基础上，完善了自北宋前期以来发展的气本论。在《古诗评选》中，船山评云:“文笔两途，至齐而衰，非腴泽之病也。欲去腴泽以为病，是涸天之雨，童地之山，髡人之发，存虎之鞟焉耳矣！文因质立，质资文宣，衰王之由，何关于此！齐梁之病，正苦体跼束而气不昌尔。文者气之用，气不昌则更无文。顾昌气者非引之荒大，出之駤戾也。行于荣卫之中，不见其条理，而自不相失，苟顺以动，何患乎窒?故有文采焜煌而经纬适，文情惊踔而纲维调，若气有或至或不至，小顿求工而失其初度，则削肉留筋，筋之绝理者早已为戾矣。齐梁之失，唯此为甚。”① 这一段评语，讨论的中心问题是“齐梁之失”，是船山对齐竟陵王萧子良五言古体《登山望雷居士精舍同沈右卫过刘先生墓下作》的评价。我们知道，船山将诗人分为“小家”与“大家”，所谓“小家”是“意不逮辞，气不充体，于事理情志，全无干涉”，所谓“大家”乃是“唯意所适，而神气随御以行”（《姜斋诗话》卷二），故而船山论诗，尤其强调的是气（意）的贯注。正因为船山对于文气的重视，所以能够直指齐梁文学的陋处，所谓“文者气之用，气不昌则更无文”的断语，可谓言简意赅，一语言中。

众所周知，对于齐梁文学的评价，是古代文学史上一个老话题，历代思想家均有评价，尤其是所谓轻绮浮艳的特质，一向是受到讨伐的。对此，生逢其时的刘勰（字彦和，约 464—522 年），已有颇多不满，如对宋初“讹而新”（《文心雕龙·通变》）的评价，对近代辞人“率好诡巧”（《定势》）的贬斥，俱是站在正统的儒家人伦道德立场，业已定下了价值判断的基本调子。所不同的是，在彦和的思想中，虽然已经充分意识到气之盛衰左右着一个时代的文风，如评价建安文学“梗概而多气”（《时序》）、“慷慨以任气”，评价晋代诗人“力柔于建安”（《明诗》），但大体是秉承了汉魏以来的宇宙元气理念与人物品评意识，尚无形上层面思考的痕迹。船山论齐梁诗，以气定得失，符合其“以生气为主”（《古诗评选》卷

① 王夫之：《古诗评选》卷五，收入《船山全书》第 14 册，第 762 页。

五，萧子范《夜听雁》评语）的一贯理路。值得注意的还在于，船山释文气，以体用立意，别开一路，勾连起文质、文气、文情、文采、文笔等众多范畴，体现了高度的理论驾驭能力，因而具有强大的方法论内蕴和理性说服力，基本上代表了古典时代形上思辨的最高水平。

彦和与船山的解释不仅触及文学史解释的方法论问题，还关涉到一个文学解释的终极意义问题，也就是知识还原或历史再现与价值意义建构之间的张力问题。历史如烟，文学史上的人物及其思想一旦消逝，后代的理论家身处不同的历史语境，对于文学史的重建，将不可避免地带入个人的解释，因此，在以历史传统、文化现象、知识系统为对象的诠释学传统中，身临其境的言内之意呈现与抉发意蕴的言后之意发掘，以及囿于时空阻隔、古今异音而形成的种种曲解、臆断，促成了经典诠释中的两难处境。对此，当代法国哲学家保罗·里克尔（Paul Ricoeur）认为："所有诠释学的目的，都是要征服存在于经典所属的过去文化时代与诠释者本身之间的疏远和距离。借由克服这距离，使自己与经典的时代合一，注释者才能够使其意义为自己所有：他使陌生成为熟悉，也就是说，他使它属于自己。这正是他透过理解他者而得到他所追求之自我理解的成长。因此，每一诠释学，无论外显地或隐含地，都是经由理解他者而有的自我理解。"①

---

① ［法］保罗·里克尔：《诠释的冲突》，林宏涛译，台北：桂冠图书有限公司，1995年，第14—15页。

顺着里克尔的意思，我们可以看到，彦和与船山围绕文气的探讨，不仅要克服时空的差距，与传统气学的意脉相承，与经典合一，同时要开出自我理解的新意。为人文的世界提供一个终极的、整体的解释，是古典时代思想家的宿命，因而，围绕文气的研讨，并不纯然是为文学提供存在的本原，在根本上看，是重构传统价值信念的一种理论尝试。彦和与船山所处时代，是传统的经典解释系统遭遇异质文化冲击，儒家经义的合法性受到质疑的时代，因而，他们对于文气体用义的发挥，难免带有卫道护教的性质。我们今天研究的兴趣，正是要探究历代文气研究者，如何经由解释文气而完成“自我理解”的，以及文气之精神脉络是如何在阐释者手中与其原生意义体用辉映的。

二、解释的偏见

在展开对中国文学思想史、观念史上文气研究的未来展望之前，我们有必要对二十世纪（尤其是近年来）学术界关于文气研究的成果加以回顾，并在研究史脉络中对其中的见解略作阐明。为了集中讨论的焦点，本文不打算全面列举文气研究论著书目，而是以几代学者的代表作为例，依序加以回顾。

审视一个多世纪以来中国文论领域中文气的研究，在学科确立、边界划分以及相关的研究路数和方法论原则的选取上，都是值得反思的。第一代研究者为了学科边界的划定，主要是将文气从气学的哲学思想史语境中剥离出来，从而使其理论体系简单、条贯一些。试以郭绍虞（1893—1986）先生为例。郭先生1929年的《文气的辨析》一文，是从姚鼐（1731—1815）所谓“文之精”的“神、理、气、味”说开的，郭先生认为，其中尤其以文气的界限最易混淆不清，他解决的方法是：“本文删除枝叶，所以不旁涉到哲学上论气的话。当然，不是说哲学上的论气和文学上的论气没有关系，但是为要使文气说的理论简单化一些，还以避免不谈为宜。”① 这种剥离的做法，充分体现了第一代研究者的研究路数，即将文论话语从整体思想体系中剥离出来，确立言说范围、学科边界，同时这个疆界的确立，也是受制于本人的学术兴趣、知识储备以及社会形势的需求，就郭氏本人而言，兴趣显然在传统的诗文创作价值而非我们今天的理论眼光，他写批评史的目的在于印证文学史。第二、第三代研究者，大体在此一范围内缝缝补补，在西学范式尤其是马克思主义理论武器指导下，忙于文学理论体系的建构和文学概论的写作，就文气研究而言，增加了作者气质或作品风格的维度，添加了唯物或唯心的标签。经过这样层层的剥离与建构，尔后的研究大都从既有的文学概论结论出发，缺乏学科构成方式和运作模式上的反思，从而导致此一领域的研究方式贫乏，研究氛围极为沉闷。

对于当代学者研究文气所关注的问题意识，我们稍加整理，大

---

① 郭绍虞：《照隅室古典文学论集》（上编），第116页。

致有如下几组：

（1）历代文气研究的资料整理、归类；

（2）文气发展的历时性梳理、文气论发展史上的重点个案分析，如曹丕、刘勰、韩愈逮至清代各家；

（3）文气研究体系的建构、文气与诸多次生范畴的关系。

这三组问题是近数十年来文气研究中，常常被学者关注的问题，下文依问题先后顺序，就目前的研究专著略加回顾。

从目前资料整理来看，涉及文气专题的，有三部：（1）贾文昭先生主编《中国古代文论类编》（海峡文艺出版社，1988 年），在“创作论”部分列有文气的专题，包括文气的地位和作用、文气的类型和要求、养气，并有风骨、风格、气象等相关范畴；（2）徐中玉先生主编“中国古代文艺理论专题资料丛刊”之《文气·风骨编》（中国社会科学出版社，1997 年），有如下专题：文以气为主、气与志、言、法、胆、识、才、情之关系、为文必在养气；（3）胡经之先生主编《中国古典文艺学丛编》（北京大学出版社，2001 年），在“创造”编中设立文气专题。以上资料汇编，基本上将古今文气研究的基础史料罗列其中了①，这是进一步理论阐释的前提

① 所谓基础史料，是指现有资料收集主要集中于文献中带有“气”或“文气”字样的语句，采取的仍然是剥离的路数，而更多、更广泛层面上的资料并没有纳入研究者的视野。

基础。那么，就当前古代文论研究的大体走向来说，重点工作应该是从史料的整理走向史料的创造性诠释，在目前业已积累的相当数量的史料整理基础上，探讨历代文论家围绕文气问题提出的解释、争辩、推衍、发挥及其所蕴涵的思想史意义与诠释学内涵。

第二组问题是以文气发展的历史为中心，涉及历代文气论的发展演变，尤其是其间几个标志性人物的理论，近数十年来这一组问题研究成果颇为丰硕，论文数量最为可观。从研究专著来看，台湾学者中值得注意的有：朱荣智先生的《文气论研究》（台湾学生书局，1986 年）、张静二先生的博士论文《中国文学批评上“气”的研究》。前者从气的三重涵义谈起，认为文气应该包括作品的辞气和作者的才气两方面，随后从汉魏人物品评和建安文坛风向论述文气论产生的背景，历时性地梳理了文气论在六朝、唐宋、元朝、清代的发展，最后论及文气与文学创作、风格、批评的关系。全书在资料收集上颇见功力，论述条理也颇为清晰，其中对文气涵义的界定，值得我们加以留意：“文气应该包括作品的辞气和作者的才气，作品的辞气，指作品的气势和情韵；作者的才气，包括作者的性情和才学。因为文气，一方面是指作者的性情，透过文字的表达，所显现出来的艺术形貌，一方面也是指作品所能反映出来的作者生命形相。”①

此一方面的工作，大陆学者中有张义宾先生的《中国古代气论

---

① 朱荣智：《文气论研究》，台北：台湾学生书局，1986 年，第 78 页。

文艺观》（山西人民出版社，2003年），全书将文气文艺观的发展历程分为四个时期，即先秦两汉的孕育期、汉末魏晋的产生期、南北朝隋唐五代的发展与成熟期、宋元明清的分裂期，将文气的发生放在历史文化背景，诸如玄学、佛学、理学中研讨，主要是取道历史思想史的进路。

第三组"问题意识"的产生，是在各种各样的西方文艺学体系的刺激下，学者试图梳理出具有中国特色的理论体系而进行的尝试，与前辈学者相比，已经具有相当的理论自觉和体系意识。其中，值得关注的有陈竹先生的《中国古代气论文学观》（华中师范大学出版社，1995年），全书参之中哲史元气论的研究路数，以气本观、气化观、气感观为哲学理论的架构①，建构了气论的文学本体论、文学主体论、文学构成论、文学创作论、文学风格论和文学品评论，该著较为全面地清理了气的哲学、美学内涵，是目前此一领域的研究成果中具有较强理论形态的论著。此外，涂光社先生的《原创在气》（百花洲文艺出版社，2001年），全书研讨了形神论、阴阳五行说中的气论，较为全面地论述了气论在文论、乐论、书法论、画论领域的内涵及演变。第环宁先生的《气势论》（民族出版社，2002年）一书，将气势分为理势、情势与构势、言势四种类型，前两者属于文章内容，后两者属于文章形式，认为气势是包括文章思想内容、作者情感、结构方法和语言形式在内的重要范畴。

---

① 参见程宜山：《中国古代元气学说》，武汉：湖北人民出版社，1986年，第106—164页。

古代文学思想之形成，不仅仅是对文学存在的反思判断，更涉及颇为复杂的历史文化经验与价值意义，文论的研究，一旦斩断了与多门学科之间的血脉系络，隔绝了与古代知识系统的生命联系，就罕有能深入中国文论的根本命脉之上，尤其对于文论史上具有元范畴意义的文气、文道而言，巨大的思想传统作为先在知识资源在相当程度上范围了其视野与方向，因此我们无法将其萌生与渐向成熟从具体的历史语境与逻辑义理中抽象出来。就文气说而言，离开了思想史的背景，离开了哲学义理，文气也就无依无靠、无从说起了，因而在目前所见的文气发生期研究中，大多半道谈起，如以曹丕的《典论·论文》开始，或顶多追溯到孟子“浩然之气”。又如文气研究中一个重要的问题，就是曹丕的文气说，目前学界流行的看法，认为就作者方面而言，指他的气质、个性、语气；就作品方面而言，指作品的风格。论气质、才性者，如陈钟凡、朱东润、方孝岳等先生；论才气、语气者，如郭绍虞、罗根泽等先生；论才气、风格者，如刘大杰等先生。这样的理解就相当简单化、狭义化了。

三、解释的维度

在回顾与研讨文论领域研究成果的基础上，本节主要参照目前哲学、思想史两大阵营学者，在研讨气论时所关怀的问题意识与主要创见，以及在方法论上的创新之处，提出文气研究中的多条路径并存、解释转向的可能性。

考察当代气论的研究，基本上可以分为两种进路：一为哲学观念史路径，主要是从哲学角度，将气视为与社会、政治、经济变迁无关的独立范畴，以此为基始点，来研究元范畴与次生范畴以及观念丛的演变发展，比如精气、血气、元气、理气、太虚、气象以及与有无、两一、本末、体用、天地等范畴之间的关联，等等。这也是所谓的内在研究途径，即侧重思想系统内部观念之间的内部结构，以诺夫乔伊所倡导的观念史研究方法为代表。此一研究途径的理论假设在于：认为思想文化具有内在的整体性，因而所衍生的观念范畴具有相同的知识背景与共同的心理逻辑，其核心的问题意识既内在又超越，具有自足的逻辑关联与独立自主的生命力，并不随着历史场景的切换而变迁。

就观念史的研究成果而言，港台学者中，钱穆先生晚年巨著《朱子新学案》（巴蜀书社，1986 年）具有典范意义，钱氏以“述古综六艺以尊朱”为学术归宿，旨在重新整合理学和儒学，把援释入儒的宋学，收归到儒、释、道合流统贯的传统学术中。全书采用传统的学案体，详述朱子之理气论、心性论以及朱子论无极太极、阴阳、鬼神、仁、天人等内容，每一个概念都用了一章的篇幅，不参照西学，而自成系统。大陆学者中，具有代表性的论著是张岱年先生的《中国哲学大纲》（中国社会科学出版社，1982 年），其中设有多章论述气及相关范畴的演变史，业已充分意识到气范畴系列在古代哲学观念史建构中的形上意义。

一为历史思想史路径，不同于观念史进路较为注重问题意识的自主性，思想史的取径更重视阐释者的历史性以及阐释的循环效应，主要是将气论放在历史时代的变局之中，并与数千年来中国精神文化的脉络相表里，考察各个时代气论的不同衍生形态以及与诠释者所处的时代背景、思想氛围以及他们的个人经验之间的关联，尤其注意挖掘阐释者的心路历程与文化立场，特别关注孟子、董仲舒、王充、王弼、张载、王夫之等人在思想史上的转折意义，包括半个世纪以来的唯物与唯心的价值争论、本源论与本体论的辨析，等等，大都属于此一范围。就思想史的研究而言，具有典范意义是日本学者小野泽精一、福永光司、山井涌编著的《气的思想——中国自然观和人的观念的发展》（李庆译，上海人民出版社，1990年），全书以“气”概念的变迁来考见思想史背景，沟通了哲学概念与中国古代文化各个领域的联系，既有对若干历史问题的系统考辨，同时又脱出历代思想分类的框架，对未开拓领域进行了新的意向考察，全书在资料的占有、论证的力度乃至结论的启发性等方面，都高出同类论著，业已成为此一研究领域中，学者案头必备之书。

当然，上述两种研究途径，只是大体而论，实际上，两者虽然取径不同，方法各异，但是相辅相成、此消彼长、交互映射之处颇多，很难截然分开。同时，各有利弊，长短易见，能补两者之弊而取其长的，乃余英时先生提出的“内在的理路（inner logic）”。余氏在《清代思想史的一个新解》中认为：“把思想史本身看作有生命的、有传统的，这个生命、这个传统的成长并不是完全赖于外在刺激的，因此单纯地用外缘来解释思想史是行不通的……所以在外缘之外，我们还特别要讲到思想史的内在发展。我称之为内在的理路（inner logic）。”① 这实际上是调和两种研究路径的折中之法。

顺着以上思路，我想站在现有研究成果的基础上，对文气研究这个领域未来的问题意识提出新的展望。

从文学观念史的进路考察文气的研究，是将文气范畴作为独立于社会、政治之外的存在处理，将其当作具有自主性的本体加以分析，在这个假设下，拟牵涉到以下的问题：

（1）知识论层面：文气之知识谱系、文气形态论；

（2）认识论层面：“气”系列、“文”系列及文气观念丛的意义共享与语义关联；

（3）价值论层面：文气之发生意义、文气之精神品相、文气之思维模式；

（4）本体论层面：文气之体与文气之用、文气与文道的分梳。

在知识论层面指向知识的特性或知识形成的条件，在认识论层面指向知识的表达方式与结构形态，在价值论层面指向知识的效应和宗旨，在本体论层面指向范畴本体（实体）的体用特质，四者密切关

① 余英时：《中国思想传统的现代诠释》，南京：江苏人民出版社，2003年，第158页。

联，相互界定。其中，每一个层次下面又可以有若干分支，譬如文气观念丛的意义关联，既是气与才、言、志、情、心、神、形之间的意义纽结，也是文气元范畴与次生范畴系列之间的交相诠释，意义互决；又如文气形态论，依照其基本构架，可以大体拟分为：孟学之“心—志—气”、曹丕之“气—意—辞—事—体”、《文心》之“气—志—情—辞”、《原诗》之“气—理（事、情）—识（才、胆、力）”，等等，以此为核心，展开对各家思想体系的研讨。但与此同时，我们亦应该看到，观念史研究方法的弊病是明显的，正如有的学者业已指出的那样：“自胡适和冯友兰以来，以‘逻辑的、科学的’方法来治中国古学的做法几乎被各门派共同信奉。于是，‘道’、‘仁’、‘阴阳’、‘气’等等就被当作西方传统哲学和逻辑意义上的‘概念范畴’，还要追究其‘逻辑发展的规律’。而任何不合乎这条概念化标准者，就被当作无思想含义的东西。”① 因而，仅仅依靠于观念史的研究方法，无法克服自身的缺陷，辅助于思想史的研究方法就显得很有必要了。

从思想史的路径看，这是所谓外在的研究途径，即侧重古人所身处历史文化的外在环境，尤其关注此一时间段的人文创作氛围、时代语境、学术圈子、焦点话题乃至个人机遇、知识储备等要素。对于一个历史意识厚重且习惯于作古今历史对照思考的民族来讲，常常习惯于将其思考的对象放在特定的历史时空与文化语境中去考

① 张祥龙：《从现象学到孔夫子》“序”，第14页。

察，而并不习惯于将现象从历史脉络中抽离出来作纯粹观念的抽象演绎，这种思维习惯左右下构成的现场感、情境性乃至衍生的原生性观察视角，不仅使得当代人更为容易理解历史人的时空情境，同时也有利于疏缓两者之间的某种紧张感。取道历史思想史途径，拟关注的问题有：

(1) 诸子气论尤其是孟学气论形成的知识背景？其间蕴涵了文论的何种可能？

(2) 文气论在何种历史语境中借助于何种思想资源成为一个原初范畴？曹丕的历史观、文学观乃至人生机遇影响几何？

(3) 彦和如何诠释文气？如何勾连次生范畴？其中的转变有何文学思想史的意义？

(4) 唐、宋、元、明、清各家的文气论有何新发展？有何文学思想史意义？

以上问题的产生，也就是将文气话语系统的建构，放在历史或文化的脉络中，去知人论世，去追本溯源，尤其关注演变发展中的几个重要历史情境，如三代文化语境、孟学心性语境、汉代元气语境、魏晋人物品评语境、理学本体论语境，等等，分析文气在具体历史时空中的沉浮，并延伸到伦理道德的维度、心性情志的维度以及音韵声调语势的维度等，以此出发对古代文学思想的变迁、转型等重大过程的解释提供有效的支持。

比较以上两种研究进路，虽然对于文气的诠释乃历代文论家的共同关注，从其诠释史中我们也能够比较清晰地梳理出历时性的演变历程，但是，范畴的自主性可以不受到外在的社会政治经济因素的影响，其内在的逻辑义理仍然是清晰的，尤其是对于具有本体意义的文道、文气等范畴而言，它们属于中国古代文学思想史中的“公共话语”（common discourse）[①]，将文学的终极意义挂在不可言说的道、气之上，是古典时代的传统，也是中国文论的传统，具有普遍的方法论价值和本体论意义。历代文气研究史上具有重大意义的问题意识，如养气、文以气为主、气与情志关联等，虽然不免受到诠释者思想系统的渗透，但是，这些问题意识具有相当的自主性和连续性，较少受到历史上非思想因素变化的影响。以养气为例，自孟学正式拈出养气的意思后，其后的思想家，虽从不同角度多有阐释，但逮至清代诗论各家，在孟学道德心志的核心意义上是没有变化的，只是在深入细化中生出若干旁枝，转换的乃是诠释的角度与具体的方法而已。就这一层面的特点来看，较之同样具有元范畴意义的文质、中和诸范畴，文气元范畴的自主性、内在理路更为明显，而文质、中和与思想史的联系更加密切一些，其意义的脉络在历时性演变中显得更为清晰一些。

---

① 美国汉学家本杰明·史华兹（Benjamin I. Schwartz）认为，“性”“气”“心”从战国时代就成为诸子百家的共享观念、共同论域，参见《古代中国的思想世界》，第180—193页。

四、解释的转向

目前气论观念史研究的主要切入路径，大体有二：心性论和身体观。传统的研究多从心性的角度切入，近年来，身体视野逐渐成为一个研究热点。从身体的立场研究气论，哲学界、史学界新见叠出，中西方理论资源的借鉴及其运用，均有详细的发挥，这个关于气论研究的新动向，正方兴未艾，对于未来中国文论领域中文气研究的开拓与创新，无疑具有解释转向的可能性。

就身体观的研究历史看，在西学传统中，简言之，先验哲学走的是一条典型的扬心抑身的路子。所谓身体观作为人文研究的一个关注命题，源于从尼采（Friedrich Wilhelm Nietzsche）到福柯（Michel Foucault）的哲学肉身化推进思路。在古典哲学中，纯粹意识自为存在的主体与纯粹物质自在存在的客体之间一直处于对立状态，这种对立必然推演出身心二元论，从而导致将身体与灵魂或精神分离。处于从属地位的身体，作为物理性的实存，只具有感性功能，没有哲学上的意义，从苏格拉底（Σωκράτης）、柏拉图（Plato）、笛卡尔（René Descartes）到康德（Immanuel Kant），都是取无身的思维主体。在二十世纪以来的现代和后现代哲学话语中，身体成为人自我认识的重要方式，有关身体的学问一跃为显学，从尼采对无秩序性代表酒神的推崇、柏格森（Henri Bergson）的生命哲学、弗洛伊德（Sigmund Freud）的精神分析学，乃至存在主义、现象学等，他们在揭示身体异化的同时，也旨在重新发掘身体的意义和价值，均在宏观探讨中给身体留有了一席之地。

在关于身体问题的思考中，学术界的理论资源主要来自法国思想家米歇尔·福柯。福柯以新的“权力—知识”视野，通过对理性统治、临床医学、监狱体系和性问题的研究，阐释了围绕在身体和生命周围的政治权力，强调科学知识使得身体成为一个政治领域，揭示出医学、精神病学、犯罪惩罚等与身体有关的权力运作机制。从福柯开始，西方身体观的研究得以进一步深入。值得注意的，还有法国现象学家梅洛-庞蒂（Maurice Merleau-Ponty）关于身体的论述。他在《知觉现象学》一书中，用了差不多三分之一的篇幅去描述身体现象，将现象学的意义和人的存在尤其是人的躯体存在联系起来。他认为“身体主体”（body subject）是连接意识与自然、人与世界的桥梁，故而对于自然、社会、历史、文化的理解，必须要由“身体主体”开始；而对“身体主体”的理解，则必须通过对自然、社会、历史、文化的描述来完成。在其现象学视域中，意识隐退了，身体直接出场，以身心交融的“身体主体”扬弃了笛卡尔式（Cartesian）“我思”的身心二元论。这种理论视角的更新，对于人文领域研究方法的创新和研究视野的拓宽，具有很大的启发意义。

从身体观的角度看，虽然身体之学在中国主流学术话语中从来没有成为显学，但是，灵魂和肉身之间的永恒张力，使其成为古代学术中一个绕不开的维度。传统文化中的身体空间并不仅仅是一个客观的实存，而且是一个贯通形、气、心、志，涵摄形上形下的综合体，身体的时间性和空间性构成了充满意义的精神世界，深刻地浸润着社会政治和历史文化的脉络。对于中国古代身体学的研究而言，气论的研究是一个重要的维度。对此，杨儒宾先生的这一段话可以总结古代身体观中气的作用："现象学地来看，此世之内没有无身体的意识，也没有无意识的身体，而在这两者中间居间起作用的，乃是'气'。所以身体一活动，即有气的流行，也就有潜藏的意识作用。意识一活动，也即有气的流行，也就有隐藏的身体作用。"①

此一领域的研究，汉学家走在前面，尤其是日本学者，其中尤其值得关注的是汤浅泰雄先生的比较哲学研究。他认为东方的形而上学是从身体出发，并不等同于西方的 metaphysics，而是以身心关系之实际关系研究为基础的哲学，可以称为"超医学性的心理学"(meta-medico-psychology)②。在他看来，东西方身心观最大的差异在于选择分析某种现象的方法论上的差异，对现代西方传统而言，身心观主要是关注以经验为基础的、可观察到的精神和肉身现象间的关系，而在东方传统中，身心观一般侧重于人如何通过修行

① 杨儒宾：《儒家身体观》，台北："中央研究院"中国文哲研究所筹备处，1996 年，第 49 页。

② [日] 汤浅泰雄：《"气之身体观"在东亚哲学与科学中的探讨》，收入杨儒宾编：《中国古代思想史中的气论与身体观》，台北：巨流图书公司，1993 年，第 67 页。

而达到身心合一[1]。汤浅泰雄先生的研究为我们对肉身的认识提供了一种全新的视野。

就身体观的研究路数而言，目前中哲史的研究视角大致有：作为思维方式的身体观、作为精神修养的身体观和作为政治权力的身体观几个维度[2]。同样，史学界对于身体史的研究也在升温，其研究视野大体集中在综合身体史、器官功能史、生命关怀史等维度。新近出版的黄金麟《历史、身体、国家——近代中国的身体的形成，1895—1937 年》（台北联经出版公司，2000 年）、杨念群《再造“病人”——中西冲突下的空间政治（1832—1985）》（人民大学出版社，2006 年），均为目前身体史研究中的上乘之作。当然，应该注意的问题在于，目前身体观研究中普遍存在“以西释中”的倾向，既无法摆脱西方人文视野的“宰制性”与霸权色彩，那么，其中的中国文化特质乃至普世性价值都是值得反思的。

人的存在，作为一种自然的存在、文化的存在，总是一种身体的存在。身体的体验表现出复杂多层的面向，诸如物理的、生理的、心理的、社会的、政治的、宗教的，等等。对于身体，不外乎两种设定：或是现实给予的、自然的存在，或是话语建构的、历史文化的存在。中国传统的学问本质上是生命体验之学，融政治伦

---

① ［日］汤浅泰雄：《灵肉探微——神秘的东方身心观》，马超等译，北京：中国友谊出版公司，1990 年，第 14—18 页。

② 参见黄俊杰：《中国思想史中“身体观”研究的新视野》，《现代哲学》2002 年第 3 期。

理、个人修养、思维方式于一体，易学所谓“远取诸物，近取诸身”，正是古代宇宙人生论、社会政治论的一般思维路数。历史地看，如果说儒家给予身体的主要是社会政教的规范，那么道家给予身体的则主要是自然生命的规定，因此，在古代知识系统中，关乎身体、生命的材料极为丰厚，诸如三代礼乐中的威仪身体、公羊学视野中的政治身体、心性学传统中的道德身体，等等，加之两千多年来大一统政治与经典阐释传统之间的交互关系，更能凸显出身体隐喻与政教权力此一维度的价值意义。

具体到文艺思想的研究，引入身体观的理论视野，将文气范畴的生成发展置于古代身体观的整体场域中，可以打破传统以心言气的研究路数，而采取身心互渗言气的路数，由此统摄形气、身心、养气、践形、心知、性情诸说，并具有自然气化和社会道德两个向度。前者联结天地人整体和谐，动态圆融，融大宇宙、小宇宙为一体，由此建立了具有华夏特质的宇宙论、本体论、方法论；后者联结内圣心性与外王礼治，是人之内在身心性情和谐与社会群体和谐的纽结，由此建立了独具民族特色的境界论、修养论、价值论。这不仅可以拓宽现有的研究视野，而且可以开出一条新的诠释路径来。

气论乃华夏文学、美学之精粹所在，围绕文气的诠释，历代思想家之价值立场、政教理念及其时代思想等，均为之显露无遗。古人围绕文气所建立的一套话语系统，可以有效地诠释文学领域的一切活动，由此也影响到古人对于文艺性质、特征、规律及其功能等根本问题的认识，最为充分地体现了中国传统“大文论”的特质。因此，以文气为核心的文学思想体系研究，有利于传统文论研究视域的拓宽和研究方法的更新，也有利于重新建构贯通文史哲的精神文化脉络，因而是古代文论研究领域一个值得展望的方向。就文气研究的现状而言，若要深入下去，紧要的功夫就是进一步打通文史哲，培养国学视野与中西比较视野下的文化通观意识，将文气的发生发展视为古人形上之思的一部分，寻找其间的知识共识与精神共享，恢复并重新搭建人文话语系统。笔者以为，面对着一套已经失效的话语系统，也许最好的方法就是重新建立一套解释系统，虽然材料范围大体没变，但是解释系统变了，由此呈现的古代知识景观也就大不一样了。否则，在既定的框架与套路中自说自话，研究的道路只会越走越窄了。

后　记

本论文集收录的文章，是我最近十几年来有关思想史、观念史和编年史方面思考的一些问题。这些问题有大有小，有宏观层面的阐释，也有方法论的剖析，还有个案的深究。这些问题的产生，虽然也受到项目课题的驱使，但其深度、难度、高度的拿捏取舍，常常也在写与不写之间，所以我想更多还是源于自己的兴趣。人到中年，仍然能保持对这一类无用之学的兴趣，也算是对自己初心的一种坚守吧。

本书出版前，我的博士生刘伟同学做了核校工作。

夏静 2022 年 8 月于京西寓所